HEYNE BÜCHER

SCIENCE FICTION

Herausgegeben
von Wolfgang Jeschke

Von Michael Moorcock erschienen in der Reihe
HEYNE SCIENCE FICTION & FANTASY:

Miß Brunners letztes Programm · 06/3348
INRI oder: Die Reise mit der Zeitmaschine · 06/3399
Die Zeitmenagerie · 06/3492
Gloriana oder die unerfüllte Königin · 06/3808

ELRIC-ZYKLUS:

Elric von Melniboné · 06/3643
Die See des Schicksals · 06/3657
Der Zauber des weißen Wolfs · 06/3692
Der verzauberte Turm · 06/3727
Im Banne des schwarzen Schwertes · 06/3753
Sturmbringer · 06/3782
Die Festung der Perle · 06/5016
Elric von Melniboné (der Elric-Zyklus in einem Band) · 06/4101

DIE ABENTEUER CAPTAIN OSWALD BASTABLES:

Der Herr der Lüfte · 06/3876
Der Landleviathan · 06/3903
Der Stahlzar · 06/4122
Zeitnomaden (»Die Abenteuer Captain Oswald Bastables«
in einem Band) · 06/4820

In der BIBLIOTHEK DER SCIENCE FICTION LITERATUR:

INRI oder: Die Reise mit der Zeitmaschine · 06/63

MICHAEL
MOORCOCK

Die Festung der Perle

Siebter Roman
des Elric-Zyklus

WILHELM HEYNE VERLAG
MÜNCHEN

HEYNE SCIENCE FICTION & FANTASY
Band 06/5016

Titel der englischen Originalausgabe
THE FORTRESS OF THE PEARL
Deutsche Übersetzung von Edda Petri
Das Umschlagbild malte Geoff Taylor

2. Auflage

Redaktion: Thomas M. Loock

Die Originalausgabe erschien 1989
beim Verlag Victor Gollancz, London

Printed in Germany 1994
Umschlaggestaltung: Atelier Ingrid Schütz, München
Technische Betreuung: Manfred Spinola
Druck und Bindung: Ebner Ulm

ISBN 3-453-06576-X

Für Dave Tate

INHALT

Erstes Buch

Zweites Buch

Drittes Buch

Und nachdem Elric seiner ihm anverlobten Cymoril seine drei Lügen erzählt hatte und seinen ehrgeizigen Vetter Yyrkoon als Regenten auf dem Rubinthron von Melniboné eingesetzt hatte, verabschiedete er sich von Rackhir dem Roten Bogenschützen und zog hinaus in unerforschte Länder, um nach dem Wissen zu suchen, mit dessen Hilfe er Melniboné auf eine Art würde regieren können, wie es noch niemals zuvor geschehen war.

Doch Elric hatte nicht mit einem Schicksal gerechnet, das bereits beschlossen hatte, daß er gewisse Dinge lernen und erfahren sollte, die eine tiefe Wirkung auf ihn ausüben würden. Noch ehe er dem blinden Kapitän und dem Schiff, das die See des Schicksals befuhr, begegnete, waren sein Leben, seine Seele und sein ganzer Idealismus auf höchste gefährdet.

In Ufych-Sormeer wurde er durch einen Streit aufgehalten, der aufgrund eines Mißverständnisses zwischen vier Zauberern entstanden war, die nicht von dieser Welt waren. Ohne böse Absicht drohten diese Zauberer die Jungen Königreiche zu zerstören, ehe sie dem höchsten Ziel des Gleichgewichtes dienten. In Filkhar erlebte er eine Liebesromanze, über die er nie wieder sprach. So lernte er unter großen Opfern die Macht und die Leiden kennen, die mit dem Führen des Schwarzen Schwertes verbunden waren.

In der Wüstenstadt Quarzhasaat aber fing für ihn ein Abenteuer an, das den Lauf seines Geschickes auf Jahre hinaus bestimmen sollte …

Die Chronik des Schwarzen Schwertes

ERSTES BUCH

Gibt es den Mann, der ganz von Sinnen und doch
so klug,
Daß Alpträume er entlarvt als Trug?
Der Dämonen stürzt, das Chaos zähmt,
Sein Reich verläßt, obwohl sein Lieb sich grämt,
Der Sturmeswogen mit knapper Müh entkam,
Nur um hinzugeben seinen Stolz für Gram?

DIE CHRONIK DES SCHWARZEN SCHWERTES

Kapitel 1

Ein verdammter Herrscher liegt im Sterben

Im abgelegenen Quarzhasaat, dem Ziel vieler Karawanen, von denen aber nur wenige auch dorthin gelangten, lag Elric, Erbherrscher des Inselkönigreiches Melniboné, im Sterben. Er war der letzte eines über tausend Jahre alten Geschlechtes und verfügte über gewaltige Zauberkräfte. Die Kräuter und Drogen, die ihn für gewöhnlich bei Kräften hielten, hatte er in den letzten Tagen seiner langen Reise durch den südlichen Rand der Seufzerwüste aufgebraucht. Hier in der Festung Quarzhasaat hatte er keinen Nachschub finden können, denn die Stadt war mehr für ihre Schätze als für Güter des täglichen Bedarfs berühmt. Der Albinoprinz reckte langsam und schwach die knochenbleichen Finger gegen das Licht, so daß der blutrote Edelstein im Ring der Könige, dem letzten althergebrachten

Symbol seiner uralten Verpflichtungen, zum Leben erwachte. Dann ließ er die Hand fallen. Einen kurzen Augenblick hatte er wohl gehofft, der Actorios würden ihn beleben; doch nun, da Elric zu schwach war, seine Kräfte heraufzubeschwören, war der Stein nutzlos. Er wollte auch keine Dämonen hierher rufen. Die eigene Torheit hatte ihn nach Quarzhasaat geführt. Er schuldete den Bewohnern keine Rache. In der Tat hätten sie Grund, ihn zu hassen, würden sie seine Herkunft kennen.

Einst hatte Quarzhasaat über ein Land mit mächtigen Flüssen und lieblichen Tälern geherrscht, mit grünen Wäldern und reiche Ernte tragenden Feldern. Doch das war vor über zweitausend Jahren, ehe in einem Krieg gegen das feindliche Melniboné gewisse unvorsichtige Zauberformeln verwendet worden waren. Quarzhasaats Reich ging für beide Seiten verloren. Wie eine Flut überschwemmte der Sand das Land, bis nur noch die Hauptstadt und ihre Traditionen übrig waren, die allmählich der einzige Grund wurden, daß die Stadt noch existierte. Da Quarzhasaat immer dort gestanden hatte, waren seine Bürger der festen Überzeugung, es müsse, gleich was es kostete, auf ewig erhalten bleiben. Obgleich die Festung keinerlei Zweck oder Funktion hatte, fühlten ihre Herren sich verpflichtet, ihren Fortbestand zu sichern. Dazu war ihnen jedes Mittel recht. Vierzehnmal hatten Armeen versucht, die Seufzerwüste zu durchqueren, um das sagenhafte Quarzhasaat zu plündern. Und vierzehnmal hatte die Wüste sie besiegt.

Die Lieblingsbeschäftigungen - manche würden sagen: die Haupttätigkeiten - in der Stadt, waren die sorgfältig ausgearbeiteten Intrigen der Herrscher gegeneinander. Dem Namen nach war Quarzhasaat eine Republik und Mittelpunkt eines riesigen Reiches, das allerdings von Sand bedeckt war. Regiert wurde die Stadt jedoch vom Rat der Sieben, seltsamerweise genannt: Die Sechs und noch Einer. Dieser Rat kontrollierte den Großteil des Reichtums der Stadt und regelte die meisten öffentlichen Angelegenheiten. Es gab einige einflußreiche Männer und Frauen, die es vorzogen, nicht dem Siebenerrat anzugehören. Sie übten beträchtlichen Einfluß aus, ohne ihre Macht offen zur Schau zu tragen. Zu diesen gehörte auch Narfis, die Baronin von Kuwai'r, wie Elric erfahren hatte. Sie bewohnte eine schlichte, doch wunderschöne Villa am südlichen Stadtrand und widmete ihre Aufmerksamkeit hauptsächlich ihrem berüchtigten Rivalen, dem alten Herzog Ral, Mäzen der hervorragendsten Künstler Quarzhasaats. Sein Palast stand auf den Hügeln im Norden und war keineswegs protzig, sondern von schlichter Eleganz. Elric hatte gehört, daß diese beiden je drei Mitglieder des Rates gewählt hatten, während das siebte Mitglied immer namenlos war und sich nur "Sexokrat", Herrscher über die Sechs, nannte, weil er bei Abstimmungen das Zünglein an der Waage war. Das Ohr des Sexokraten war natürlich bei allen miteinander rivalisierenden Gruppen der Stadt sehr begehrt, auch von der Baronin Narfis und Herzog Ral.

Elric interessierte sich für die komplex verwobene Politik Quarzhasaats ebensowenig wie für die in seinem eigenen Reiche. Er war nur aus Neugier hergekommen und weil Quarzhasaat der einzige Zufluchtsort in dem riesigen Wüstengebiet nördlich des namenlosen Gebirgszuges war, der die Seufzerwüste von der Tränenwüste trennte.

Elric bewegte die völlig erschöpften Glieder auf dem dünnen Strohsack und überlegte zynisch, ob er hier wohl verscharrt werden würde, ohne daß die Leute je erfuhren, daß der Monarch ihres Erbfeindes bei ihnen gestorben war. Sollte dies das Schicksal sein, das die Götter ihm beschieden hatten? Es entsprach zwar nicht seinen hochfliegenden Träumen, war aber auch nicht ohne Reiz.

Nachdem er Filkhar in Eile und Verwirrung verlassen hatte, war er an Bord des nächsten auslaufenden Schiffes gegangen. Es hatte ihn nach Jadmar gebracht. Hier hatte er sich einem alten ilmiorischen Trunkenbold angeschlossen, der ihm eine Landkarte verkauft hatte, auf der das sagenumwobene Tanelorn eingezeichnet war. Wie der Albino schon halbwegs vermutet hatte, erwies sich die Karte als Fälschung, die ihn weit weg von jeder menschlichen Zivilisation führte. Er hatte erwogen, das Gebirge zu überqueren und durch die Seufzerwüste nach Karlaak zu reiten, hatte dann aber beim Studium seiner eigenen Karte, die von einem zuverlässigen Mann aus Melniboné stammte, entdeckt, daß Quarzhasaat bedeutend näher lag. So war er auf einem Roß, das von der Hitze und dem Hunger halbtot war, nach Norden geritten, hatte aber nur ausgetrocknete Flußläufe und verdorrte Oasen gefunden, da er in seiner Weisheit beschlossen hatte, diesen Ritt durch die Wüste während einer Dürreperiode zu unternehmen. Es war ihm nicht gelungen, das sagenhafte Tanelorn zu finden, und es sah so aus, als würde er auch Quarzhasaat, jene Stadt, die in der Geschichte seines Volkes beinahe ebenso sagenumwoben war, nicht mal von weitem erblicken.

Zwar zeigten die melnibonéischen Chronisten gewöhnlich nur flüchtiges Interesse an besiegten Rivalen. Doch erinnerte sich Elric, daß Quarzhasaats eigene Zauberei angeblich dazu beigetragen hatte, daß die Stadt als Bedrohung für ihre halbmenschlichen Feinde erloschen war. Eine falsch eingeordnete Rune, wenn er sich recht entsann, war schuld gewesen. Fophean Dals, der Zauberer-Herzog, ein Ahne des jetzigen Herzogs Ral, hatte sie falsch eingesetzt, als er mittels eines Zaubers die Armee Melnibonés unter Sand begraben und so einen Schutzwall um das gesamte Reich errichten wollte. Elric war neugierig, wie man dieses Mißgeschick heutzutage in Quarzhasaat erklärte. Ob man wohl Mythen und Legenden ersonnen hatte, um das Unglück der Stadt allein den bösen Bewohnern der Dracheninsel in die Schuhe zu schieben?

Elric dachte darüber nach, wie ihn seine Besessenheit für Mythen in die jetzige aussichtslose Lage gebracht hatte, dem Tode nahe. Wieder wandte er die roten Augen auf den Actorios. »Durch meine falschen Berechnungen habe ich gezeigt, daß ich mit den Vorfahren dieser Bürger vieles gemein habe«, murmelte er. Etwa vierzig Meilen von seinem toten Pferd entfernt hatte ein Junge ihn gefunden. Der hatte nach Edelsteinen und kostbaren Kunstwerken gesucht, welche die Sandstürme von Zeit zu Zeit an die Oberfläche brachten. Diese Stürme rasten ständig über die Wüstenregionen hin und waren zum Teil für das Überleben Quarzhasaats verantwortlich, zum Teil auch für die erstaunlich hohen Stadtmauern. Sie waren auch der Ursprung des melancholischen Namens der Wüste.

Bei besserer Gesundheit hätte Elric die überwältigende Schönheit der Stadt genossen. Die Schönheit beruhte auf einer durch Jahrhunderte verfeinerten Ästhetik, unberührt von irgendwelchen äußeren Einflüssen. Obgleich viele der Stufentürme und Paläste von gigantischen Ausmaßen waren, wirkten sie keineswegs protzig oder häßlich. Eine gewisse Luftigkeit, ein irgendwie heiterer Stil ließen die Bauwerke wie Luftschlösser erscheinen, die aus rotem Terrakotta oder silbrig schimmerndem Granit erbaut waren. Manche Wände waren mit strahlendweißem Stuck verziert oder prangten in herrlich sattem Blau oder Grün. Die Lustgärten waren terrassenartig angelegt. Springbrunnen und Kanäle, aus tiefen Brunnen gespeist, verbreiteten durch ihr Plätschern Ruhe und Wohlgerüche, die durch die alten Kopfsteinpflastergassen und weiten baumgesäumten Straßen zogen. All das Wasser, das man zur Bewässerung und Fruchtbarmachung von Feldern hätte ableiten können, wurde einzig und allein dazu genutzt, das Aussehen Quarzhasaats auf dem Höhepunkt seiner Macht zu erhalten. Wasser war kostbarer als jedes Juwel und streng rationiert. Jeder Diebstahl wurde aufs strengste bestraft.

Elrics Unterkunft war keineswegs großartig. Ein niedriges Rollbett, Steinfußboden, auf dem Stroh ausgebreitet war, ein einziges hohes Fenster, ein schmuckloser irdener Krug und ein kleines Becken mit brackigem Wasser, für das er seinen letzten Smaragd hatte geben müssen. Fremde erhielten keine Erlaubnisscheine für Wasser, das im Handel Quarzhasaats die kostbarste und teuerste Ware war. Elrics Wasser war sicher von einem öffentlichen Brunnen gestohlen worden. Die Strafe für solches Verbrechen wurde nicht einmal unter vier Augen erwähnt.

Elric benötigte dringend seltene Kräuter, um seine Blutarmut auszugleichen; aber ihr Preis, selbst wenn es sie hier gäbe, hätte seine jetzigen Mittel bei weitem überstiegen, die nur wenige Goldmünzen betrugen. In Karlaak wäre das ein Vermögen, doch hier, in einer Stadt, wo die Aquädukte und Kloaken mit Gold ausgelegt waren, hatten Goldstücke keinerlei Wert. Von den Ausflügen auf die Straßen war er erschöpft und deprimiert zurückgekehrt.

Einmal am Tag besuchte ihn der Junge, der ihn in der Wüste gefunden und in diese Unterkunft gebracht hatte. Dann starrte er den Albino an, als sei Elric ein seltsames Insekt oder eine weiße Maus. Der Junge hieß Anigh. Er sprach zwar die vom Melnibonéischen abstammende Sprache der Jungen Königreiche, die sogenannte Gemeinsprache, doch mit so schwerem Akzent, daß Elric ihn manchmal nicht verstand.

Wieder versuchte Elric den Arm zu heben, doch ohne Erfolg. Da fand er sich damit ab, niemals seine geliebte Cymoril wiederzusehen und niemals wieder auf dem Rubinthron zu sitzen. Er spürte Bedauern, aber wie aus der Ferne, da seine Krankheit ihn seltsam euphorisch machte.

»Ich hatte gehofft, ich könnte dich verkaufen.«

Elric blinzelte. Bis auf einen einzigen Sonnenstrahl war die Kammer dunkel. Er erkannte die Stimme, konnte aber nur einen Umriß neben der Tür ausmachen.

»Aber wie es aussieht, kann ich auf dem nächsten Wochenmarkt nur noch deine Leiche und restliche Habe anbieten.« Es war Anigh, der beim Gedanken an den Tod seiner Beute beinahe so niedergeschlagen wie Elric selbst war. »Natürlich bist du immer noch eine Rarität. Du trägst die Gesichtszüge unserer Erzfeinde, nur viel bleicher. Und solche Augen habe ich noch niemals bei einem Menschen gesehen.«

»Tut mir leid, wenn ich deine Hoffnungen enttäusche.« Elric richtete sich mühsam, auf den Ellenbogen gestützt, auf. Er hatte es für klüger gehalten, seine wahre Herkunft geheimzuhalten, und sich für einen Söldner aus Nadsokor, der Bettlerstadt, ausgegeben, da dort alle möglichen seltsamen Geschöpfe hausten.

»Ich hatte auch gehofft, daß du ein Magier bist und mich mit einem kleinen Zauber belohnen würdest, wodurch ich auf den Pfad zum Reichtum gelangen würde, vielleicht sogar zu so viel Macht, ein Mitglied der Sechs zu werden. Du hättest wenigstens ein Wüstengeist sein und mir irgendeine nützliche Gabe verleihen können. Aber anscheinend habe ich mein Wasser vergeudet. Du bist bloß ein runtergekommener Söldner. Besitzt du wirklich gar nichts Wertvolles mehr? Irgendeine Kuriosität, für die man einen ordentlichen Preis verlangen könnte?« Die Augen des Jungen wanderten hinüber zu dem langen, schmalen Bündel, das neben Elrics Kopf an der Wand lehnte.

»Das ist kein Schatz, mein Junge«, erklärte Elric finster. »Wer dies besitzt, ist mit einem Fluch beladen, den kein Exorzismus austreiben kann.« Er lächelte bei dem Gedanken, daß der Junge einen Käufer für das Schwarze Schwert suchte, das in seiner Hülle, einem zerrissenen roten Seidentalar, von Zeit zu Zeit murmelte wie ein seniler Greis, der wieder sprechen lernen wollte.

»Das ist doch eine Waffe, oder?« fragte Anigh. In dem schmalen, braunen Gesicht wirkten seine lebhaften blauen Augen besonders groß.

»Aye«, antwortete Elric. »Ein Schwert.«

»Ein antikes?« Der Junge kratzte unter seinem braungestreiften Burnus den Schorf von der Schulter.

»So könnte man es nennen.« Elric amüsierte sich, doch strengte ihn schon diese kurze Unterhaltung furchtbar an.

»Wie alt?« Anigh trat einen Schritt vor und stand jetzt im Sonnenlicht. Sein Aussehen war perfekt für ein Geschöpf, das zwischen den braunen Felsen und Sanddünen der Seufzerwüste lebte.

»So etwa zehntausend Jahre.« Das Staunen auf dem Gesicht des Jungen ließ Elric beinahe sein nahes Ende vergessen. »Aber wahrscheinlich ist es noch älter.«

»Dann ist es wirklich eine Rarität! Solche Sachen sind bei den Herren und Damen in Quarzhasaat sehr begehrt. Sogar die im Rat der Sechs sammeln solche Sachen. Der ehrenwerte Meister von Unicht Shlur zum Beispiel hat die Rüstungen einer ganzen ilmiorischen Armee, alle auf den mumifizierten Leichen der echten Krieger. Und Lady Talith besitzt eine Sammlung von mehreren tausend Kriegsgeräten, jedes verschieden. Laß mich das mitnehmen, Herr Söldner, und ich werde einen Käufer finden. Dann besorge ich auch die Kräuter, die du brauchst.«

»Und dann bin ich wieder kräftig genug, daß du mich verkaufen kannst, was?« Elric amüsierte sich nun köstlich.

Anigh machte ein völlig unschuldiges Gesicht. »Aber nein, Herr! Dann bist du viel stärker als ich. Nein, ich werde lediglich eine kleine Kommission für deinen ersten Dienst nehmen.«

Elric mochte den Jungen leiden. Er sammelte seine Kraft, ehe er weitersprach. »Du meinst also, daß jemand hier in Quarzhasaat interessiert wäre, mich in seine Dienste zu nehmen?«

»Na klar!« Anigh grinste. »Du könntest Leibwächter bei einem der Sechs werden oder wenigstens bei einem ihrer Anhänger. Mit deinem ungewöhnlichen Aussehen bist du sofort vermittelbar! Ich habe dir doch schon erzählt, welch große Rivalen und Ränkeschmiede unsere Herren sind.«

»Es macht mir Mut, zu wissen«, - Elric rang nach Luft - »daß mich hier in Quarzhasaat ein tatenreiches und erfülltes Leben erwartet.« Er wollte dem Jungen in die strahlenden Augen schauen, doch hatte dieser den Kopf beiseite gedreht, so daß nur ein Teil seines Körpers im Sonnenlicht war. »Wenn ich dich aber recht verstanden habe, hast du doch erklärt, daß die Kräuter, die ich dir beschrieb, nur im einige Tage entfernten Kwan wachsen - im Vorgebirge der Zackigen Säulen. Ich bin tot, ehe jemand auch nur halb in Kwan ist. Willst du mich trösten, Junge? Oder sind deine Motive weniger nobel?«

»Ich habe dir gesagt, wo die Kräuter wachsen, Herr. Aber was wäre, wenn man sie bereits in Kwan gepflückt und hierher gebracht hätte?«

»Kennst du eine Apotheke, wo es sie gibt? Aber welchen Preis würde man wohl für solch eine kostbare Medizin verlangen? Überhaupt, warum hast du mir das nicht schon längst erzählt?«

»Weil ich es nicht wußte.« Anigh setzte sich auf die kühle Türschwelle. »Ich habe seit unserer letzten Unterhaltung Erkundigungen eingeholt. Ich bin nur ein ungebildeter Junge, Durchlaucht, kein Gelehrter, auch kein Orakel. Jedoch bin ich bemüht, meine Unwissenheit durch Kenntnisse zu mindern. Ich bin nicht gebildet, aber auch kein Tor, lieber Herr.«

»Ich teile deine Meinung über dich, junger Herr.«

»Gut, dann nehme ich jetzt das Schwert und suche einen Käufer.« Er trat ins Licht und streckte die Hand nach dem Bündel aus.

Kopfschüttelnd ließ Elric sich zurücksinken und lächelte. »Auch ich bin nicht sehr gescheit, mein Junge; aber im Gegensatz zu dir bin ich auch ein Tor.«

»Wissen bringt Macht«, erklärte Anigh. »Macht bringt mich ins Gefolge der Baronin Narfis, wenn ich Glück habe. Ich könnte Hauptmann in ihrer Leibgarde werden, vielleicht sogar einen Adelstitel erringen.«

»Oh, eines schönen Tages wirst du noch viel mehr als das erreichen.« Elric sog die abgestandene Luft ein. Er zitterte, seine Lungen brannten. »Mach, was du willst. Doch bezweifle ich, daß das Schwert freiwillig mitgeht.«

»Darf ich es ansehen?«

»Aye.« Unter Qualen rollte Elric sich an die Bettkante und wickelte die Hülle von dem großen Schwert. Auf der schwarzen Klinge waren Runen eingeritzt, die sich zu bewegen schienen, ebenso wie die anderen mystischen Bilder; Drachen und Dämonen schienen sich, im Kampf verstrickt, auf dem glänzenden Metall zu winden. Sturmbringer war wahrlich keine gewöhnliche Waffe.

Dem Jungen stockte bei diesem Anblick der Atem. Er wich zurück, als bedauere er den vorgeschlagenen Handel. »Lebt es?«

Elric betrachtete sein Schwert mit einer Mischung aus Verachtung und sinnlichem Vergnügen. »Manche sagen, es besitzt Verstand und Willen. Andere behaupten dagegen, es sei ein verkappter Dämon. Etliche glauben, es bestehe aus den flüchtigen Seelen aller verdammten Sterblichen, die einst darin gefangen wurden. So wie einer alten Legende nach ein großer Drache in einem anderen Knauf dieses Schwertes gehaust haben soll, nicht im jetzigen.« Gegen seinen Willen mußte Elric feststellen, daß ihm das wachsende Entsetzen des Jungen doch Freude bereitete. »Hast du denn noch nie ein Artefakt des Chaos gesehen, Anigh? Oder jemand, der daran gekettet ist? Vielleicht seinen Sklaven?« Er ließ die weiße Hand mit den langen Fingern in das Becken mit dem schmutzigen Wasser sinken. Dann hob er sie mühsam, um sich die Lippen zu befeuchten. Seine roten Augen glommen wie erlöschende Glut. »Während meiner Reisen hörte ich, wie man diese Klinge als Ariochs eigenes Schlachtschwert beschrieb, das die Mauern zwischen den Reichen zerteilen konnte. Andere schwören bei ihrem Leben, daß dieses Schwert ein lebendiges Wesen sei. Es gibt eine Theorie, nach der es das einzige Mitglied einer Rasse sei, das in unserer Dimension lebt, doch nach Wunsch Millionen von Brüdern herbeirufen kann. Hörst du es sprechen, junger Herr? Wird diese Stimme die Käufer auf deinem Markt entzücken und verzaubern?« Ein Ton kam über die bleichen Lippen; es war kein Lachen, aber ihm wohnte ein verzweifelter Humor inne.

Schnell lief Anigh wieder nach draußen. Er räusperte sich. »Du hast das Ding mit einem Namen angesprochen.«

»Ich nannte es "Sturmbringer", aber die Menschen der Jungen Königreiche haben noch einen anderen Namen - für das Schwert und auch für mich: "Seelendieb". Die Klinge hat viele Seelen aufgesogen.«

»Du bist ein Traumdieb!« Anighs Augen hafteten auf dem Schwert. »Warum bist du bei niemandem angestellt?«

»Diesen Ausdruck kenne ich nicht. Aber ich wüßte auch nicht, wer einen "Traumdieb" anstellen würde.« Elric sah den Jungen fragend an.

Doch der ließ das Schwert nicht aus den Augen. »Würde es auch meine Seele trinken, Herr?«

»Wenn ich es will, ja! Um meine Kräfte für eine Zeitlang wiederzuerlangen, müßte ich nur Sturmbringer dich töten lassen, vielleicht noch ein paar andere. Dann würde die Klinge ihre Energie auf mich übertragen. Danach fände ich bestimmt ein schnelles Pferd und könnte wegreiten - vielleicht nach Kwam.«

Die Stimme des schwarzen Schwertes wurde melodischer, als billige sie dies Vorhaben.

»Oh Gamek Idianit!« Anigh stand da, als wolle er jeden Augenblick fliehen. »Das ist wie die Geschichte von den Mauern Mass'aboons. Die, die unsere Isolation verursachten, sollen solche Schwerter geführt haben. Aye, die Anführer hatten genau solche Schwerter! Das sagten die Lehrer in der Schule, wo ich war. Was haben sie bloß noch alles erzählt?« Anigh furchte die Stirn und dachte angestrengt nach. Er bot ein Musterbeispiel für alle, die auf den moralischen Nutzen des Schulbesuchs hinweisen wollen.

Elric tat es jetzt leid, dem Jungen solche Angst eingejagt zu haben. »Es liegt nicht in meiner Natur, Anigh, mein Leben auf Kosten anderer zu fristen, die mir nichts zu Leide getan haben. Genau das ist der Grund, warum ich mich jetzt in dieser mißlichen Lage befinde. Du hast mir das Leben gerettet, mein Junge. Dich würde ich nie töten.«

»Oh, Hochwohlgeboren, Ihr seid gefährlich!« In seiner Panik bediente sich Anigh einer Sprache, die noch älter als das Melnobonéische war. Da Elric aber auch zahlreiche Sprachen studiert hatte, verstand er die Worte.

»Wo hast du diese Sprache gelernt, dies Opish?« fragte der Albino.

Trotz seiner Angst war der Junge überrascht. »Hier in Quarzhasaat ist es die Gaunersprache. Die Geheimsprache der Diebe. Aber ich nehme an, in Nadsokor ist es recht verbreitet, oder?«

»Aye, allerdings. In Nadsokor schon.« Elric war mit dieser Erklärung äußerst zufrieden. Er streckte die Hand aus, um den Jungen zu beruhigen.

Bei der Bewegung riß Anigh den Kopf hoch und stieß einen Schreckenslaut aus. Offensichtlich hielt er nicht viel von Elrics Art, ihm Vertrauen einzuflößen. Blitzschnell lief er aus dem Raum. Elric hörte seine bloßen Sohlen auf dem Steinpflaster des langen Korridors klatschen und danach auf den Stufen, die zur engen Gasse führten.

Elric war sicher, daß Anigh ihn endgültig verlassen hatte. Traurigkeit überfiel ihn. Ihn bedrückte jetzt auch schwer, daß er nie wieder nach Melniboné zurückkehren würde, um seine geliebte Cymoril wiederzusehen und sein Verprechen einzulösen, sie zu heiraten. Er war sich darüber klar, daß er stets gezögert hatte, den Rubinthron zu besteigen, und dies auch zukünftig tun würde, obgleich er genau wußte, daß es seine Pflicht war. Hatte er sich vielleicht doch absichtlich in diese Situation gebracht, um sich dieser Verantwortung zu entziehen?

Der Albino wußte, daß sein Blut durch seine seltsame Krankheit befleckt war. Aber dennoch war es das Blut seiner Vorfahren. Es wäre nicht leicht, ihm sein Geburtsrecht oder sein Schicksal zu verweigern. Er hatte gehofft, unter seiner Herrschaft Melniboné von den Überbleibseln eines nach innen gerichteten, grausamen und dekadenten Reiches zu befreien und zu einer Nation zu machen, die der Welt Frieden und Gerechtigkeit bringen würde, als ein Beispiel der Aufklärung, das auch anderen nutzen konnte.

Für die Möglichkeit, zu Cymoril zurückzukehren, wollte er gern das Schwarze Schwert eintauschen. Doch hegte er keine große Hoffnung. Sturmbringer war mehr als ein Mittel des Überlebens oder eine Waffe gegen Feinde. Das Runenschwert band ihn an uralte Treueschwüre seines Volkes zum Chaos. Elric glaubte nicht, daß Arioch ihm gestatten würde, dieses Bündnis zu brechen. Wenn er darüber nachdachte, über diese Fingerzeige auf ein noch bedeutenderes Schicksal, wurde ihm ganz wirr im Kopf. Daher schob er diese Überlegungen weit von sich, wenn immer das möglich war.

»Nun, vielleicht breche ich dies Bündnis im Übermut oder im Tode und mache Melnibonés bösen alten Freunden einen Strich durch die Rechnung.«

Sein Atem wurde flacher und brannte auch nicht mehr in den Lungen. Ja, er fühlte sich direkt kühl an. Das Blut floß träger durch die Adern, als er sich mit letzter Kraft aufrichtete, um sich zum Holztisch hinüberzuschleppen, auf dem seine letzten Vorräte lagen. Aber er konnte das altbackene Brot und den zu Essig gewordenen Wein nur anstarren, ebenso wie die schimmeligen Stücke Trockenfleisch, über deren Herkunft man am besten nicht nachdachte. Nein, er konnte sich nicht erheben! Er konnte nicht genug Willen aufbringen, sich zu bewegen. Elric sah dem Tod zwar nicht gleichgültig, doch mit gewisser Würde ins Auge. Erschöpft verlor er sich in Träumereien. Er rief sich ins Gedächtnis zurück, wie er beschlossen hatte, Melniboné zu verlassen, die Bestürzung seiner Cousine Cymoril, die klammheimliche Schadenfreude seines ehrgeizigen Vetters Yyrkoon, seine Erklärungen Rackhir gegenüber, dem Krieger-Priester aus Phum, der ebenfalls Tanelorn gesucht hatte.

Ob Rackhir der Rote Bogenschütze bei seiner Suche erfolgreicher gewesen war? Oder lag er irgendwo in dieser riesigen Sandwüste? Hatten die ewig seufzenden Winde sein scharlachfarbenes Gewand schon in Fetzen gerissen? Verdorrte das Fleisch bereits an seinen Knochen? Elric hoffte aus ganzem Herzen, daß Rackhir die sagenumwobene Stadt gefunden hatte und den damit verheißenen Frieden. Doch dann gewann seine Sehnsucht nach Cymoril die Oberhand. Er war fast sicher, daß er weinte.

Anfangs hatte er noch erwogen, Arioch, seinen Chaos-Schutzlord um Rettung anzuflehen. Doch hatte ein starker innerer Widerwillen ihn diese Möglichkeit gleich wieder ablehnen lassen. Er fürchtete, daß er viel mehr als sein Leben verlieren könnte, wenn er Ariochs Hilfe beanspruchte. Jedesmal wenn diese mächtige Gottheit sich bereit erklärt hatte, zu helfen, war dadurch ein stillschweigendes, geheimnisvolles Abkommen noch mehr bekräftigt worden. Dabei waren diese Überlegungen eigentlich rein theoretisch, dachte Elric und lächelte spöttisch. In letzter Zeit war Arioch ihm nur ausgesprochen zögernd zu Hilfe gekommen. Vielleicht war Yyrkoon inzwischen weit über ihn aufgerückt und zwar in jeder Beziehung.

Dieser Gedanke brachte Elric wieder zurück zu seinen Schmerzen und seiner Sehnsucht nach Cymoril. Wieder versuchte er aufzustehen. Die Sonne war inzwischen weitergewandert. Ihm schien es, als stünde Cymoril vor ihm. Doch dann glich sie einer der vielen Gestalten Ariochs. Trieb der Chaos-Lord auch jetzt noch sein grausames Spiel mit ihm?

Elric ließ den Blick zum Schwert hinüberschweifen, das sich in seiner Seidenhülle zu bewegen schien. Flüsterte es ihm eine Warnung zu oder gar eine Drohung?

Der Albino wandte den Kopf ab. »Cymoril?« Er blinzelte in den Sonnenstrahl und folgte ihm, bis er durch das Fenster in den gleißenden Himmel über der endlosen Wüste blickte. Es kam ihm vor, als bewegten sich dort Schemen.

Sie glichen Gestalten von Menschen, Tieren und Dämonen. Als die Schemen deutlicher wurden, ähnelten sie seinen Freunden. Wieder war Cymoril da. Elric stöhnte voller Verzweiflung. »Geliebte!«

Er sah Rackhir, Dyvim Tvar, sogar Yyrkoon. Er rief sie beim Namen.

Das heisere Krächzen aus seinem Mund machte ihm klar, daß er Fieberträumen zum Opfer gefallen war. Daß die ihm noch verbliebene Energie durch Fantasien aufgezehrt wurde. Jetzt nährte sich sein Körper von sich selbst. Da war der Tod nicht mehr weit.

Elric faßte sich an die Stirn. Schweiß lief herunter. Er überlegte, wieviel jeder Tropfen wohl auf dem Markt einbringen würde. Diese Spekulationen fand er amüsant. Konnte er genug schwitzen, um sich dafür Wasser kaufen zu können, damit er noch mehr schwitze? Oder einen Schluck Wein? Aber vielleicht war diese Art der Flüssigkeitsproduktion ein grober Verstoß gegen die bizarren Wassergesetze Quarzhasaats?

Wieder schaute er hinaus. Ihm war, als sehe er Männer. Kamen die Wachen der Stadt, um seine Räume zu inspizieren? Wollten sie seine Schwitz-Konzession sehen?

Jetzt schien der stets nahe Wüstenwind durch die Kammer zu streichen. Er führte aufgesammelte Elementarteilchen mit, vielleicht eine Kraft, die seine Seele an ihre letzte Bestimmung tragen sollte. Elric fühlte sich erleichtert. Er lächelte. Eigentlich war er froh, daß der Kampf endlich vorbei war. Vielleicht würde Cymoril bald bei ihm sein?

Bald? Was bedeutete Zeit in diesem zeitlosen Reich? Vielleicht mußte er auf die Ewigkeit warten, ehe sie wieder vereint wären? Oder nur einen flüchtigen Augenblick? Doch vielleicht würde er sie nie wiedersehen? Lag vor ihm nichts als Leere, ein Nichts? Oder würde seine Seele sich eines anderen Körpers bemächtigen, womöglich eines, der ebenso krank war wie sein jetziger? Würde er dann auch wieder vor den gleichen unlösbaren Zwangslagen stehen, vor den gleichen entsetzlichen moralischen und körperlichen Anforderungen, welche ihn seit seiner Mannbarkeitswerdung gepeinigt hatten?

Elrics Gedanken entfernten sich immer weiter von jeglicher Logik, wie eine ertrinkende Maus, die vom Ufer ins Meer hinausgetrieben wird und herumwirbelt, ehe Tod ihr Vergessen bringt. Elric lachte und weinte. Er tobte und fiel in Schlaf, als das Leben sich mit den Dämpfen verflüchtigte, die seinem seltsamen, knochenbleichen Fleisch entströmten. Ein unbefangener Beobachter hätte geglaubt, ein krankes Tier, eine Mißgeburt, auf diesem harten Lager zu sehen, das sich im schrecklichen, aber wohlverdienten Todeskampf wand; dieses Wesen aber nie und nimmer für einen Mann gehalten.

Dunkelheit senkte sich herab. Und mit ihr strahlende Gestalten aus der Vergangenheit des Albinos. Er sah wieder die Magier, die ihn alle Künste der Zauberei gelehrt hatten. Er sah die seltsame Mutter, die er nie gekannt hatte, und seinen noch seltsameren Vater. Die grausamen Freunde aus der Kindheit, mit denen er die ausschweifenden, schrecklichen Vergnügungen Melnibonés immer weniger hatte teilen können. Da waren die geheimen Höhlen und Lichtungen der Dracheninsel, die schlanken Türme und labyrinthartigen Paläste seines nicht-menschlichen Volkes, dessen Vorfahren nur zum Teil dieser Welt angehörten, die als wunderschöne Ungeheuer aufgestiegen waren, um zu erobern und zu herrschen. Ihre tiefe Müdigkeit, die in Selbstzweifel und morbide Fantastereien überging, konnte er erst jetzt richtig nachfühlen. Elric schrie auf, denn jetzt sah er in seiner Vorstellung Cymoril. Ihr Körper war so hinfällig wie seiner, und mit ihm vergnügte sich auf abscheulichste Weise Yyrkoon, der vor Lust dabei höhnisch kicherte. Da wollte Elric wieder leben, nach Melniboné zurückkehren, um die Frau zu retten, die er so tief liebte, daß er sich oft weigerte, sich die Intensität seiner Leidenschaft einzugestehen. Aber jetzt fehlten ihm die Kräfte.

Das wußte er, als die Visionen verblaßten und er nur den blauen Himmel durchs Fenster erblickte. Bald würde er tot sein. Dann gab es niemanden, der die Frau retten würde, der er die Ehe geschworen hatte.

Am nächsten Morgen war das Fieber vergangen. Elric war klar, daß ihn jetzt nur noch ein oder zwei Stunden vom Ende trennten. Er öffnete die verschleierten Augen, um den weichen, goldenen Sonnenstrahl zu sehen, der nicht mehr so gleißend wie gestern hereindrang, sondern sich an den glitzernden Wänden des Palastes brach, der neben seiner bescheidenen Unterkunft stand.

Plötzlich spürte er etwas Kühles auf den aufgesprungenen Lippen. Er drehte den Kopf beiseite und wollte nach seinem Schwert greifen, da er befürchtete, jemand hielte ihm eine Klinge vors Gesicht, um ihm die Kehle zu durchschneiden.

»Sturmbringer ...«

Seine Stimme war schwach. Er konnte die Hand nicht mehr heben, ganz davon zu schweigen, die murmelnde Klinge zu packen. Elric hustete. Flüssigkeit tropfte in seinen Mund. Es war nicht das faulige Zeug, das er mit dem Smaragd gekauft hatte, sondern es war frisch und sauber. Er trank und versuchte seine Umgebung klar zu sehen. Vor seinen Augen war eine silberne Phiole, eine weiche Hand, ein Ärmel aus kostbarem, goldenem Brokat und ein fröhliches Gesicht, das er nicht kannte. Wieder mußte er husten. Die Flüssigkeit war kein normales Wasser. Hatte der Junge einen mitfühlenden Apotheker gefunden? Der Trank entsprach seinen eigenen Destillaten, die seiner Lebenserhaltung dienten. Dankbar atmete er tief durch und schaute neugierig den Mann an, der ihn - wenn auch nur für kurze Zeit - wieder zum Leben erweckt hatte. Sein Retter bewegte sich mit steifer Eleganz in den für diese Jahreszeit zu schweren Gewändern.

»Guten Morgen, Herr Dieb. Ich nehme an, daß ich dich mit dieser Anrede nicht beleidige. Du bist doch wohl ein

Bürger Nadsokors, wo alle Arten von Räuberei mit großem Stolz ausgeführt werden?«

Elric war sich seiner schwierigen Lage bewußt und widersprach keineswegs. Der Albinoprinz nickte nur. Noch immer taten ihm alle Knochen weh.

Der hochgewachsene, glattrasierte Mann verschloß die Phiole mit einem Stöpsel. »Der Junge Anigh sagte mir, daß du ein Schwert zu verkaufen hast.«

»Schon möglich.« Da Elric überzeugt war, daß seine Gesundung nur vorübergehend war, hielt er Vorsicht für angebracht. »Doch glaube ich, daß die meisten diesen Kauf sehr bedauern würden ...«

»Aber dein Schwert ist nicht das Markenzeichen deiner Hauptbeschäftigung, oder doch? Zweifellos hast du deinen Krummstab verloren. Vielleicht um dafür Wasser zu kaufen?« Die Bemerkung verriet eine gewisse Sachkenntnis.

Elric beschloß, den Mann bei Laune zu halten. Vielleicht bestand doch noch Hoffnung. Die Flüssigkeit hatte ihn soweit belebt, daß er wieder klar zu denken vermochte und wieder über etwas Kraft verfügte. »Aye«, sagte er und musterte seinen Besucher. »Vielleicht.«

»Na sowas! Preist du etwa deine eigene Unfähigkeit an? Ist das eine neue Masche der Vereinigung der Diebe Nadsokors?« Der Mann bediente sich derselben Gaunersprache wie Anigh.

Da wurde Elric klar, daß dieser Reiche sich ein festes Bild von seinem Stand und seinen Möglichkeiten gemacht hatte. Das bot ihm vielleicht die Gelegenheit, aus seiner jetzigen Zwangslage herauszukommen. Jetzt war Elric hellwach. »Ihr wollt also meine Dienste kaufen, stimmt's? Meine besondere Tapferkeit? Mich und mein Schwert?«

Der Mann gab sich gleichgültig. »Wenn du möchtest.« Aber es war klar, daß er ein dringendes Anliegen verbarg. »Man hat mich aufgefordert, dir mitzuteilen, daß der Blutmond bald über dem Bronzezelt brennen muß.«

»Verstehe.« Elric tat beeindruckt, obwohl ihm das Kauderwelsch überhaupt nichts sagte. »Dann müssen wir schnell etwas unternehmen.«

»Das ist auch die Meinung meines Herren. Mir sagen die Worte nichts, aber für dich sind sie bedeutsam. Ich soll dir noch einen Schluck geben, falls ich den Eindruck habe, daß du die Botschaft verstehst. Hier.« Er hielt Elric die Silberphiole hin und lächelte jetzt noch freundlicher. Elric trank und spürte, wie allmählich seine Kräfte wiederkehrten und auch die Schmerzen langsam nachließen.

»Dann möchte dein Herr einen Dieb in seine Dienste nehmen? Was will er denn gestohlen haben, das die Diebe Quarzhasaats nicht stehlen können?«

»Aha, mein Herr! Du neigst dazu, alles wörtlich zu nehmen. Doch darauf möchte ich jetzt nicht näher eingehen.« Er nahm die Phiole wieder an sich. »Nur soviel: Ich bin Raafi as-Keeme und diene einem großen Mann dieses Reiches. Er hat - glaube ich zumindest - einen Auftrag für dich. Wir haben viel von der nadsokorischen Geschicklichkeit gehört und haben schon lange darauf gewartet, daß es einmal jemanden aus dieser Stadt zu uns verschlägt. Hattest du vor, uns zu bestehlen? Nun, man kann nicht immer Glück haben. Da ist es doch besser, stattdessen für uns zu stehlen, oder?«

»Ein durchaus weiser Vorschlag.« Elric richtete sich auf und stellte die Füße auf den Steinfußboden. Die stärkende Wirkung des Trankes ließ schon wieder nach. »Vielleicht könntest du mir mehr über diese Aufgabe erzählen, Herr.« Er griff nach der Phiole, doch Raafi as-Keeme steckte sie in den Ärmel.

»Aber sehr gern, mein Lieber«, sagte der Besucher. »Nachdem wir etwas über deinen Hintergrund gesprochen haben. Du stiehlst nicht nur Juwelen, hat der Junge behauptet, sondern auch Seelen.«

Elric erschrak und musterte den Mann mißtrauisch. Doch dessen Gesicht war völlig ausdruckslos. »Nun, das kommt darauf an, wie ...«

»Gut! Mein Herr wünscht, deine Dienste in Anspruch zu nehmen. Bist du erfolgreich, bekommst du ein Faß dieses Elixiers, mit dem du in die Jungen Königreiche zurückkehren kannst, oder wohin auch immer dich dein Herz führen mag.«

»Du bietest mir mein Leben an, Herr«, sagte Elric langsam. »Und ich bin bereit, dafür einiges zu zahlen.«

»Mein Herr, wie ich sehe, feilscht du wie ein echter Händler. Nun, ich bin sicher, daß wir einen guten Handel abschließen werden. Komm jetzt mit mir in einen gewissen Palast.«

Lächelnd nahm Elric Sturmbringer in beide Hände und warf sich zurück übers Bett, so daß seine Schultern die Wand berührten. Er legte das Schwert über die Knie und machte mit der rechten Hand huldvoll wie ein Monarch eine einladende Bewegung. Spöttisch sagte er: »Möchtest du nicht noch etwas bleiben und eine Probe meiner Kunst zu dir nehmen, Herr Raafi as-Keeme?«

Der Mann in dem kostbaren Gewand schüttelte den Kopf. »Ich denke nein. Du hast dich offensichtlich an den Gestank hier und die Ausdünstungen deines Körpers gewöhnt; aber ich versichere dir, für jeden anderen ist es äußerst unangenehm.«

Elric lachte und nickte. Dann erhob er sich, legte den Schwertgurt um und schob das raunende Runenschwert in die schwarze Lederscheide. »Dann geh voran! Ich muß gestehen, daß ich sehr neugierig bin, welche Risiken ich auf mich nehmen soll, wenn die Diebe Quarzhasaats die Belohnung ablehnen, die ein Lord hier bietet.«

Im Innern hatte er schon einen Entschluß gefaßt: Ein zweites Mal würde er sein Leben nicht so leicht aufs Spiel setzen. Das schuldete er Cymoril.

Kapitel 2

Die Perle im Herzen der Welt

Weiches Sonnenlicht fiel in breiten Bändern durch das schwere Gitter, das in dem prächtig bemalten Dach eines Palastes, der Goshasiz hieß, eingelassen war. Das labyrinthartige Bauwerk zeigte nicht die Einflüsse der Zeit, sondern die finsterer Mächte. Hier bewirtete Lord Gho Fhaazi seinen Gast mit dem geheimnisvollen Elixier und erlesenen Speisen, die in Quarzhasaat mindestens so kostbar waren wie die Ausstattung des Palastes.

Gebadet und in sauberem Gewand spürte Elric neue Lebenskraft. Die dunklen Blau- und Grüntöne der Seide unterstrichen die Helligkeit seiner weißen Haut und des langen, feinen Haares. Das Runenschwert lehnte in der Scheide an dem geschnitzten Sessel. Der Albino konnte es jederzeit ziehen und benutzen, sollte sich dieser Empfang als eine Falle erweisen.

Lord Gho Fhaazi war nach der letzten Mode gekleidet und frisiert. Sein schwarzes Haar und der Bart waren in symmetrische Locken gedreht, die Enden des weitausladenden Schnurrbarts waren gewachst und gezwirbelt. Die buschigen Brauen über den grünen Augen waren blond gefärbt, seine Haut künstlich gebleicht, so daß sie der Elrics glich. Mit leuchtend roten Lippen saß er am Kopfende eines Tisches, der sich zu seinem Gast leicht neigte. Mit dem Rücken zum Licht ähnelte der Lord einem Richter, der über einen Schwerverbrecher zu urteilen hatte.

Elric erkannte die Absicht dieses Arrangements, war aber nicht sehr beeindruckt. Lord Gho war relativ jung, Anfang dreißig, und hatte eine angenehme, etwas hohe Stimme. Mit seinen dicklichen Fingern zeigte er auf die Platten mit Feigen und Datteln in Minzeblättern und die in Honig eingelegten Heuschrecken, die auf dem Tisch standen. Dann schob er die Silberphiole mit dem Elixier zu Elric. Seine Bewegungen verrieten, daß er diese Gastgeberpflichten sonst immer Sklaven überließ.

»Hier, trink nur, mein Bester.« Er war nicht sicher, wie er Elric einzuordnen hatte. Beinahe schien er Angst zu haben. Dem Albino wurde klar, daß es um eine äußerst dringliche Angelegenheit ging, auf die Lord Gho aber bis jetzt noch nicht eingegangen war. Elric wußte nur das, was ihm der Bote mitgeteilt hatte. »Hast du vielleicht eine Lieblingsspeise, die wir nicht aufgetischt haben?«

Elric betupfte sich mit dem gelben Leinentuch die Lippen. »Ich stehe in deiner Schuld, Lord Gho. Ich habe nicht mehr so vorzüglich gespeist, seit ich die Jungen Königreiche verließ.«

»So? Ich höre, daß es dort alle Speisen im Überfluß gibt.«

»So reichlich wie Diamanten in Quarzhasaat. Hast du die Jungen Königreiche schon bereist?«

»Wir hier in Quarzhasaat haben es doch nicht nötig, zu reisen«, sagte Lord Gho überrascht. »Was gibt es in der Fremde, das wir uns wünschen könnten?«

Elric fand, daß Lord Ghos Volk und seines sehr viel gemeinsam hatten. Er nahm noch eine Feige und verzehrte sie langsam. Genießerisch aß er die süße Frucht. Dann blickte er Lord Gho direkt in die Augen und fragte: »Wieso hast du dann von Nadsokor etwas erfahren?«

»Auch wenn wir nicht selbst reisen, so kommen doch Reisende zu uns. Manche haben Karawanen nach Karlaak oder sonstwohin genommen. Gelegentlich bringen sie Sklaven zu uns. Diese erzählen uns die erstaunlichsten Lügen!« Er lachte nachsichtig. »Aber zweifellos ist doch ein Körnchen Wahrheit in manchem, was sie erzählen. So sollen Traumdiebe bezüglich ihrer Herkunft sehr geheimnisvoll und vorsichtig sein. In Nadsokor sollen Diebe aller Art willkommen sein - haben wir gehört. Da braucht man nun wirklich nicht viel Verstand, um die Schlußfolgerung zu ziehen, die auf der Hand liegt ...«

»Vor allem, wenn man nahezu keine Informationen über andere Länder und Völker hat.« Elric lächelte.

Lord Gho Fhaazi merkte die Ironie in Elrics Worten nicht, oder zog es vor, sie zu ignorieren. »Ist Nadsokor deine Heimat oder hast du dich freiwillig dorthinbegeben?«

»Ich halte mich dort nur vorübergehend auf«, erklärte Elric wahrheitsgemäß.

»Auf den ersten Blick ähnelst du den Bewohnern Melnibonés«, bemerkte Lord Gho. »Hast du vielleicht unter deinen Vorfahren jemanden mit melnibonéischem Blut?«

»Das steht außer Frage.« Elric wunderte sich, daß Lord Gho nicht längst auf diese offensichtliche Lösung gekommen war. »Wird das Volk der Dracheninsel immer noch so gehaßt?«

»Für ihren Angriff auf unser Reich, meinst du? Doch ja. Das nehme ich an. Aber die Dracheninsel ist ja schon vor langer Zeit unserer Magie zum Opfer gefallen und unter den Wellen versunken. Und das armselige melnibonéische Reich ist bei dieser Racheaktion gleich mit untergegangen. Warum sollten wir uns also den Kopf über eine tote Rasse zerbrechen, die für ihre Schandtaten gebührend bestraft wurde?«

»So ist es in der Tat.« Elric verstand, daß Quarzhasaat sich seine Niederlage damit erklärt und sich zugleich eine ausreichende Entschuldigung verschafft hatte, nichts zu unternehmen. Man hatte einfach Elrics gesamtes Volk mittels einer Legende in Vergessenheit geraten lassen. Er konnte also kein Melnibonéer sein, da es Melniboné ja schließlich nicht mehr gab! In dieser Hinsicht konnte er daher ganz beruhigt sein. Die Leute hier waren derartig desinteressiert am Rest der Welt und ihren Bewohnern, daß Lord Gho Fhaazi ihm keinerlei weitere Fragen zu seiner Person stellte. Der Quarzhasaater hatte sich eine feste Meinung über Elric gebildet und war zufrieden. Der Albino dachte über die Macht des menschlichen Verstandes nach, der sich eine Fantasie schaffen konnte und sie mit tiefster Überzeugung als Realität verteidigte.

Elrics größte Schwierigkeit bestand darin, daß er keine blasse Ahnung hatte, welchen Beruf er angeblich ausübte oder wie er Lord Ghos Auftrag ausführen sollte.

Der hohe Herr steckte die Hände in ein Becken mit Duftwasser und wusch sich den Bart. Demonstrativ ließ er dabei die Flüssigkeit auf den mit geometrischen Mosaiken verzierten Boden tropfen.

»Mein Diener meldete mir, daß du seine Anspielung verstanden hast«, sagte er und trocknete sich mit einem hauchdünnen Tuch die Hände. Man sah deutlich, daß er normalerweise Sklaven für solche Arbeiten hatte. Wahrscheinlich wollte er mit Elric allein speisen, damit niemand seine Geheimnisse belauschte. »Der eigentliche Text der Prophezeihung lautet etwas anders. Kennst du ihn?«

»Nein«, bekannte Elric freimütig. Was würde passieren, wenn Lord Gho merkte, daß er sich hier unter falschen Vorzeichen aufhielt?

»Wenn der Blutmond aus dem Bronzezelt Feuer macht, wird sich der Pfad zur Perle auftun.«

»Aha«, sagte Elric. »Genau.«

»Und dabei wird natürlich auch der Pfad in die Festung enthüllt werden.«

Elric nickte mit ernster Miene, als bestätige er diese Worte lediglich.

»Und ein Mann wie du, mit dem Wissen von Übernatürlichem und zugleich Natürlichem, der die Wege entlang der Grenzen zwischen Wachen und Träumen kennt, vermag dann wohl die Verteidigungsanlagen zu durchbrechen, die Wächter zu überwältigen und die Perle zu stehlen!« Lord Ghos Stimme klang gleichzeitig wohllüstig, korrupt und stark erregt.

»In der Tat«, sagte der Herrscher von Melniboné.

Lord Gho nahm Elrics Schweigsamkeit für Diskretion. »Würdest du diese Perle für mich stehlen, Herr Dieb?«

Elric überlegte eine Weile, ehe er antwortete. »Dieser Diebstahl ist mit Sicherheit keineswegs ungefährlich, nehme ich an.«

»Selbstverständlich. Wir hier sind alle überzeugt, daß nur einer aus deinem Gewerbe in der Lage ist, auch nur in die Festung zu gelangen, ganz davon zu schweigen bis zur Perle vorzudringen.«

»Und wo liegt die Festung der Perle?«

»Na, ich nehme an, im Herzen der Welt.«

Elric runzelte die Stirn.

»Schließlich nennt man dieses Juwel die Perle im Herzen der Welt, oder etwa nicht?« sagte Lord Gho leicht ungeduldig.

»Das klingt logisch. Da stimme ich dir zu.« Elric widerstand dem Verlangen, sich am Kopf zu kratzen. Stattdessen nahm er lieber noch einen Schluck von diesem köstlichen Elixier, obwohl ihn nicht nur das Gespräch mit Lord Gho zunehmend beunruhigte, sondern auch die Tatsache, daß diese helle Flüssigkeit ihm so überaus mundete. »Aber sicher gibt es da noch andere Hinweise, oder?«

»Ich dachte, das gehört mehr in deinen Arbeitsbereich,

Dieb. Du mußt natürlich zur Oase der Silberblume gehen! Der richtige Zeitpunkt ist, wenn die Nomaden dort eine ihrer Versammlungen abhalten. Irgendwie muß das wohl mit dem Blutmond zusammenhängen. Höchstwahrscheinlich öffnet sich der Pfad bei der Oase der Silberblume für dich. Von der Oase hast du doch bestimmt schon gehört.«

»Ich fürchte, ich habe keine Landkarte«, lautete Elrics lahme Entschuldigung.

»Da können wir Abhilfe schaffen. Bist du noch nie auf der Roten Straße gewesen?«

»Wie ich schon erklärte, bin ich ein Fremdling in eurem Reich, Lord Gho.«

»Aber eure geographischen und historischen Werke müssen sich doch mit uns befassen!«

»Ich fürchte, wir sind sehr rückständig und unwissend, mein Lord. Wir Jungen Königreiche standen so lange im Schatten des bösen Melniboné, daß wir keine Gelegenheit hatten, die Freuden des Lernens zu entdecken.«

Lord Gho hob seine künstlichen Augenbrauen. »Ja, das stimmt natürlich! Nun denn, Herr Dieb, wir werden dir eine Karte zur Verfügung stellen. Aber die Rote Straße ist leicht zu finden, da sie von Quarzhasaat direkt zur Oase der Silberblume führt. Danach kommen nur noch die Berge, die die Nomaden die Zackigen Säulen nennen. Die sind für dich uninteressant, glaube ich. Es sei denn, der Pfad der Perle führt dich hindurch. Das ist eine viel geheimnisvollere Straße und - wie du verstehen wirst - auf keiner der üblichen Landkarten eingezeichnet. Jedenfalls auf keiner, die wir besitzen. Und unsere Bibliotheken sind die bestausgestattetsten der Welt.«

Elric war entschlossen, das meiste aus dieser Gnadenfrist für sich herauszuschlagen; daher wollte er diese Farce noch so lange durchhalten, bis er Quarzhasaat sicher hinter sich gelassen hatte und wieder auf dem Wege in die Jungen Königreiche war. »Ich bekomme hoffentlich auch ein Pferd.«

»Das edelste. Mußt du auch deinen Krummstab zurückhaben? Oder ist der lediglich eine Art, dich als Dieb auszuweisen?«

»Ich kann einen anderen finden.«

Lord Gho hob die Hand an den seltsamen Bart. »Wie du meinst, Dieb.«

Elric fand es an der Zeit, das Thema zu wechseln. »Du hast noch recht wenig über die Art und Höhe meiner Entlohnung gesagt.« Er leerte seinen Weinkelch. Ungeschickt füllte Lord Gho ihn wieder.

»Was verlangst du denn üblicherweise?« fragte der Quarzhasaater.

»Nun, es ist ein recht ungewöhnlicher Auftrag.« Elric fand die Situation wieder amüsant. »Du bist dir darüber im klaren, daß es nur wenige gibt, die über solche Fähigkeiten wie ich verfügen, selbst in den Jungen Königreichen. Und von diesen kommen noch weniger nach Quarzhasaat ...«

»Bring mir diese Perle, Dieb. Dann bist du reich. Zumindest dürfte es dich zu einem der mächtigsten Männer in den Jungen Königreichen machen. Ich statte dich mit dem kompletten Haushalt eines Aristokraten aus. Gewänder, Juwelen, einem Palast, Sklaven. Oder falls du weiter herumziehen möchtest, gebe ich dir eine Karawane, die ein ganzes Volk in den Jungen Königreichen kaufen kann. Du könntest ein Prinz dort werden, vielleicht sogar ein König.«

»Das sind ja berauschende Aussichten«, sagte der Albino sarkastisch.

»Wenn du das zu dem dazuzählst, was ich bereits ausgegeben habe und noch ausgeben werde, müßtest du die Entlohnung großzügig finden.«

»Aye. Äußerst großzügig, zweifellos.« Elric runzelte die Stirn und betrachtete die Gobelins, die kostbaren Steinmetzarbeiten an Säulen und Erkern und die aus Edelsteinen zusammengesetzten Mosaike. Eigentlich wollte er weiter feilschen, weil er das Gefühl hatte, man erwarte es von ihm. »Aber ich habe das Gefühl, daß die Perle für dich sehr wertvoll ist, Lord Gho - du willst doch bestimmt etwas damit kaufen. Da mußt du zugeben, daß der Preis, den du mir anbietest, nicht allzu hoch ist.«

Lord Gho Fhaazi schien das Gespräch jetzt auch Freude zu bereiten. Er lächelte. »Mit der Perle werde ich mir einen Platz im Rat der Sechs kaufen. Da wird in Kürze einer frei. Deshalb muß ich sie auch so bald haben. Ich habe sie schon fest versprochen. Das hast du ganz richtig erraten. Es gibt Rivalen, doch keiner hat so viel geboten wie ich.«

»Kennen diese Rivalen dein Angebot?«

»Es gibt zweifellos Gerüchte. Aber ich warne dich. Kein Wort über deinen Auftrag ...«

»Hast du keine Angst, daß ich mich nach einem besseren Angebot in der Stadt umsehen könnte?«

»Ach, bestimmt gibt es welche, die dir mehr bieten würden, falls du so habgierig und treulos wärst. Aber keiner kann dir bieten, was ich dir biete.« Lord Gho Fhaazis Mund verzog sich zu einem widerwärtigen Grinsen.

»Wie das?« fragte Elric. Plötzlich fühlte er sich wie in einer Falle. Rein instinktiv wollte er schon nach Sturmbringer greifen.

»Sie besitzen nämlich das hier nicht.« Lord Gho schob dem Albino die Phiole hin. Elric war überrascht, daß er schon wieder ein Glas Elixier geleert hatte. Nachdenklich schenkte er sich nach und trank einen kleinen Schluck. Langsam begriff er die Wahrheit. Furcht überfiel ihn.

»Was kann so selten wie die Perle sein?« Elric stellte den Kelch ab. Ihm schwante aber schon die Antwort.

Lord Gho sah ihn durchdringend an. »Das weißt du doch schon, oder?« Jetzt lächelte er überlegen.

»Aye«. Elrics gute Laune war wie weggeblasen. Ein kalter Angstschauder lief ihm über den Rücken. Gleichzeitig stieg Wut in ihm auf. »Das Elixier, nehme ich an ...«

»Ach, das ist relativ einfach herzustellen. Es ist selbstverständlich ein Gift - eine Droge, die sich vom Benutzer nährt, ihm dabei aber Vitalität nur vorgaukelt. Schließlich ist nichts mehr übrig, wovon sich die Droge nähren könnte. Der darauffolgende Tod ist meist äußerst unangenehm. In nur einer Woche hat das Zeug aus Frauen und Männern eklige Wracks gemacht, die sich davor noch stark genug fühlten, die ganze Welt zu beherrschen.« Lord Gho lachte, daß seine Ringellöckchen tanzten. »Aber noch im Tode flehen sie, man solle ihnen den Stoff geben, der sie tötete. Ist das nicht eine Ironie des Schicksals, Herr Dieb? Was ist so selten wie die Perle, fragst du? Nun, inzwischen muß dir die Antwort klar sein, oder? Das Leben!«

»Dann sterbe ich also. Warum sollte ich dir dann einen Dienst erweisen?«

»Weil es selbstverständlich auch ein Gegenmittel gibt! Etwas, das alles ersetzt, was die andere Droge stiehlt. Und dieses Mittel erzeugt kein süchtiges Verlangen, sondern stellt die Kräfte des Benutzers innerhalb von wenigen Tagen wieder vollständig her. Es vertreibt auch das Verlangen nach der ersten Droge. Du siehst also, Dieb, daß mein Angebot keineswegs von der Hand zu weisen ist. Ich kann dir genug Elixier geben, um deine Aufgabe zu erfüllen, und ich kann dir das Gegenmittel geben, wenn du rechtzeitig hierher zurückkehrst. Das ist doch wirklich eine großzügige Belohnung, oder?«

Elric richtete sich auf und legte die Hand an den Knauf des Schwarzen Schwertes. »Ich habe bereits deinem Boten mitgeteilt, daß mein Leben für mich nur einen begrenzten Wert hat. Es gibt Dinge, die ich höher einschätze.«

»So habe ich dich auch verstanden«, sagte Lord Gho mit grausamer Heiterkeit. »Ich hege auch große Hochachtung vor dir wegen dieser Prinzipien, Dieb. Dein Standpunkt ehrt dich. Doch es gibt hier noch ein anderes Leben zu bedenken, oder? Das deines Komplizen.«

»Ich habe keinen Komplizen, Lord Gho.«

»Ach nein? Wirklich nicht, Dieb? Dann komm mal mit.«

Elric mißtraute dem Mann und sah keinen Grund, ihm zu folgen, als er so arrogant durch den hohen Eingangsbogen der Halle stolzierte. Sturmbringer neben ihm knurrte wie ein mißtrauischer Hund.

Die Gänge des Palastes waren mit grünem, braunem und gelbem Marmor ausgekleidet, so daß man das Gefühl hatte, durch einen kühlen Wald zu wandern, in dem die herrlichsten blühenden Büsche dufteten. Die beiden gingen an Räumen vorbei, in denen sich das Gesinde aufhielt oder Räumen, die Menagerien, Aquarien und Terrarien beherbergten. Nachdem sie am Serail und einer Waffenkammer vorbei waren, blieb Lord Gho vor einer Holztür stehen, die von zwei Soldaten bewacht wurde. Sie steckten in den unpraktischen barocken Rüstungen, die in Quarzhasaat üblich waren. Ihre Bärte waren gesalbt und zu fantastischen Formen aufgedreht. Beim Eintreffen Lord Ghos präsentierten sie kunstvoll verzierten Hellebarden.

»Aufmachen!« befahl er. Ein Posten holte hinter seinem Brustpanzer einen großen Schlüssel hervor und steckte ihn in das Schloß.

Die Tür führte auf einen kleinen Innenhof mit einem stillgelegten Springbrunnen inmitten eines Kreuzgangs. Auf der anderen Seite lagen Unterkünfte.

»Wo bist du? Wo bist du denn, mein Kleiner? Zeig dich! Schnell!« rief Lord Gho ungeduldig.

Man hörte ein metallisches Klirren. Auf einer Schwelle erschien eine Gestalt. Sie hielt eine Frucht in der einen und ein Stück Kette in der anderen Hand. Die Kette war an einen breiten Metallring um die Taille angeschlossen. Der Junge konnte nur mit Mühe gehen. »Ach Herr«, sagte er zu Elric. »Du hast mir nicht das gebracht, was ich mir erhofft hatte.«

»Aber vielleicht, was du verdient hast, Anigh.« Elrics Miene war finster. Er zeigte offen seinen Ärger. »Ich habe dich nicht ins Gefängnis gebracht, Kerl. Ich glaube, die Wahl lag doch bei dir. Du hast dich freiwillig mit Mächten eingelassen, die offensichtlich keinerlei Anstand kennen.«

Lord Gho hörte ungerührt zu. »Er hat sich als Diener

Raafi as-Keemes ausgegeben«, erklärte er und betrachtete den Jungen mit gewissem Interesse. »Er bot uns deine Dienste an. Er behauptete, als dein Agent zu handeln.«

»Nun, das war er auch.« Elrics Ärger schwand angesichts der Klemme, in der sich der unglückliche Anigh befand. Er lächelte dem Jungen zu. »Das ist doch bestimmt nicht gegen eure Gesetze.«

»Gewiß nicht. Er zeigte hervorragenden Unternehmungsgeist.«

»Warum hat man ihn dann in Ketten gelegt?«

»Das war eine Frage der Zweckmäßigkeit. Du verstehst das doch sicher.«

»Unter anderen Umständen würde ich es für schlichte Infamie halten«, sagte Elric. »Aber da ich dich als Aristokraten kenne, Lord Gho, weiß ich, daß du niemals diesen Jungen einsperren würdest, um mir zu drohen. Das wäre weit unter deiner Würde.«

»Ich hoffe, ein echter Aristokrat zu sein, Herr Dieb. Doch in Zeiten wie diesen halten sich nicht alle Aristokraten der Stadt an den alten Ehrenkodex. Du verstehst das doch, obgleich du selbst kein Adliger bist, ja, wie ich annehme, nicht einmal ein Ehrenmann.«

»In Nadsokor hält man mich für einen«, erklärte Elric ruhig.

»Naja, in Nadsokor. Das glaube ich.« Lord Gho zeigte auf Anigh, der unsicher von einem zum anderen blickte, da er der Unterhaltung nicht folgen konnte. »Und in Nadsokor würden sie bestimmt auch eine passende Geisel festhalten, wenn sie könnten.«

»Aber es ist ungerecht, Lord Gho.« Elrics Stimme zitterte jetzt vor Wut. Er mußte sich sehr beherrschen, nicht das Schwarze Schwert zu ziehen, das an seiner linken Hüfte hing. »Wenn ich bei meiner Mission in deinem Auftrag getötet werde, muß dieser Junge ebenso sterben, als wenn ich geflohen wäre.«

»Das ist durchaus richtig. Aber ich rechne fest damit,

daß du zurückkehrst. Wenn nicht - nun, der Junge kann mir auch dann nützlich sein, tot oder lebendig.«

Anigh lächelte nicht mehr. Blankes Entsetzen starrte aus seinen Augen. »Aber, edle Herren!«

»Es wird ihm kein Haar gekrümmt.« Lord Gho legte die kalte, gepuderte Hand auf Elrics Schulter. »Denn du wirst mit der Perle aus dem Herzen der Welt zurückkommen, oder etwa nicht?«

Elric holte tief Luft, um die Beherrschung wiederzuerlangen. Tief im Innern spürte er einen starken Drang. Einen Drang, den er nicht klar definieren konnte. War es Mordlust? Wollte er das Schwarze Schwert ziehen und diesem hinterhältigen, degenerierten Schwächling die Seele aussaugen? Ganz ruhig sagte er: »Mein Lord, wenn du diesen Jungen freiläßt, versichere ich dir, daß ich mein bestes tun werde ... ich schwöre ...«

»Guter Dieb, ganz Quarzhasaat ist voll von Männern und Frauen, die einem immer wieder alles mögliche versichern. Ich bin sicher, daß sie es auch ehrlich meinen. Sie schwören große, feierliche Eide bei allem, was ihnen heilig ist. Doch sobald sich die Umstände ändern, vergessen sie ihre Eide. Da ist meiner Meinung nach eine gewisse Sicherheit nützlich, sie an ihre Verpflichtungen zu erinnern. Dir ist doch auch klar, daß wir um höchste Einsätze spielen. In der ganzen Welt gibt es keine höheren! Ein Sitz im Rat!« Diese letzten Worte hatte Lord Gho mit vollem Ernst ausgesprochen. Es war offensichtlich, daß es für Lord Gho Fhaazi kein höheres Ziel gab.

Elric war über die Borniertheit und kleinkarierte Beschränktheit des Mannes so empört, daß er ihm den Rükken kehrte. Er wandte sich an Anigh. »Wie du sehen kannst, mein Junge, haben Leute, die sich auf meine Seite schlagen, wenig Glück. Ich habe dich davor gewarnt. Aber glaube mir, ich werde mein möglichstes tun, um zurückzukehren und dich zu retten.« Dann fügte er in der Gaunersprache noch hinzu: »Bis dahin darfst du diesem dreckigen

Widerling nicht über den Weg trauen und mußt jede halbwegs reelle Möglichkeit zum Abhauen nutzen.«

»Ich dulde dieses Kauderwelsch aus der Gosse nicht!« rief Lord Gho wütend. »Sonst sterbt ihr beide auf der Stelle!« Offensichtlich verstand er diesen Jargon im Gegensatz zu seinem Boten nicht.

»Ich rate dir, mir nicht zu drohen, Lord Gho.« Elrics Hand ruhte wieder auf dem Schwertgriff.

Der Lord lachte laut. »Was? Also nein, was für eine Aufmüpfigkeit! Ist dir denn nicht klar, daß das Elixier, das du bereits getrunken hast, dich umbringt? Hör zu Dieb, du hast nur drei Wochen, bis dich nur noch das Gegenmittel retten kann. Nagt nicht schon die Gier nach der Droge an deinen Eingeweiden? Wäre dies Elixier harmlos, würden wir alle es trinken und Götter werden!«

Elric war nicht sicher, ob die plötzlichen Schmerzen in seinem Verstand oder seinem Körper waren. Er merkte jedoch auch, daß das Verlangen nach der Droge stärker zu werden drohte als der instinktive Wunsch, diesen quarzhasaatischen Adligen auf der Stelle zu töten. Selbst auf der Schwelle des Todes, als ihm seine Drogen ausgegangen waren, hatte er nicht ein so starkes Verlangen gespürt. Er zitterte am ganzen Körper. Seine Stimme klang eiskalt. »Das ist mehr als eine schlichte Infamie, Lord Gho. Ich gratuliere. Deine Ränke sind namenlos grausam. Du gehst über Leichen. Sind alle Ratsmitglieder so korrupt wie du?«

Lord Gho wurde nur noch freundlicher. »Aber, aber, lieber Dieb. Das ist deiner doch nicht würdig! Ich tue doch nichts anderes, als sicherzustellen, daß du eine Zeitlang meine Interessen vertrittst. Was ist daran falsch? Ich halte es für höchst unziemlich, wenn einer, der sich selbst als Dieb bezeichnet, einen Aristokraten Quarzhasaats beleidigt, nur weil dieser fähig ist, einen günstigen Handel abzuschließen.«

Elric fraß der Haß auf diesen Mann, den er anfangs lediglich unsympathisch gefunden hatte, beinahe auf. Doch dann gewann er wieder Kontrolle über seine Gefühle und wurde eiskalt. »Dann bin ich also dein Sklave, Lord Gho?«

»Wenn du es so ausdrücken willst, ja! Zumindest, bis du mir die Perle im Herzen der Welt bringst.«

»Und wenn ich die Perle für dich erringe - woher weiß ich, daß du mir dann das Gegenmittel gibst?«

Lord Gho zuckte mit den Achseln. »Das ist deine Sache. Für einen Fremdländer scheinst du ja recht intelligent zu sein und hast offensichtlich bis jetzt mit Hilfe deines Verstandes überlebt. Aber mach keinen Fehler! Dieser Trank wird ausschließlich für mich gebraut. Du findest nirgendwo anders das richtige Rezept. Halte dich an unsere Abmachung, Dieb, und du wirst reich belohnt von dannen ziehen. Unseren kleinen Freund hier kannst du dann auch heil mitnehmen.«

Elrics Laune war in grimmigen Humor umgeschlagen. Mit seiner wiedererlangten Stärke, ganz gleich wie künstlich, konnte er Lord Gho doch beträchtlichen Schaden zufügen, ja der ganzen Stadt, wenn er wollte. Als könne er Gedanken lesen, bewegte sich Sturmbringer an seiner Hüfte, so daß Lord Gho einen kurzen, nervösen Blick auf das große Runenschwert warf.

Doch wollte Elric nicht sterben und auch nicht Anighs Tod verschulden. Er beschloß abzuwarten und zumindest eine Zeitlang so zu tun, als diene er Lord Gho, bis er mehr über diesen Mann und seine ehrgeizigen Träume wußte und vielleicht auch die Bestandteile der Droge herausfand, nach der er sich so verzehrte. Möglicherweise tötete das Elixier gar nicht. Vielleicht tranken es auch viele Leute in Quarzhasaat und besaßen auch das Gegenmittel dazu. Aber er hatte - mit Ausnahme von Anigh - keine Freunde in der Stadt. Er kannte auch niemanden, mit dem er sich gegen Lord Gho hätte verbünden können.

»Vielleicht ist es mir gleichgültig, was mit dem Jungen geschieht«, sagte Elric.

»Oh nein, ich glaube, ich kenne deinen Charakter zu

gut. Du bist wie die Nomaden. Und die Nomaden sind wie die Menschen in den Jungen Königreichen. Sie schätzen das Leben ihrer Gefährten unnatürlich hoch ein. Sie haben eine Schwäche für sentimentale Treue.«

Elric mußte trotz allem innerlich über die Ironie dieser Worte lachen, da auch die Melnibonéer sich weit über solche Treue erhaben dünkten. Er war einer der wenigen, denen selbst das Schicksal von Menschen, die nicht zu seiner engsten Familie gehörten, am Herzen lag. Das war auch der Grund, warum er jetzt hier war. Das Schicksal lehrte ihn seltsame Dinge. Er seufzte und hoffte, diese Lektion würde ihn nicht das Leben kosten.

»Wenn dem Jungen auch nur ein Haar gekrümmt wurde, Lord Gho, wird dich nach meiner Rückkehr ein Schicksal treffen, das tausendfach schlimmer ist als alles, was du ihm angetan hast. Oder mir, möchte ich noch hinzufügen!« Seine roten Augen funkelten den Lord wütend an. Die Feuer der Hölle schienen in diesem Schädel zu lodern.

Lord Gho lief es kalt über den Rücken. Er lächelte, um seine Furcht zu verhehlen. »Nein, nein, nein!« Er runzelte die Stirn. »Du hast keinerlei Grund, mir zu drohen. Ich habe dir die Bedingungen klar dargelegt. Ein solches Benehmen bin ich nicht gewöhnt. Ich warne dich, Dieb!«

Elric lachte. Das Feuer in seinen Augen verblaßte nicht. »Ich werde dich an all die Dinge gewöhnen, die du mit anderen anstellst, Lord Gho. Ganz gleich, was auch geschieht. Kannst du mir geistig folgen? Diesem Jungen wird kein Leid angetan!«

»Ich habe dir gesagt ...«

»Und ich habe dich gewarnt.« Elric senkte die Lider über die schrecklichen Augen, als schließe er eine Tür zum Reich des Chaos. Trotzdem trat Lord Gho unwillkürlich einen Schritt zurück. Elrics Stimme war ein eiskaltes Flüstern. »Bei all der Macht, über welche ich gebiete, werde ich an dir gerächt werden! Nichts kann diese Rache aufhalten! Nicht dein ganzer Reichtum, nicht einmal dein Tod!«

Jetzt gelang es Lord Gho nicht mehr zu lächeln.

Anigh grinste wieder wie das fröhliche Kind, das er früher gewesen war. Offensichtlich glaubte er Elrics Worten.

Der Albinoprinz bewegte sich wie ein hungriger Tiger auf Lord Gho zu. Dann stolperte er und holte tief Luft. Die Wirkung des Elixiers ließ nach oder wollte mehr von seinem Körper. Er wußte nicht, welches von beiden zutraf. So etwas hatte er noch nie erlebt. Er gierte nach dem nächsten Schluck. In seiner Brust und seinem Bauch tobten Schmerzen, als würden Ratten an ihm nagen. Er rang nach Luft.

Nun zeigte Lord Gho wieder eine Spur seines früheren Humors. »Weigere dich, mir zu dienen, und dein Tod ist dir sicher. Ich warne dich, Dieb, sei mit gegenüber höflicher.«

Elric bemühte sich, einigermaßen würdevoll dazustehen. »Eins sollst du wissen, Lord Gho: Wenn du mich bei unserem Handel betrügst, werde ich meinen Schwur halten und über dich und deine Stadt solche Vernichtung bringen, daß du bedauern wirst, je meinen Namen gehört zu haben. Und diesen Namen, Lord Gho Fhaazi, wirst du erst hören, wenn du und deine Stadt samt all ihren degenerierten Bewohnern im Sterben liegen.«

Der Quarzhasaater wollte antworten, biß sich dann aber auf die Lippen. »Ich gebe dir drei Wochen.« Mehr sagte er nicht.

Mit letzter Kraft zerrte Elric Sturmbringer aus der Scheide. Das schwarze Metall pulsierte, schwarzes Licht entströmte. Die eingeritzten Runen tanzten zu einem schrecklichen Lied, das unheildrohend den Garten füllte und von sämtlichen Türmen und Minaretten Quarzhasaats widerhallte. »Dies Schwert trinkt Seelen, Lord Gho. Ich könnte deine jetzt trinken. Dann hätte ich mehr Kraft als irgendein Trank von dir mir geben kann. Aber im Augenblick bist du mir um eine Winzigkeit überlegen. Ich gehe auf deinen Handel ein. Aber solltest du lügen ...«

»Ich lüge nicht!« Lord Gho hatte sich auf die andere Seite des trockenen Springbrunnens in Sicherheit gebracht.

»Nein, Herr Dieb! Ich lüge nicht! Du mußt nur tun, was ich gesagt habe. Bring mir die Perle im Herzen der Welt, und ich werde dich mit all dem Reichtum belohnen, den ich dir versprach, außerdem deinem Leben und dem des Jungen.«

Das Schwarze Schwert grollte und verlangte ganz klar auf der Stelle nach der Seele des Adligen.

Mit einem Schrei verschwand Anigh in einem Raum.

»Ich reite morgen früh«, erklärte Elric und steckte das Schwert widerstrebend zurück in die Scheide. »Du mußt mir noch sagen, welches Stadttor ich nehmen muß, um auf die Rote Straße zur Oase der Silberblume zu gelangen. Außerdem verlange ich deine ehrliche Empfehlung, in welcher Dosierung ich das giftige Elixier nehmen soll.«

»Komm«, sagte Lord Gho mit nervöser Bereitwilligkeit. »In der Halle steht noch mehr. Es wartet auf dich. Ich wollte unser Treffen wirklich nicht durch schlechte Manieren verderben ...«

Elrics Lippen wurden schon unangenehm trocken. Er blieb stehen und blickte zurück zu der Tür, wo Anighs Kopf gerade noch zu sehen war.

»Komm!« Lord Gho packte Elrics Arm. »Auf in die Halle. Das Elixier. Sogar mehr als zuvor. Du verlangst doch danach, oder etwa nicht?«

Er sprach die Wahrheit. Doch noch siegte in Elric der Haß über die Gier nach dem Trank. Er rief: »Anigh! Junger Anigh!«

Langsam zeigte sich der Junge. »Aye, Herr?«

»Ich schwöre, daß ich nichts tun werde, wodurch du Schaden erleidest. Und diese eklige Kreatur hier versteht jetzt auch, daß er unter schlimmsten Qualen sterben wird, wenn er dir etwas zuleide tut, solange ich weg bin. Du mußt dich aber an alles erinnern, was ich dir gesagt habe, Junge, denn ich weiß nicht, wohin dieses Abenteuer mich führen wird.« Dann fügte Elric noch in der Gaunersprache hinzu: »Vielleicht in den Tod.«

»Ich habe verstanden«, rief Anigh. »Aber ich flehe dich

an, Herr. Stirb nicht! Ich bin an deinem restlichen Leben noch durchaus interessiert.«

»Das reicht!« Lord Gho ging durch den Kreuzgang und bedeutete Elric, ihm zu folgen. »Komm jetzt! Ich werde dich mit allem versorgen, was du benötigst, um die Festung der Perle zu finden.«

»Und ich wäre überaus dankbar, wenn du mich nicht sterben ließest. Ich wäre dir äußerst ergeben, Herr«, rief Anigh hinter ihnen her. Dann schloß sich die Tür.

Kapitel 3

Auf der Roten Straße

Am nächsten Morgen verließ Elric von Melniboné also das alte Quarzhasaat, ohne genau zu wissen, was er suchte oder wo er es finden würde. Er wußte nur, daß er der Roten Straße zur Oase der Silberblume folgen und dort ein Bronzezelt finden sollte, wo er vielleicht erfuhr, wie er auf den Pfad zur Perle im Herzen der Welt weiterziehen konnte. Blieb ihm der Erfolg dieser nebulösen Mission versagt, hatte er zumindest sein Leben verwirkt.

Lord Gho Fhaazi hatte ihm keine weiteren Einzelheiten mitgeteilt. Offensichtlich wußte der ehrgeizige Politiker auch nicht mehr als das, was er noch einmal wiederholt hatte. »Der Blutmond muß aus dem Bronzezelt Feuer machen, ehe der Pfad zur Perle enthüllt wird.«

Da Elric weder die alten Legenden noch die Geschichte Quarzhasaats kannte und über die Geographie auch nur wenig wußte, hatte er beschlossen, den Weg zur Oase zu nehmen, der auf der Karte, die ihm Lord Gho gegeben hatte, eingezeichnet war. Danach betrug die Entfernung zwischen Quarzhasaat und der Oase mit dem seltsamen Namen jedoch mindestens einhundert Meilen. Dahinter kamen die Zackigen Säulen, ein niedriger Gebirgszug. Das Bronzezelt war nicht eingetragen, ebensowenig fand sich ein Hinweis auf die Perle.

Lord Gho glaubte, daß die Nomaden mehr wüßten, konnte Elric aber nicht zusichern, daß sie auch mit ihm sprechen würden. Der Albino hoffte jedoch auf freundliche Aufnahme, sobald die Wüstensöhne erfuhren, wer er war und er mit etwas Gold, mit dem ihn Lord Gho versehen hatte, nachhalf. Über das Land hinter der Seufzerwüste oder seine Bewohner wußte er überhaupt nichts. Lord Gho hatte die Nomaden verachtend als primitiv bezeichnet und war sogar dagegen gewesen, daß sie gelegentlich in die Stadt kamen, um Handel zu treiben. Elric hoffte, die Nomaden würden bessere Manieren haben als die, die sich immer noch einbildeten, den ganzen Kontinent zu beherrschen.

Der Name für die Rote Straße war gut gewählt. Dunkelrot zog sie sich wie eine Spur halbgetrockneten Blutes durch die Wüste. Zu beiden Seiten erhoben sich Steilufer, die darauf hinwiesen, daß die Straße ursprünglich ein Fluß gewesen war, an dessen Ufern Quarzhasaat dereinst erbaut worden war. Im Abstand von einigen Meilen senkten sich die Dämme, so daß man in alle Richtungen auf die Wüste hinausblicken konnte - ein Meer rollender Dünen, dazu eine leichte Brise, die auf der Straße nur schwach zu hören war, aber dennoch an das Seufzen eines im Kerker schmachtenden Liebenden erinnerte.

Langsam kletterte die Sonne am Indigohimmel empor, der so reglos wie eine Kulisse dastand. Elric war für die landesübliche Kleidung dankbar, die ihm Raafi as-Keeme gegeben hatte. Er trug einen weißen Burnus mit Kapuze, lose weiße Beinkleider und ein passendes Wams, weiße Leinenstiefel bis zum Knie und einen Augenschutz. Sein kräftiges, aber geschmeidiges Roß war ausdauernd und zu großer Geschwindigkeit fähig; es trug ebenfalls einen weißen Überwurf als Schutz gegen die Sonne und den Sand, der ständig über die Landschaft strich. Elric bemerkte, daß man sich Mühe gab, die Straße von den Sandwehen frei zu halten, die sich an den Seiten auftürmten und zu Wällen wurden.

Im Albinoprinzen wütete immer noch der Haß auf seine mißliche Situation und auf Lord Gho Fhaazi. Aber er war ebenso noch immer wild entschlossen, am Leben zu bleiben, Anigh zu befreien und nach Melniboné zurückzukehren, um wieder mit Cymoril vereint zu sein. Lord Ghos Elixier war tatsächlich so süchtigmachend, wie dieser behauptet hatte. Elric führte zwei Flaschen in den Satteltaschen mit. Inzwischen war er davon überzeugt, daß es ihn töten würde und daß nur Lord Gho das Gegenmittel besaß. Diese Überzeugung verstärkte noch seinen Entschluß, sich bei der ersten günstigen Gelegenheit an diesem feinen Herrn zu rächen.

Die Rote Straße schien endlos. Hitzeschlieren bildeten sich am Horizont, als die Sonne höherstieg. Obwohl Elric es für sinnlos hielt, einer Sache hinterherzutrauern, wünschte er jetzt doch, er wäre nie so töricht gewesen, dem Seemann aus Ilmiora die Landkarte abzukaufen oder so schlecht ausgerüstet in die Wüste hinauszureiten.

»Jetzt die Überirdischen zu Hilfe rufen, wäre der Gipfel der Dummheit«, sagte er laut vor sich hin. »Außerdem bedarf ich wahrscheinlich ihrer Hilfe, sobald ich die Festung der Perle erreiche.« Elric wußte, daß seine Selbstverachtung ihn nicht nur bewogen hatte, noch mehr Torheiten zu begehen, sondern immer noch sein Handeln mitbestimmte. Ohne diese Selbstbeschuldigungen hätte er sicher einen klareren Kopf bewiesen und Lord Ghos hinterlistigen Trick durchschaut.

Selbst jetzt mißtraute er noch seinem Instinkt. Seit einer Stunde hatte er das Gefühl, daß ihm jemand auf der Roten Straße folgte, hatte aber niemanden sehen können, obwohl er plötzlich zurückgeschaut oder abrupt angehalten hatte, ja sogar ein kurzes Stück zurückgeritten war. Doch augenscheinlich war er ebenso allein wie zu Beginn seiner Reise.

»Vielleicht verwirrt das verdammte Elixier auch meine Sinne«, sagte er und tätschelte dem Pferd den Hals. Die hohen Wälle neben der Straße waren hier zu kleinen Hügeln herabgesunken. Elric zügelte das Pferd. Ihm war es, als habe er eine Bewegung gesehen, die nicht vom Sand stammte. Kleine Wesen rannten hier und dort aufrecht und neugierig mit hochgestrecktem Hals herum. Elric sah genauer hin, aber da waren sie schon wieder verschwunden. Jetzt schienen andere Geschöpfe, viel größer und langsamer, aus der Sandoberfläche herauszukriechen. Über diesen schwebte eine dunkle Wolke, die ihnen auf dem mühsamen Marsch durch die Wüste folgte.

Elric stellte fest, daß zumindest dieser Teil der Seufzerwüste keineswegs ohne Leben war. Er hoffte nur, daß die großen Biester, die er entdeckt hatte, nicht den Menschen als Beutetier betrachteten.

Wieder hatte er das Gefühl, verfolgt zu werden. Als er ruckartig den Kopf drehte, meinte er, einen gelben Punkt, vielleicht einen gelben Burnus, gesehen zu haben, der aber hinter einer leichten Biegung verschwunden war. Er war versucht, ein oder zwei Stunden zu rasten; aber er wollte die Oase der Silberblume so schnell wie möglich erreichen, da ihm so wenig Zeit blieb, seine Mission auszuführen und mit der Perle nach Quarzhasaat zurückzukehren.

Der Albino schnupperte. Die Brise trug einen neuen Geruch herbei. Hätte er es nicht besser gewußt, hätte er gesagt, jemand verbrenne Küchenabfälle. Es stank genauso entsetzlich. Da entdeckte er in einiger Entfernung eine dünne Rauchwolke. Lagerten Nomaden so nahe bei Quarzhasaat? Er hatte gehört, daß sie ohne triftigen Grund nicht gern näher als hundert Meilen an die Stadt herankamen. Und wenn Menschen hier lagerten, warum hatten sie ihre Zelte nicht näher an der Straße aufgeschlagen? Da er von Banditenüberfällen nichts gehört hatte, befürchtete er keinen Angriff, ritt aber vorsichtig weiter; seine Neugier war geweckt.

Die Wälle neben der Straße wurden wieder höher und versperrten den Blick auf die Wüste. Doch wurde der Gestank immer stärker. Er konnte ihn kaum noch ertragen. Das Zeug legte sich auf seine Lungen. Ihm tränten die Augen. Es stank grauenvoll, als verbrenne jemand verweste Leichen.

Jetzt flachte das Gelände wieder ab, so daß Elric hinausblicken konnte. Rauchwolken, seiner Schätzung nach nicht ganz eine Meile entfernt. Sie waren jetzt dunkler als vorher. Über ihnen tanzten andere dunkle Wolken im Zickzack dahin. War das ein Stamm, der irgendwie Herdfeuer auf seinen Wagen brennen ließ, während er durch die Wüste zog? Aber was für eine Art Wagen konnte so schnell durch die Dünen fahren? Und warum fuhren sie nicht auf der Roten Straße?

So sehr Elric versucht war, das Geheimnis näher in Augenschein zu nehmen, so sehr war er sich aber auch klar, daß es Irrsinn wäre, die Straße zu verlassen. Womöglich würde er sich wieder verirren. Dann würde es ihm noch schlechter gehen als beim letzten Mal, als Anigh ihn vor Quarzhasaat gefunden hatte.

Der Albino wollte gerade absteigen, um seinen Augen, wenn schon nicht dem Körper, eine Stunde Ruhe zu gönnen, als der Wall neben ihm zu beben begann. Große Spalten taten sich auf. Der grauenvolle Brandgeruch war jetzt noch näher. Elric hustete, um sich gegen den brennenden Gestank zu wehren. Sein Pferd wieherte und verweigerte, als er es vorantreiben wollte.

Plötzlich schossen aus den Spalten seltsame Geschöpfe

hervor und rannten vor ihm über die Straße. Es waren jene Wesen, von denen er zuvor gedacht hatte, daß es kleinwüchsige Menschen wären. Jetzt, aus der Nähe betrachtet, ähnelten sie eher Ratten. Aber Ratten, die auf langen Hinterbeinen liefen und die kurzen Vorderbeine hoch vor der Brust hielten. Ihre grauen, langen Gesichter waren voller scharfer Zähne, und die großen flatternden Ohren ließen sie so wie Flugtiere aussehen, die jeden Augenblick abheben wollten.

Es folgte ein lautes Donnern und Krachen. Schwarzer Rauch blendete Elric. Sein Pferd stieg empor. Elric sah, wie sich eine Gestalt aus einem großen Spalt schob: Ein schwerer, fleischfarbener Körper auf einem Dutzend Beine jagte mit klappernden Kinnladen den Rattenwesen nach, die offensichtlich seine natürlichen Beutetiere waren. Elric ließ die Zügel locker und starrte auf das Ungetüm, von dem er gedacht hatte, es habe nur in grauer Vorzeit existiert. Er hatte von solchen Tieren gelesen, sie aber für längst ausgestorben gehalten. Sie hießen Feuerkäfer. Durch einen Trick der Natur schieden diese Riesenkäfer durch ihren Rückenpanzer ein Öl aus. Diese Ölflecken gerieten durch Sonneneinstrahlung oder bereits brennende Flecken auf dem Panzer in Brand. Manchmal brannten bis zu zwanzig Feuer gleichzeitig auf den undurchdringlichen Rückenpanzern der Käfer. Sie wurden nur gelöscht, wenn sich das Tier während der Brutzeit in den Sand eingrub. Diese Feuer hatte Elric in der Ferne gesehen.

Die Feuerkäfer waren auf der Jagd.

Sie bewegten sich entsetzlich schnell. Mindestens ein Dutzend von ihnen drang auf die Straße vor. Elric stellte zu seinem Schrecken fest, daß er und sein Pferd von dem Haufen überrannt werden würden, die den Rattenwesen nachjagten. Ihm war klar, daß die Feuerkäfer bei Fleisch nicht wählerisch sein würden. Rein zufällig konnte ihn so ein Tier verspeisen, von dem man nie gehört hatte, daß es zu den Menschenfressern zählte. Das Pferd wieherte und bäumte sich in Panik auf. Elric mußte es mit aller Kraft zwingen, die Hufe wieder auf den Boden zu stellen. Jetzt riß er Sturmbringer heraus, obwohl ihm klar war, daß selbst das Runenschwert nicht viel ausrichten konnte gegen diese graurosa Ungeheuer, aus deren Rücken Flammen emporschossen. Sturmbringer sog nur wenig Kraft aus natürlichen Geschöpfen wie diesen. Der Albino konnte nur hoffen, mit einem glücklichen Hieb einen Rückenpanzer zu spalten und durch den immer enger werdenden Kreis hindurchzubrechen, ehe er ganz in der Falle saß.

Elric schwang die große schwarze Schlachtklinge und schlug ein Bein ab. Der Käfer bemerkte es kaum. Jedenfalls hielt er nicht eine Sekunde lang inne. Elric schrie und schlug nochmals zu. Feuer spritzte auf. Heißes Öl schoß durch die Luft, als er den Rücken eines Feuerkäfers traf. Doch wieder richtete sein Schlag nichts aus. Das Wiehern des Pferdes vermischte sich mit den Klagelauten der Klinge. Elric schrie auch laut, als er das Pferd auf der Suche nach einem Fluchtweg bald hierhin, bald dorthin wendete. Unter und zwischen den Hufen huschten die Rattenwesen in Panik herum, da sie sich in den harten Boden der Roten Straße nicht eingraben konnten. Blut spritzte gegen Elrics Beine und Arme und besudelte auch den Leinenüberwurf des Pferdes. Brennendes Öl flog durch die Luft, fiel auf den Stoff und brannte Löcher hinein. Die Käfer fraßen wie neunköpfige Raupen unbeirrt weiter. Allerdings bewegten sie sich dabei langsamer. Nirgends war eine Bresche, durch welche Roß und Reiter hätten entkommen können.

Elric überlegte, mit dem Pferd über die Rücken der Riesenkäfer zu reiten. Doch schienen ihm ihre Schilde zu schlüpfrig. Aber es gab keine andere Hoffnung. Gerade wollte er das Tier vorwärtszwingen, als er ein seltsames Summen hörte. Plötzlich war die Luft voller Fliegen. Das waren die Aasfresser, die immer den Feuerkäfern folgten, wie er gelesen hatte. Sie nährten sich von den Resten und dem Kot der Insekten. Doch jetzt ließen sie sich auf ihm und seinem Pferd nieder. Elrics fühlte grauenvolles Entsetzen. Er schlug nach den Biestern; aber sie formten einen dicken Mantel und krochen überall auf ihm herum. Ihr ohrenbetäubendes Summen verursachte ihm Übelkeit. Halbblind schlug er um sich.

Das Pferd wieherte in Panik und stolperte. Elric versuchte verzweifelt, etwas zu sehen. Aber Rauch und Fliegen waren zuviel für ihn und sein Roß. Die Fliegen füllten seinen Mund und die Nase. Er würgte und versuchte, sie wegzuwischen. Er spuckte sie aus. Sie fielen auf den Boden, wo die Rattenwesen quiekten und starben.

Da drang ein anderes Geräusch schwach an Elrics Ohren. Wie durch ein Wunder hob sich der Fliegenschwarm. Durch die Tränenschleier sah er, wie die Käfer alle in eine Richtung liefen. Dadurch entstand eine Lücke. Augenblicklich trieb er das Pferd an und holte tief Luft. Immer noch hüllte ihn Rauch und Lärm ein, so daß er nicht sicher war, ob er außer Gefahr oder nur in einem weiteren Kreis von Feuerkäfern gelandet war.

Wieder spuckte er Fliegen aus und rückte den Augenschutz zurecht. Dann spähte er nach vorn. Von den Käfern war nichts mehr zu sehen, wohl aber zu hören. Doch jetzt zeichneten sich neue Gestalten in Rauch und Staub ab.

Es waren Reiter, die zu beiden Seiten der Roten Straße die Feuerkäfer mit langen Speeren zurücktrieben, indem sie diese unter die Rückenpanzer bohrten und wie Stachelstöcke einsetzten. Dies tat den Käfern nicht sonderlich weh, brachte sie jedoch in Bewegung. Das hatte Elric mit dem Schwert nicht geschafft. Die Reiter trugen gelbe Gewänder, die sich im Winde aufblähten und wie Flügel auf und abflatterten. Systematisch trieben sie die Käfer von der Straße weg, hinaus in die Wüste, während die überlebenden Rattenwesen sich, dankbar für die unverhoffte Rettung, schnell im Sand vergruben.

Elric steckte Sturmbringer nicht zurück in die Scheide. Es war schließlich möglich, daß diese Reiter ihn nur zufällig gerettet hatten und ihm vielleicht sogar die Schuld gaben, ihnen ihm Wege gewesen zu sein. Daneben gab es auch noch die Möglichkeit, die ihm wahrscheinlicher erschien, daß diese Männer ihn schon seit längerer Zeit verfolgten und sich von den Käfern nicht um ihre Beute bringen lassen wollten.

Jetzt löste sich einer der gelbgekleideten Reiter von den anderen und galoppierte mit hocherhobenem Speer auf Elric zu.

»Ich schulde euch großen Dank«, rief der Albino ihm entgegen. »Ihr habt mir das Leben gerettet, Herr. Hoffentlich habe ich eure Jagd nicht zu sehr gestört.«

Der Reiter war größer als Elric und sehr dünn. Er hatte ein hageres, dunkles Gesicht und schwarze Augen. Der Kopf war kahlgeschoren und beide Lippen mit winzigen Tätowierungen geschmückt. Es sah aus, als trüge er eine Maske aus feiner, bunter Spitze über dem Mund. Da er den Speer nicht weggesteckt hatte, war Elric bereit, sich zu verteidigen. Er wußte, daß seine Chancen, auch gegen so viele Männer, besser waren als gegen die Feuerkäfer.

Der Mann verzog verwundert das Gesicht bei Elric letzter Bemerkung. Dann verstand er. »Wir haben nicht die Feuerkäfer gejagt. Nein, wir sahen, was geschah und daß du nicht wußtest, wie du den Biestern entkommen kannst. Da sind wir so schnell wie möglich hergeritten. Ich bin Manag Iss von der Gelben Sekte, ein Verwandter des Ratsherren Iss. Ich gehöre zu den Zauberer-Abenteurern.«

Elric hatte von diesen Sekten gehört, welche die oberste Kriegerkaste in Quarzhasaat bildeten und wesentlich für die Zaubersprüche verantwortlich waren, aufgrund derer das Reich vom Sand überflutet worden war. Traute Lord Gho ihm doch nicht ganz und hatte sie ihm hinterhergeschickt? Oder waren sie Meuchelmörder mit dem Auftrag, ihn zu töten?

»Nun, auf alle Fälle danke ich dir, Manag Iss, für euer Eingreifen. Ich schulde euch mein Leben. Es ist mir eine große Ehre, einen eurer Sekte kennenzulernen. Ich bin Elric von Nadsokor in den Jungen Königreichen.«

»Aye. Wir haben von dir gehört. Wir sind dir gefolgt, um in gebührlicher Entfernung von der Stadt mit dir in Sicherheit sprechen zu können.«

»In Sicherheit? Du hast von mir keinerlei Gefahr zu fürchten, verehrter Zauberer-Abenteurer.«

Manag Iss war offensichtlich kein Mann, der oft lächelte. Als er es jetzt tat, verzog sich sein Gesicht höchst merkwürdig. Hinter ihm steckten die anderen Sektenmitglieder ihre Speere wieder in die Scheiden, die an den Sätteln angebracht waren, und ritten herbei. »Damit hatten wir auch nicht gerechnet, Herr Elric. Wir kommen in Frieden zu dir und wir sind deine Freunde, wenn du willst. Meine Verwandte läßt dich grüßen. Sie ist die Frau des Ratsherren Iss. Aber Iss ist unser Familienname. Wir heiraten meist innerhalb derselben Sippe, desselben Blutes.«

»Ich freue mich, deine Bekanntschaft zu machen.« Elric wartete, was der Mann noch zu sagen hatte.

Manag Iss machte eine einladende Geste mit der langen, braunen Hand, deren Nägel entfernt und durch die gleichen Tätowierungen wie um den Mund herum ersetzt worden waren. »Willst du nicht absteigen und mit uns reden? Wir haben eine Botschaft an dich und wollen dir Geschenke darbieten.«

Elric steckte Sturmbringer zurück in die Scheide und schwang ein Bein über den Sattel. Dann ließ er sich auf den Staub der Roten Straße gleiten. In einiger Entfernung krochen die Käfer hinweg, vielleicht auf der Suche nach weiteren Rattenwesen. Ihre rauchenden Rücken erinnerten ihn an die Feuer der Lepralager am Rande Jadmars.

»Meine Verwandte möchte dich wissen lassen, daß sie sowie die Gelbe Sekte dir zu Diensten stehen, Herr Elric. Wir sind bereit, dir jede Hilfe zu geben, die du bei der Suche nach der Perle im Herzen der Welt benötigst.«

Jetzt fand Elric die Unterhaltung doch amüsant. »Ich

fürchte, ich bin dir gegenüber im Nachteil, Herr Manag Iss. Bist auch du auf Schatzsuche?«

Manag Iss konnte eine leichte Verärgerung auf seinem Gesicht nicht unterdrücken. »Es ist uns bekannt, daß dein Gönner, Lord Gho Fhaazi, die Perle im Herzen der Welt der Namenlosen Sieben versprach, wofür sie ihm den freien Platz im Rat zusagte. Wir sind gut genug informiert, um zu wissen, daß nur ein außergewöhnlicher Dieb mit dieser Aufgabe betraut werden konnte. Und Nadsokor ist für seine hervorragenden Diebe berühmt. Ich bin sicher, daß du sehr wohl weißt, daß alle Zauberer-Abenteurer bisher gescheitert sind. Seit Jahrhunderten haben die Mitglieder aller Sekten sich bemüht, die Perle im Herzen der Welt zu finden, bei jedem Aufgang des Blutmondes. Die wenigen, die diese Suche überlebten und nach Quarzhasaat zurückkehrten, hatten völlig den Verstand verloren und starben kurz darauf. Erst kürzlich erfuhren wir etwas mehr und erhielten auch Beweise, daß die Perle tatsächlich existiert. Daher wissen wir, daß du ein Traumdieb bist, obgleich du deinen Beruf verbirgst, indem du keinen Krummstab trägst; denn nur ein Traumdieb, und nur der fähigste, kann zur Perle vordringen und sie zurückbringen.«

»Du erzählst mir mehr, als ich bisher wußte, Manag Iss«, sagte Elric ernst. »Es stimmt, daß ich im Auftrag Lord Gho Fhaazis unterwegs bin. Aber eins solltest du auch wissen - ich mache dies Unternehmen nur höchst ungern.« Elric traute seinem inneren Gefühl und enthüllte Manag Iss, welches Druckmittel Lord Gho besaß.

Manag Iss glaubte ihm. Seine tätowierten Fingerspitzen strichen über die bunten Lippen, als er über diese Mitteilung nachdachte. »Die Zauberer-Abenteurer kennen dies Elixier sehr gut. Wir haben es seit Jahrtausenden destilliert. Es stimmt, daß es sich von der Substanz nährt, die es dem Benutzer zuführt. Das Gegenmittel ist viel schwieriger herzustellen. Ich bin überrascht, daß Lord Gho behauptet, es zu haben. Nur ganz bestimmte Sekten der

Zauberer-Abenteurer besitzen eine kleine Menge davon. Wenn du mit uns nach Quarzhasaat zurückkehrst, wären wir in der Lage, dir das Gegenmittel innerhalb eines Tages zu verschaffen. Das kann ich dir zusichern.«

Elric überlegte sorgsam. Manag Iss stand in den Diensten eines Rivalen von Lord Gho. Damit war er verdächtig, ganz gleich wie verlockend sein Angebot auch lautete. Ratsherr Iss, oder Lady Iss, vielleicht auch ein anderer, hatte den Wunsch, einen eigenen Kandidaten in den Rat zu bringen. Sie würde vor nichts halt machen, um ihr Ziel zu erreichen. Es war doch durchaus möglich, daß das Angebot von Manag Iss nur Elrics Wachsamkeit einschläfern sollte, damit man ihn umso leichter töten konnte.

»Verzeih mir, wenn ich jetzt sehr offen spreche«, sagte der Albino. »Aber ich weiß nicht, ob ich dir trauen kann, Manag Iss. Ich weiß, daß das Schmieden von Intrigen die Lieblingsbeschäftigung in Quarzhasaat ist. Ich habe keine Lust, in diese Ränkespiele verwickelt zu werden, die deinen Mitbürgern offensichtlich solches Vergnügen bereiten. Wenn das Gegenmittel zum Elixier existiert, wie du sagst, wäre ich geneigter, über dein Angebot nachzudenken, wenn du mich in - sagen wir - sechs Tagen von heute an in der Oase der Silberblume triffst. Ich habe Elixier für drei Wochen bei mir, das reicht für die Zeit des Blutmondes und meine Reise von und zurück zu deiner Stadt. Das würde mich von deiner Uneigennützigkeit überzeugen.«

»Ich will ebenso offen sein«, sagte Manag Iss mit kühler Stimme. »Ich habe einen Auftrag und bin gebunden durch meinen Blutschwur, den Vertrag meiner Sekte und meine Ehre als Mitglied unserer heiligen Zunft. Mein Auftrag lautet, dich mit allen Mitteln zu überzeugen, entweder deine Suche aufzugeben oder die Perle zu verkaufen. Willst du die Suche nicht aufgeben, bin ich befugt, die Perle um jeden Preis von dir zu kaufen, mit Ausnahme natürlich eines Sitzes im Rat. Ich biete dir daher dasselbe wie Lord Gho und darüber hinaus, was immer dein Herz begehrt.«

Elric sagte bedauernd: »Du kannst mir nicht das gleiche bieten, Manag Iss. Da ist noch der Junge, den er sonst umbringt.«

»Aber der Junge ist doch wohl unwichtig.«

»Vielleicht für die Machtkämpfe in Quarzhasaat, aber nicht für mich.« Elric wurde müde.

Manag Iss merkte, daß er einen taktischen Fehler begangen hatte, und fügte schnell hinzu: »Wir befreien den Jungen. Sag mir, wo wir ihn finden können.«

»Ich glaube, ich bleibe lieber bei meiner ursprünglichen Abmachung«, erklärte Elric. »Die Angebote unterscheiden sich kaum.«

»Was wäre, wenn Lord Gho ermordet würde?«

Elric zuckte mit den Schultern und ging auf die Frage nicht ein. »Manag Iss, ich bin dir für dein Eingreifen wirklich dankbar und werde über dein Angebot nachdenken. Aber jetzt muß ich weiterreiten. Du verstehst, daß ich nur wenig Zeit habe, die Festung der Perle zu finden.«

»Verehrter Dieb, ich warne dich -« Manag Iss brach ab und blickte nach hinten. Eine kleine Staubwolke war auf der Roten Straße zu sehen. Aus ihr tauchten schemenhaft berittene Personen auf. Ihre blaßgrünen Gewänder flatterten. Manag Iss fluchte laut. Trotzdem lächelte er sein seltsames Lächeln, als die Anführer der Reiter herangaloppierten.

Elric sah schon an den Gewändern, daß diese Männer ebenfalls Zauberer-Abenteurer waren. Auch sie waren tätowiert, allerdings auf den Augenlidern und Handgelenken. Auf ihre weiten Umhängen, die bis zu den Knöcheln reichten, war eine Blume gestickt, die etwas kleiner auch auf den Ärmelbündchen zu sehen war. Der Anführer sprang aus dem Sattel und trat zu Manag Iss. Der Mann war nicht sehr groß, sah gut aus und war glatt rasiert bis auf einen kleinen Spitzbart, der nach quarzhasaatischer Mode gesalbt und zu einer übertriebenen Spitze gezwirbelt war. Im Gegensatz zu den Mitgliedern der Gelben Sekte trug er ein Schwert, das nicht in einer richtigen Scheide steckte, sondern nur in einem Ledergurtwerk. Er machte mit der Hand ein Zeichen, das Manag Iss erwiderte.

»Sei gegrüßt, Oled Alesham. Friede sei mit dir. Die Gelbe Sekte wünscht der Fingerhut-Sekte viel Erfolg und ist neugierig zu erfahren, warum ihr so weit auf der Roten Straße geritten seid.« Manag Iss hatte alles sehr schnell gesprochen, offensichtlich eine gängige Formalität. Mit Sicherheit wußte er ebensogut wie Elric, warum Oled Alesham und seine Männer hinterhergeritten waren.

»Wir reiten als Schutz für diesen Dieb«, erklärte der Anführer der Fingerhutsekte mit einem Nicken zu Elric hin. »Er ist ein Fremder in unserem Land. Wir wollen ihm unsere Hilfe anbieten, wie es seit eh und je bei uns Sitte ist.«

Elric konnte bei diesen Worten sein Lächeln nicht unterdrücken. »Bist du, Herr Oled Alesham, zufällig mit einem Mitglied der Sechs und noch Einer verwandt?«

Oled Aleshams Sinn für Humor war größer als der von Manag Iss. »Ja, Dieb. In Quarzhasaat ist jeder mit jedem verwandt. Wir sind unterwegs zur Oase der Silberblume und dachten, du brauchst bei deiner Suche Hilfe.«

»Er sucht nach gar nichts!« erklärte Manag Iss, bedauerte aber sogleich diese dumme Lüge. »Das heißt, er sucht schon nach etwas, aber nur gemeinsam mit seinen Freunden von der Gelben Sekte.«

»Da unsere Zunftgesetze uns verbieten, miteinander zu kämpfen, werden wir doch nicht streiten, wer unseren Gast zur Oase der Silberblume geleiten wird, oder?« Oled Alesham lachte spöttisch. Offenbar amüsierte ihn die Situation köstlich. »Vielleicht sollten wir alle zusammen hinreiten. Dann könnte doch jeder ein Stückchen von der Perle bekommen.«

»Es gibt keine Perle«, erklärte Elric. »Und es wird auch keine geben, wenn ich noch länger von meiner Mission abgehalten werde. Ich danke euch, meine Herren, für eure Fürsorge und wünsche euch einen schönen Nachmittag.«

Diese Reaktion führte zu leichter Bestürzung bei den beiden rivalisierenden Sekten. Ehe sie noch zu einem Entschluß kamen, ritt ein halbes Dutzend Krieger in schwarzen Kapuzengewändern, dicht verschleiert mit gezückten Schwertern in gestrecktem Galopp auf die Gruppe zu.

Da Elric das sichere Gefühl hatte, daß diese Männer ihm nicht wohlgesonnen waren, zog er sich zurück, so daß Manag Iss und Oled Alesham samt Anhängern ihn umgaben. »Noch mehr von eurer Sorte, meine Herren?« fragte er, hielt aber die Hand am Schwertgriff.

»Das ist die Bruderschaft der Nachtfalter«, antwortete Oled Alesham. »Sie sind Meuchelmörder. Ihre einzige Aufgabe ist das Töten. Es wäre besser, du verbündest dich mit uns, Herr Dieb. Offensichtlich hat jemand deinen Tod beschlossen, noch ehe der Blutmond aufgeht.«

»Helft ihr mir, mich zu verteidigen?« fragte der Albino und machte sich zum Kampf bereit.

»Wir können nicht«, sagte Manag Iss. Er klang, als tue es ihm aufrichtig leid. »Wir dürfen nicht gegen unsere eigenen Leute kämpfen. Aber sie werden dich nicht töten, wenn wir uns um dich stellen. Es wäre wirklich das beste, wenn du unser Angebot annähmest.«

Da gewann die ungestüme Wut, die ein Kennzeichen seines uralten Blutes war, die Oberhand in Elric. Ohne ein weiteres Wort riß er Sturmbringer aus der Scheide. »Ich habe genug von diesem armseligen Feilschen. Mach Platz, Manag Iss. Denn ich habe vor, zu kämpfen.«

»Es sind zu viele!« Oled Alesham war bestürzt. »Du wirst abgeschlachtet. Das sind ausgebildete Mörder.«

»Das bin ich auch, teurer Zauberer-Abenteurer!« Damit trieb Elric sein Pferd an und ritt mitten durch die verschreckten Sektenmitglieder der Gelben und der Fingerhüte auf den Anführer der Nachtfalter-Bruderschaft zu.

Das Runenschwert ließ gemeinsam mit seinem Herrn einen Schrei erschallen. Auf Elrics weißem Antlitz leuchtete die Kraft eines Verdammten, die roten Augen blitzten.

Da erkannten die Zauberer-Abenteurer, daß ein außergewöhnliches Wesen unter ihnen war, das sie bisher unterschätzt hatten.

Sturmbringer erhob sich in Elrics behandschuhter Faust. Sein schwarzes Metall schien die Strahlen der gleißenden Sonne förmlich aufzusaugen. Dann fiel die schwarze Klinge, gleichsam zufällig, nieder und spaltete den Schädel des Anführers der Nachtfalter, drang bis ins Brustbein vor und heulte schaurig auf, als es in dem Sekundenbruchteil des Todes die Seele des Mannes verschlang. Elric drehte sich im Sattel um, schwang das Schwert und versenkte es in der Seite des Mörders, der ihn von links angreifen wollte. Der Mann schrie noch: »Es hat mich! O nein!« Dann starb auch er.

Jetzt waren die anderen verschleierten Reiter vorsichtiger. Sie umkreisten den Albino und versuchten, sich eine Taktik zurechtzulegen. Das hatten sie für überflüssig gehalten, da sie dachten, sie müßten nur irgendeinen Dieb aus den Jungen Königreichen über den Haufen reiten und töten. Es waren noch fünf schwarze Reiter übrig. Sie baten ihre Zunftgenossen um Hilfe, doch weder Manag Iss noch Oled Alesham war bereit, seinen Männern die entsprechenden Befehle zu geben, da dies nur auf denselben grausigen Tod hinauslaufen würde, den sie gerade gesehen hatten.

Elric bewies solche Klugheit nicht. Er ritt geradewegs auf den nächsten Angehörigen der Mördersekte zu. Doch dieser parierte sehr geschickt und schlug sogar zurück, ehe sein Arm abgeschlagen wurde und er im Sattel zurücksank. Ein Blutstrom schoß aus dem Stumpf. Noch ein anmutiger Hieb, den halb Elric, halb sein Schwert ausführte, dann wurde auch diesem Manne die Seele aus dem Leib gesogen. Mit Panik in den Augen mengten sich jetzt die schwarzen Nachtfalter mit ihren gelb und grüngekleideten Brüdern. Das war schiere Zauberei! Und mächtiger, als sie je erwartet hatten.

»Halt! Halt!« rief Manag Iss. »Es ist unnötig, daß noch mehr von uns sterben! Wir sind hier, um dem Dieb ein Angebot zu machen. Hat euch der alte Herzog Ral geschickt?«

»Er wünscht keine weiteren Intrigen wegen der Perle«, knurrte einer der verschleierten Männer. »Er sagte, ein sauberer Tod sei die beste Lösung. Aber diese Tode dünken uns keineswegs sauber.«

»Unsere Auftraggeber haben die Vorgehensweise festgelegt«, erklärte Oled Alesham. »Dieb! Steck dein Schwert weg! Wir wollen nicht gegen dich kämpfen.«

»Das glaube ich gern.« Elric war wütend. Er kämpfte gegen den Blutrausch an, der in seinem Innern tobte. »Ihr hättet mich wohl nur allzu gern ohne Kampf erschlagen. Ihr seid Narren! Ich hatte bereits Lord Gho gewarnt. Ich habe die Macht, euch alle zu vernichten. Es ist euer Glück, daß ich geschworen habe, mein Schwert nicht dazu einzusetzen, um andere zu zwingen, meinen Willen für meine persönlichen Ziele auszuführen. Ich habe jedoch nicht geschworen, kampflos durch die Hände gedungener Meuchelmörder zu sterben! Dreht um! Kehrt zurück nach Quarzhasaat!«

Die letzten Worte schrie er, und das Schwert wiederholte seinen Schrei, als er die große schwarze Klinge gen Himmel reckte, als Warnung, was geschehen würde, wenn sie ihm nicht gehorchten.

Manag Iss sagte leise zu Elric: »Das können wir nicht, verehrter Dieb. Wir müssen unseren Auftrag ausführen. So lautet das Zunftgesetz aller Zauberer-Abenteurer. Haben wir erst einmal einen Auftrag angenommen, müssen wir ihn ausführen. Die einzige Entschuldigung für ein Versagen ist der Tod.«

»Dann muß ich euch alle umbringen oder ihr mich«, erklärte Elric ungerührt.

»Wir können doch noch immer den Handel abschließen, von dem ich sprach«, sagte Manag Iss. »Ich habe dich nicht hinters Licht geführt, Dieb.«

»Auch mein Angebot ist ehrlich«, sagte Oled Alesham.

»Aber die Nachtfalter-Bruderschaft hat geschworen, mich zu töten«, entgegnete Elric sarkastisch. »Und gegen sie könnt ihr mich nicht schützen. Wenn ich recht verstehe, müßt ihr sie sogar gegen mich unterstützen, oder?«

Manag Iss versuchte, sich von den schwarzgekleideten Mördern abzusondern. Doch wollten diese die Sicherheit unter ihren Zunftgenossen keineswegs aufgeben.

Dann wisperte Oled Alesham dem Anführer der Gelben Sekte etwas ins Ohr. Manag Iss wurde nachdenklich. Schließlich nickte er und winkte den restlichen Mitgliedern der Nachtfalter-Bruderschaft. Nach kurzer Beratung mit ihnen schaute Manag Iss auf und wandte sich an Elric.

»Verehrter Dieb, wir haben eine Möglichkeit gefunden, dich in Frieden zu lassen und trotzdem ehrenvoll nach Quarzhasaat zurückzureiten. Wenn wir uns jetzt zurückziehen, versprichst du, daß du uns nicht folgen wirst?«

»Wenn ich euer Wort habe, daß diese Nachtfalter mich nicht wieder angreifen.« Elric war jetzt ruhiger. Er legte die leise summende Runenklinge über den linken Arm.

»Steckt eure Schwerter weg, Brüder!« befahl Oled Alesham. Die Nachtfalter gehorchten sofort.

Nun steckte auch Elric Sturmbringer zurück in die Scheide. Die ruchlose Energie, die er denen entzogen hatte, die ihn hatten umbringen wollen, erfüllte ihn jetzt, so daß er die alte verstärkte Sensibilität seiner Rasse wiedergewonnen hatte, die Arroganz und die Kraft seines uralten Blutes. Er lachte seinen Feinden ins Gesicht. »Wißt ihr immer noch nicht, wen ihr töten wolltet, oh Herren?«

Oled Alesham blickte finster drein. »Ich habe das Gefühl, daß mir langsam klar wird, woher ihr stammt, großer Dieb. Man erzählt sich, daß die Herren des Strahlenden Reiches solche Klingen wie deine führten, in uralten Zeiten, noch vor jeder Geschichtsschreibung. Man erzählt sich, daß diese Klingen lebendige Wesen seien, eine Rasse, die mit der deinen verbündet ist. Du hast das Aussehen unserer längst ausgestorbenen Erzfeinde. Bedeutet das alles, daß Melniboné nicht in den Fluten versank?«

»Darüber kannst du dir selbst den Kopf zerbrechen, Oled Alesham.« Elric vermutete, daß sie irgendeine Schurkerei planten, fügte jedoch beinahe unvorsichtig hinzu: »Wenn deine Leute weniger Zeit darauf verwendeten, die Märchen über ihre eigene, längst vergangene Größe am Leben zu erhalten und sich stattdessen dem Studium der Welt, wie sie tatsächlich ist, widmeten, hätte eure Stadt vielleicht eine bessere Überlebenschance. Aber so zerbrökkelt sie unter dem Gewicht ihrer Lügengeschichten. Im Laufe der Zeit werden die Legenden, die einer Rasse das Gefühl des Stolzes und historischer Bedeutung verleihen, verderbt und stinkend. Wenn Melniboné versinkt, verehrter Zauberer-Abenteurer, wird es so sein, wie Quarzhasaat jetzt versinkt ...«

»Mit philosophischem Geschwätz befassen wir uns nicht«, unterbrach ihn Manag Iss ungeduldig. »Wir stellen die Motive oder Ideen unserer Auftraggeber nicht in Frage. So steht es in unseren Statuten geschrieben.«

»Und die müssen unter allen Umständen befolgt werden!« Elric lächelte. »Und so feiert ihr eure Dekadenz und wehrt euch gegen die Realität.«

»Geh jetzt!« sagte Oled Alesham. »Es ist nicht deine Sache, uns über Moral zu belehren. Das müssen wir uns nicht anhören. Wir sind keine unwissenden Schüler mehr.«

Elric nahm die milde Rüge hin und wendete sein müdes Pferd wieder in die Richtung zur Oase der Silberblume. Er verschwendete keinen einzigen Blick zurück, war aber sicher, daß die Zauberer-Abenteurer aufgeregt diskutierten. Fröhlich pfiff er vor sich hin. Die Rote Straße zog sich dahin, die von den Feinden gestohlene Energie versetzte ihn in eine euphorische Stimmung. Seine Gedanken weilten bei Cymoril und seiner Rückkehr nach Melniboné. Er hoffte, das Überleben seines Volkes zu sichern, indem er ihm eben die Veränderungen bringen würde, von denen er bei den Zauberer-Abenteurern gesprochen hatte. In diesem Augenblick schien ihm sein Ziel nähergerückt. Sein Kopf war klarer als seit vielen Monaten.

Die Nacht senkte sich schnell herab, und mit ihr fiel die Temperatur. Der Albino zitterte vor Kälte. Seine gute Laune war verflogen. Er holte aus den Satteltaschen schwerere Kleidung und legte sie an. Dann band er das Pferd fest und machte ein Feuer. Von dem für ihn so notwendigen Elixier hatte er seit der Begegnung mit den Zauberer-Abenteurern nichts angerührt. Allmählich verstand er die Wirkungsweise besser. Die Gier danach war schwächer geworden, obwohl er sie noch spürte. Aber er sah Hoffnung, daß er sich aus der Abhängigkeit befreien konnte, ohne weiter mit Lord Gho verhandeln zu müssen.

»Alles, was ich tun muß«, sagte er vor sich hin, als er etwas von den ihm mitgegebenen Speisen zu sich nahm, »ist, dafür zu sorgen, daß ich wenigstens einmal pro Tag von den Männern der Nachtfalter-Bruderschaft angegriffen werde ...« Danach verstaute er die Feigen und das Brot, wickelte sich in seinen Umhang und legte sich schlafen.

Seine Träume waren fremd und gleichzeitig vertraut. Er befand sich in Imrryr, der Träumenden Stadt. Cymoril saß neben ihm, als er sich auf dem Rubinthron zurücklehnte und seinen Hof betrachtete. Aber es war nicht der Hof, den die Herrscher von Melniboné seit Tausenden von Jahren gehalten hatten. Dies war ein Hof, an den Männer und Frauen aus allen Nationen gekommen waren, aus den gesamten Jungen Königreichen, aus Elwher und dem auf keiner Karte verzeichneten Osten, aus Phum, ja sogar aus Quarzhasaat. Neues Wissen und Philosophie wurden ausgetauscht, dazu noch alle erdenkbaren Waren. Dies war ein Hof, dessen Kräfte nicht dazu dienten, sich bis in alle Ewigkeit unverändert zu erhalten, sondern der offen war für jede neue Idee und lebendigen Gedankenaustausch. Hier waren neue Gedanken keine Bedrohung der Existenz, sondern unabdingbare Notwendigkeit für das Weiterleben. Die Schätze wurden für Experimente auf dem Gebiet der Künste und der Wissenschaften ausgegeben, um Denker und Gelehrte zu unterstützen, wenn sie es brauchten. Der helle Glanz des Strahlenden Reiches kam hier nicht von glimmender Verwesung, sondern vom Licht der Vernunft und des guten Willens.

Das war Elrics Traum, den er bis jetzt noch nie so schlüssig und deutlich gesehen hatte. Das war sein Traum, für den er die Welt bereiste, für den er die ihm zustehende Macht ablehnte, für den er sein Leben riskierte, seinen Verstand, seine Liebe und alles, was er hochschätzte. Denn er war überzeugt, daß ein Leben, das nicht im Trachten nach Wissen und Gerechtigkeit aufs Spiel gesetzt wurde, nicht lebenswert war. Für ihn stand fest, daß Gerechtigkeit nicht durch Rechtssprechung allein, sondern durch Erfahrung erworben wurde. Man mußte selbst Erniedrigung und Hilflosigkeit erlitten haben, zumindest in gewissem Maße, ehe man ihre Wirkung richtig einschätzen konnte. Man mußte Macht aufgeben, wenn man wahre Gerechtigkeit erreichen wollte. Dies war nicht die Logik des Reiches, doch es war die Logik eines Mannes, der diese Welt wahrhaft liebte und sich wünschte, daß ein Zeitalter anbräche, in dem alle Menschen frei sein würden, ihre Neigungen mit Würde und Selbstachtung zu verwirklichen.

»Oh Elric«, sagte Yyrkoon und kroch wie ein giftiges Reptil hinter dem Rubinthron hervor. »Du bist ein Feind deiner eigenen Rasse, ein Feind ihrer Götter und ein Feind all dessen, was ich anbete und begehre. Aus diesem Grund mußt du vernichtet werden. Deshalb muß ich alles, was du besitzt, in meine Gewalt bringen. Alles ...«

Da erwachte Elric. Seine Haut war feucht. Er griff nach dem Schwert. Er hatte im Traum Yyrkoon als Schlange gesehen. Jetzt hätte er schwören können, daß er gehört hatte, wie etwas nicht weit von ihm durch den Sand glitt. Das Pferd witterte es auch und bäumte sich laut wiehernd auf. Elric erhob sich und ließ den schweren Umhang fallen.

Aus den Nüstern des Pferdes stoben Dampfwolken. Über ihm sandte der Mond ein fahles, blaues Licht auf die Wüste herab.

Das Gleiten klang näher. Elric blickte forschend zur hohen Böschung hinauf. Nichts. Er war sicher, daß die Feuerkäfer nicht zurückgekommen waren. Das nächste Geräusch gab ihm recht. Stinkender Atem wurde laut ausgestoßen. Das Zischen klang beinahe wie ein Schrei. Da wußte der Albino, daß irgendein riesiges Ungeheuer in der Nähe war.

Elric wußte auch, daß dieses Biest kein Lebewesen der Wüste war, ja nicht einmal eines dieser Welt. Dem Gestank nach mußte es übernatürlich sein, eine Ausgeburt der Hölle, das seine Feinde zu Hilfe gerufen hatten. Da war ihm plötzlich klar, warum die Zauberer-Abenteurer so bereitwillig ihre Angriffe eingestellt und was sie geplant hatten, als sie ihn ruhig ziehen ließen.

Elric verfluchte seine Euphorie und zückte Sturmbringer. Dann kroch er zurück in die Dunkelheit, weg von seinem Pferd. Hinter ihm wurde Brüllen laut. Er wirbelte herum und stand dem Ungeheuer gegenüber.

Es sah wie eine riesige Katze aus. Allerdings glich der Körper mehr einem Pavian mit hocherhobenem Schwanz, und aus seinem Rücken ragten entlang der Wirbelsäule Stacheln hervor. Jetzt richtete sich das Monster auf und streckte seine Klauen nach Elric aus. Dieser sprang mit einem Schrei beiseite und schlug mit dem Schwert zu. Das Ding flimmerte in seltsamen Farben und Lichtern. Offenbar war sein Körper nicht aus Materie dieser Welt gemacht. Elric war sich über die Herkunft des Ungeheuers im klaren. Solche Wesen hatten die Zauberer von Melniboné in früheren Zeiten mehr als einmal herbeigerufen, damit sie ihnen gegen jene halfen, die sie vernichten wollten. Der Albino zermarterte sich den Kopf nach einem Abwehrzauber, der das Ungeheuer zurück in die Reiche treiben würde, aus denen man es heraufbeschworen hatte. Doch es war schon zu lange her, seit er sich aktiv mit der Zauberei befaßt hatte.

Jetzt hatte das Untier seinen Geruch aufgenommen und verfolgte ihn, als er im Zickzack in die offene Wüste hinausrannte, um möglichst weit weg von dem Ungeheuer zu kommen.

Das Monster brüllte. Es war hungrig, aber nicht nur nach Elrics Fleisch. Von jenen, die es heraufbeschworen hatten, war ihm auch die Seele des Albinos zugesagt worden - die übliche Belohnung für ein übernatürliches Wesen wie dieses. Elric fühlte, wie die Klauen hinter ihm durch die Luft sausten, als das Untier ihn zu packen versuchte. Er drehte sich um und schlug mit Sturmbringer zu. Er erwischte eine Klaue. Eine blutähnliche Flüssigkeit quoll aus der Wunde. Ein Energiestoß, der ihn beinahe zum Erbrechen reizte, schoß in seinen Körper. Elric stieß zu. Das Ungeheuer brüllte. In dem roten Maul sah Elric regenbogenfarbene, spitze Zähne glitzern.

»Bei Arioch!« stieß der Albino aus. »Du bist wirklich abgrundtief häßlich! Da hat man direkt die Pflicht, dich zurück in die Hölle zu senden ...« Wieder schnellte Sturmbringer vor und zielte auf die verwundete Pfote. Doch diesmal brachte sich das Ungeheuer in Sicherheit. Es wich zurück und machte sich sprungbereit. Diesen Angriff würde Elric nicht überleben, das war ihm klar. Ein übernatürliches Ungeheuer ließ sich nun mal nicht so leicht erledigen wie die Krieger der Nachtfalter-Bruderschaft.

Doch da hörte er einen schrillen Schrei. Er drehte sich um und sah im Mondlicht, wie sich ihm eine Erscheinung näherte. Sie glich einem Manne, der auf einem Tier mit einem merkwürdigen Buckel ritt. Das Reittier galoppierte schneller als jedes Pferd.

Das Katzenmonster verharrte verunsichert. Dann drehte es sich um, spuckte und knurrte. Offensichtlich wollte es diese Ablenkung beseitigen, ehe es sich wieder dem Albino widmete.

Da Elric hoffte, daß der Reiter keine feindseligen Absichten hegte, sondern rein zufällig vorbeikam und ihm jetzt helfen wollte, rief er laut: »Bring dich lieber in Sicherheit! Dies ist ein übernatürliches Ungeheuer und kann nicht auf herkömmliche Art und Weise getötet werden.«

Die Stimme, die antwortete, war tief und vibrierend, ja fast fröhlich. »Darüber bin ich mir im klaren, mein Bester. Ich wäre dir sehr verbunden, wenn du es so lange in Schach hieltest, bis ich seine Aufmerksamkeit auf mich gelenkt habe.« Er wendete sein seltsames Reittier und trabte davon. Das übernatürliche Wesen ließ sich allerdings nicht so leicht täuschen. Man hatte ihm offenbar sein Opfer genau beschrieben. Es schnupperte kurz und suchte Elrics Witterung aufs neue.

Der Albino lag hinter einer Düne und sammelte seine Kräfte. Da fiel ihm ein Zauber ein, der zwar nicht sehr stark war aber zusammen mit der zusätzlichen Energie, die er dem Dämon schon entzogen hatte, ausreichen könnte. Elric stimmte ein Zauberlied in der uralten, schönen musikalischen Sprache an, die man Hochmelnibonéisch nannte. Dabei ließ er mit seltsamen, anmutigen Handbewegungen Sand durch die Finger gleiten. Allmählich formten die Sandkörner eine Spirale, die sich nach oben drehte. Immer schneller wirbelte sie im fahlen Lichte des Mondes.

Das Katzenbiest knurrte und stürzte auf Elric zu. Dieser stand vor der wirbelnden Spirale. Erst im letzten Augenblick sprang er beiseite. Die Stimme der Spirale wurde höher. Es war nur ein einfacher Zauber, den man jungen Zauberern lehrte, um sie zu ermutigen. Doch genügte es, um den Dämon lange genug zu blenden, daß Elric angreifen und ihm die Klinge direkt unterhalb der Klauen in die Eingeweide stoßen konnte.

»Oh! Das ist zuviel! Zuviel!« Das Ungeheuer wand sich im Todeskampf, während seine dämonische Lebenskraft sich in Elric ergoß. Einmal schrie die Riesenkatze noch auf. Dann war sie tot.

Keuchend lag Elric auf dem Sand und sah zu, wie das Monster langsam zu Nichts verblaßte und in die Regionen zurückkehrte, aus denen man es heraufbeschworen hatte. Einige Sekunden lang wollte der Albino dem Dämon in dessen Heimat folgen, als die gestohlene Energie aus seinen Eingeweiden zu bersten drohte, aus seinem Blut und seinen Knochen. Doch wußte Elric aus früherer Zeit, wie er dieser Lust widerstehen konnte. Nach kurzem inneren Kampf hatte er die Beherrschung über sich zurückgewonnen. Langsam erhob er sich. Da drang Hufschlag an sein Ohr.

Schon wirbelte er mit gezücktem Schwert herum. Doch es war nur der Reiter, der vorher versucht hatte, ihm zu helfen. Sturmbringer spürte diese Dankbarkeit nicht, sondern bebte in Elrics Hand. Er war bereit, die Seele dieses Freundes ebenso aufzusaugen wie zuvor die Seelen der Feinde.

»Nein!« Der Albino zwang die Klinge in die Scheide. Von der Energie des Dämonen war ihm beinahe übel. Trotzdem überwand er sich und begrüßte den Fremden mit tiefer Verneigung. »Ich danke dir für deine Hilfe, Fremdling. Ich hatte nicht erwartet, so nahe bei Quarzhasaat auf einen Freund zu stoßen.«

Der junge Mann betrachtete Elric wohlwollend und freundlich. Er sah ungemein gut aus. Dunkle, feuchte Augen glänzten in dem schwarzen, gutgeschnittenen Gesicht. Auf dem kurzen Kraushaar saß eine Kappe, die mit Pfauenfedern geschmückt war. Jacke und Beinkleider waren aus schwarzem Samt und mit Goldfäden bestickt. Darüber hatte er einen hellen Umhang mit Kapuze geworfen, wie ihn die Bewohner der Wüste in diesen Gegenden zu tragen pflegten. Sein Reittier glich mit dem großen Buckel über den Schultern und den gespaltenen Hufen den Rindern aus dem südlichen Erdteil, die Elric auf alten Schriftrollen abgebildet gesehen hatte.

Am Gürtel des jungen Mannes hing ein reich geschnitzter Stab mit gekrümmtem Griff. Die Länge des Stabes entsprach etwa der halben Größe des Mannes. An der anderen Seite hing ein einfaches Schwert mit einem flachen Griff.

»Und ich hatte nicht damit gerechnet, einen Herrscher von Melniboné in dieser Gegend zu treffen«, sagte der Mann leicht spöttisch. »Sei gegrüßt, Prinz Elric. Es ist mir eine Ehre, deine Bekanntschaft zu machen.«

»Wir sind uns noch nie begegnet. Woher kennst du meinen Namen?«

»Ach, solche Tricks sind für jemanden meines Gewerbes ein Kinderspiel, Prinz Elric. Ich heiße Alnac Kreb und bin auf dem Wege zu der Oase, die man die Oase der Silberblume nennt. Wollen wir zu deinem Lager zurückkehren und zu deinem Pferd? Ich kann dir die freudige Nachricht überbringen, daß ihm nichts zugestoßen ist. Du mußt mächtige Feinde haben, wenn sie einen solchen Dämon gegen dich herbeirufen. Hast du dich mit den Zauberer-Abenteurern in Quarzhasaat angelegt?«

»Es scheint wohl so.« Elric ging neben dem Fremden zurück zur Roten Straße. »Ich bin dir dankbar, Meister Alnac Kreb. Ohne deine Hilfe hätte mich das Ungeheuer mit Leib und Seele verschlungen und würde mich jetzt in das Höllenloch zurückschleppen, das es gezeugt hat. Aber ich muß dich warnen. Es besteht durchaus die Gefahr, daß mich diejenigen erneut angreifen, die es herschickten.«

»Das glaube ich nicht, Prinz Elric. Die sind bestimmt überzeugt, daß sie Erfolg hatten. Außerdem wollten sie nichts mehr mit dir zu schaffen haben, nachdem sie erkennen mußten, daß du kein gewöhnlicher Sterblicher bist. Ich sah vor kaum einer Stunde, wie ein Haufen dieser üblen Zunft - aus drei verschiedenen Sekten - zurück nach Quarzhasaat ritt. Da ich neugierig war, vor wem sie flohen, ritt ich hierher. Und so habe ich dich gefunden. Es war mir eine Freude, dir diesen kleinen Dienst erwiesen zu haben.«

»Auch ich reite zur Oase der Silberblume. Allerdings weiß ich nicht, was mich dort erwartet.« Elric mochte diesen jungen Mann auf Anhieb. »Ich wäre froh, wenn wir zusammen reiten würden.«

»Ich fühle mich geehrt, wirklich!« Lächelnd stieg Alnac Kreb von seinem seltsamen Reittier und band es nahe bei Elrics Pferd an, das sich von dem Schrecken noch immer nicht ganz erholt hatte.

»Ich möchte dich nicht übermäßig beanspruchen. Es ist schon spät, und sicher bist du müde«, sagte Elric. »Aber ich bin sehr neugierig zu erfahren, wie du meinen Namen und meine Rasse erraten hast. Du hast von einem Trick deines Gewerbes gesprochen. Welches Gewerbe ist das, wenn ich fragen darf?«

»Ach, ich dachte, du hättest es erraten«, antwortete Alnac Kreb und wischte Sand von seinen Samthosen. »Ich bin ein Traumdieb.«

Kapitel 4

Ein Begräbnis in der Oase

»Die Oase der Silberblume ist weit mehr als nur eine Wasserstelle in der Wüste, wie du bald sehen wirst«, sagte Alnac Kreb und betupfte sich das anmutige Gesicht mit einem Taschentuch, das mit glänzender Spitze gesäumt war. »Es ist ein wichtiger Versammlungsort für alle Nomadenstämme. Viele Schätze werden dort hingebracht und gehandelt. Könige und Prinzen besuchen diesen Ort. Heiraten werden arrangiert, oft auch gefeiert. Es finden überhaupt viele Zeremonien dort statt. Politisch wichtige Entscheidungen werden gefällt, alte Bündnisse bekräftigt und neue geschlossen. Man tauscht Neuigkeiten aus und handelt mit allem, was es gibt. Das Warenangebot besteht nicht nur aus den üblichen Sachen - manche sind nicht einmal greifbar. Die Oase ist ein sehr lebendiger Ort, im Gegensatz zu Quarzhasaat, das die Nomaden nur widerstrebend aufsuchen, wenn sie müssen - oder wenn sie die Habgier treibt.«

»Warum haben wir von diesen Nomaden nichts gesehen, Freund Alnac?« fragte Elric.

»Sie meiden Quarzhasaat. Für sie sind diese Stadt und ihre Bewohner gleichbedeutend mit der Hölle. Manche glauben sogar, daß die Seelen der Verdammten nach Quarzhasaat geschickt werden. Die Stadt verkörpert für sie alles, was sie fürchten und was im Gegensatz zu den meisten ihrer Werte steht.«

»Da kann ich den Nomaden nur beipflichten.« Elric lächelte, obwohl sein Körper nach dem Elixier verlangte, das er sich noch immer versagte. Normalerweise hätte die Energie, die ihm sein Schwert eingeflößt hatte, viel länger reichen müssen. Das war ein weiterer Beweis, daß das Elixier - wie Manag Iss erklärt hatte - von seiner Lebenskraft zehrte, um ihm vorübergehende Stärke zu verleihen. Das Destillat war beinahe schon ein Wesen mit Eigenleben wie das Schwert. Doch hatte ihm das Schwarze Schwert niemals das Gefühl gegeben, sich in ihm einzunisten. Elric bemühte sich, diese Gedanken so weit wie möglich wegzuschieben. »Ich fühle mich ihnen schon beinahe verwandt.«

»Du hoffst wohl, Prinz Elric, daß sie dich freundlich in ihrer Mitte aufnehmen werden, was?« Alnac lachte. »Auch als ein alter Erzfeind der Lords von Quarzhasaat brauchst du dafür allerdings gewisse Empfehlungen. Ich habe in mehreren Sippen Freunde. Laß dich von mir einführen, wenn wir dort sind.«

»Aber gern«, sagte Elric. »Aber du schuldest mir immer noch eine Erklärung, wieso du mich kennst.«

Alnac nickte, als habe er die Angelegenheit nur vergessen. »Es ist nicht so schwierig, doch äußerst kompliziert, wenn du nicht die fundamentalen Abläufe im Multiversum kennst. Wie ich dir schon sagte, bin ich ein Traumdieb. Ich weiß mehr als die meisten, weil ich so viele Träume kenne.

Sagen wir einfach, daß ich von dir in einem Traum gehört habe und daß es ab und zu mein Schicksal ist, dein Gefährte zu sein - allerdings nicht lange in meiner gegenwärtigen Gestalt. Das nehme ich jedenfalls an.«

»In einem Traum? Du mußt mir noch erklären, was ein Traumdieb macht.«

»Na, Träume stehlen, was sonst? Zweimal im Jahr bringen wir unsere Beute zu einem bestimmten Markt, um damit zu handeln - wie die Nomaden mit ihren Waren.«

»Du handelst mit Träumen?«, sagte Elric zweifelnd.

Alnac genoß die Verblüffung des Prinzen. »Da gibt es Händler, die für bestimmte Träume eine Menge bezahlen. Sie verkaufen sie dann an Unglückselige, die entweder nicht träumen können oder so banale Träume haben, daß sie sich schönere wünschen.«

Elric schüttelte den Kopf. »Du sprichst doch wohl in Gleichnissen, oder?«

»Nein, Prinz Elric. Ich sage die reine Wahrheit.« Alnac holte den Krummstab aus dem Gürtel. Er erinnerte Elric an einen Schafhirtenstab, nur kürzer. »Einen solchen Stab bekommt man nur, wenn man die Grundkenntnisse des Gewerbes der Traumdiebe erworben hat. Ich bin weder jetzt der beste dieses Gewerbes, noch werde ich es je sein; aber in diesem Reich und zu dieser Zeit ist es mein Schicksal. In diesem Reich gibt es nur wenige, wie du bald feststellen wirst. Lediglich die Nomaden und die Bewohner Elwhers erkennen unser Gewerbe an. Mit Ausnahme einiger Weiser in den Jungen Königreichen kennt uns niemand.«

»Warum begibst du dich nicht dorthin?«

»Man hat uns nicht darum gebeten. Hast du je gehört, daß jemand in den Jungen Königreichen nach den Diensten eines Traumdiebs verlangte?«

»Nie. Aber warum ist das so?«

»Vielleicht, weil das Chaos im Westen und im Süden so viel Einfluß hat. Dort können die schrecklichsten Alpträume leicht Realität werden.«

»Du fürchtest das Chaos?«

»Welches vernunftbegabte Wesen nicht? Ich fürchte die Träume jener, die ihm dienen.« Alnac Kreb schaute auf die Wüste hinaus. »Elwher und "der auf keiner Karte verzeichnete Osten", wie ihr ihn nennt, haben Bewohner, die nicht so kompliziert sind. Dort war Melnibonés Einfluß nie sehr stark. In der Seufzerwüste natürlich auch nicht.«

»Dann hast du vor meinem Volk Angst?«

»Ich habe vor jeder Rasse Angst, die sich dem Chaos überantwortet, die mit den Mächtigsten der Übernatürlichen Pakte schließt, mit den Schwertherrschern! Solche Beziehungen halte ich für unvernünftig und ungesund. Ich bin gegen das Chaos.«

»Du dienst der Ordnung?«

»Ich diene mir selbst. Ich diene, glaube ich, der Ausgewogenheit. Ich glaube an leben und leben lassen und daß man sich an der Vielfältigkeit der Welt erfreuen soll.«

»Deine Lebensphilosophie ist beneidenswert, Meister Alnac. Ich strebe nach den gleichen Zielen, obgleich du mir das kaum glauben wirst.«

»Doch, Prinz Elric, das glaube ich dir. Ich bin in vielen Träumen beteiligt. In einigen spielst auch du eine Rolle. Und Träume sind Realität in einigen Reichen, in anderen trifft das Gegenteil zu.« Der Traumdieb betrachtete den Albino mitfühlend. »Es muß hart sein für jemanden, der jahrtausendelang nur Macht kannte, diese aufzugeben.«

»Du verstehst mich wirklich gut, Traumdieb.«

»Ach, ich kenne mich in solchen Angelegenheiten eigentlich nur oberflächlich aus.« Alnac Kreb schüttelte die Schultern und machte eine wegwerfende Geste.

»Ich habe viel Zeit damit verbracht, die Bedeutung der Gerechtigkeit zu suchen. Ich habe dazu Länder besucht, in denen sie angeblich existierte, und habe versucht, herauszufinden, wie man sie anwenden soll, damit die ganze Welt davon Nutzen hat. Hast du von Tanelorn gehört, Alnac Kreb? Dort soll Gerechtigkeit herrschen. Dort sollen die

Grauen Lords, die für die Ausgewogenheit in der Welt sorgen, den größten Einfluß haben.«

»Tanelorn gibt es«, erklärte der Traumdieb ernst. »Es hat viele Namen. Doch fürchte ich, daß es in vielen Reichen lediglich als Idee der Perfektion existiert. Solche Ideen erhalten in uns die Hoffnung und die Antriebskraft, Träume zu verwirklichen. Manchmal haben wir sogar Erfolg.«

»Gibt es überhaupt Gerechtigkeit?«

»Oh ja! Aber sie ist kein abstrakter Begriff. Man muß dafür hart arbeiten. Mehr als irgendein Lord des Chaos, ist dein Dämon die Gerechtigkeit, Prinz Elric. Du hast einen grausamen und unglücklichen Weg gewählt.« Mit leichtem Lächeln blickte Alnac hinaus auf das lange, rote Band der Straße, das sich erst am Horizont verlor. »Grausamer als die Rote Straße zur Oase der Silberblume, fürchte ich.«

»Du machst mir nicht gerade Mut, Alnac.«

»Aber du weißt doch selbst, daß es nur ganz wenig Gerechtigkeit in der Welt gibt, für die nicht hart gekämpft wurde, die nicht unter Schwierigkeiten errungen wurde und die nicht ebenso hart zu halten ist. Es liegt in der Natur der Sterblichen, den anderen die Verantwortung zuzuschieben oder die stärksten Kräfte zu suchen, in der Hoffnung, daß ein Bündnis mit der Macht eine bessere Überlebenschance gewährt. Auf kurze Sicht bestätigt dies die Erfahrung oft. Es gibt aber auch so bedauernswerte Geschöpfe wie dich, die sich unablässig mühen, Macht abzulegen und dabei immer mehr Verantwortung auf sich laden. Manche würden diese Haltung als bewundernswert loben, da sie Charakter und Zielstrebigkeit aufbaut und nach einer höheren Form der Vernunft strebt ...«

»Aye, aber manche würden wiederum sagen, daß es schierer Wahnsinn ist und allen natürlichen Impulsen widerspricht. Ich weiß nicht genau, wonach ich strebe, verehrter Traumdieb; aber ich weiß, daß ich eine Welt erhoffe, in der die Starken nicht die Schwachen wie hirnlose Insekten unterdrücken, wo Sterbliche die menschenmöglichste

Erfüllung erreichen, wo alle ehrenvoll und gesund leben und nicht als Opfer einiger Stärkerer ...«

»Dann dienst du aber mit dem Chaos den falschen Herren, Prinz! Denn die einzige Gerechtigkeit, welche die Herzöge der Hölle anerkennen, ist die Gerechtigkeit ihrer eigenen unbestrittenen Existenz. Sie sind all deinen Idealen feindlich gesonnen.«

Elric war leicht verwirrt. Leise fragte er: »Aber kann man nicht diese Kräfte einsetzen, um sie zu vernichten? Oder doch zumindest ihre Macht in Frage stellen und das Gleichgewicht regulieren?«

»Nur ein ausgewogenes Gleichgewicht gibt dir die Macht, die du erstrebst. Und das ist eine subtile, manchmal äußerst heikle Macht.«

»In meiner Welt nicht stark genug, fürchte ich.«

»Stark nur, wenn genügend viele an sie glauben. Dann ist sie stärker als Chaos und Ordnung zusammen.«

»Schön, ich werde auf den Tag der tatsächlichen Ausgewogenheit hinarbeiten, Alnac Kreb. Aber ich bin nicht sicher, ob ich lange genug lebe, um ihn zu erblicken.«

»In deinem Leben wird er wohl kaum kommen«, sagte Alnac leise. »Aber es werden noch viele Jahre vergehen, ehe man dich ruft, das Rolandshorn zu blasen.«

»Ein Horn? Was für ein Horn?« fragte Elric, allerdings nicht sehr neugierig, da er glaubte, der Traumdieb habe sich wieder einer allegorischen Anspielung bedient.

»Schau!« Alnac zeigte nach vorn. »Dort in der Ferne? Das ist das erste Zeichen der Oase der Silberblume.«

Zu ihrer Linken versank die Sonne. Tiefe Schatten fielen über die Dünen und die hohen Böschungen der Roten Straße, während der Himmel am Horizont die Farbe dunklen Bernsteins annahm. An der äußersten Grenze des Gesichtskreises sah Elric etwas, das weder Schatten noch Sanddüne war, sondern eher einer Felsengruppe glich.

»Was ist das?«

»Die Nomaden nennen es “Kashbeh”. Ich würde in meiner Sprache dazu Burg oder Wehrdorf sagen. Doch haben wir keine genaue Bezeichnung für ein solches Bauwerk, da wir es nicht benötigen. Hier in der Wüste ist es jedoch notwendig. Die Kashbeh Moulor Ka Riiz wurde lange vor der Zerstörung des quarzhasaatischen Reiches errichtet und nach einem weisen König benannt, dem Begründer der Aloum'rit-Dynastie, die auch jetzt die Kashbeh für die anderen Nomadensippen verwaltet. Sie wird von allen Stämmen der Wüste am höchsten geachtet. In dieser Kashbeh findet jeder in Not Zuflucht. Dort ist ein Flüchtiger sicher und kann mit einer fairen Gerichtsverhandlung rechnen.«

»Dann herrscht also, wenn auch sonst nirgendwo, zumindest in dieser Wüste Gerechtigkeit?«

»Es gibt solche Orte in allen Reichen des Multiversums, wie ich schon sagte. Männer und Frauen mit den reinsten und menschlichsten Prinzipien wahren sie und ...«

»Dann ist diese Kashbeh nicht Tanelorn«, unterbrach Elric. »Seine Legenden führten mich nämlich in die Seufzerwüste.«

»Nein, es ist nicht Tanelorn, denn Tanelorn ist unvergänglich. Die Kashbeh Moulor Ka Riiz jedoch muß ständig bewacht werden. Sie ist die Antithese zu Quarzhasaat, deren Herrscher schon häufig versucht haben, die Kashbeh zu zerstören.«

Elric spürte wieder die krankhafte Begierde nach dem Elixier. Doch er widerstand der Versuchung, nach der Silberphiole zu greifen. »Nennt man diese Kashbeh auch die Festung der Perle?«

Alnac Kreb lachte über diese Frage lauthals. »Oh mein guter Prinz! Du hast wahrlich nicht die blasseste Ahnung von dem Ort und dem Gegenstand, den du suchst! Laß mich jetzt nur so viel sagen, daß die Festung der Perle durchaus innerhalb der Kashbeh und daß die Kashbeh aber auch innerhalb der Festung sein könnte. Aber sie sind keineswegs dasselbe.«

»Bitte, Alnac, verwirre mich nicht noch mehr! Ich tat so,

als wisse ich Bescheid, weil ich mein Leben retten und das Leben eines anderen damit kaufen wollte. Ich wäre dir für jede Aufklärung dankbar. Lord Gho Fhaazi hielt mich für einen Traumdieb und nahm daher an, daß ich etwas über den Blutmond, das Bronzezelt und den Aufbewahrungsort der Perle wisse.«

»Aye, ich verstehe. Manche Traumdiebe sind besser als andere informiert. Ihr habt mir gesagt, daß für diese Aufgabe nur ein Traumdieb in Frage kommt, da die Zauberer-Abenteurer in Quarzhasaat der Sache nicht gewachsen sind. Daher vermute ich, daß die Festung der Perle nicht nur aus Steinen und Mörtel errichtet wurde. Das fällt in Bereiche, in denen sich nur erfahrene Traumdiebe auskennen - dazu bedarf es wahrscheinlich sogar eines Traumdiebs, der besser als ich ausgebildet ist.«

»Freund Alnac, du mußt wissen, daß ich bei der Verfolgung meiner verschiedenen Ziele seltsame Reiche besucht habe. Ich bin also nicht vollkommen unerfahren auf diesem Gebiet ...«

»Aber diese Reiche sind den meisten verwehrt«, unterbrach ihn Alnac. Offensichtlich wollte er nicht weiter über dieses Thema sprechen. Doch Elric gab keine Ruhe.

»Wo liegen diese Reiche?« Der Albino strengte die Augen an, um mehr von der Kashbeh Moulor Ka Riiz zu sehen, doch gelang ihm das nicht, da die Sonne inzwischen schon beinahe unter dem Horizont verschwunden war. »Im Osten? Jenseits von Elwher? Oder in einem völlig anderen Teil des Multiversums?«

Bedauernd wehrte Alnac Kreb ab. »Wir haben geschworen, daß wir so wenig wie möglich über unsere Kenntnisse sprechen. Nur in ganz außergewöhnlichen und kritischen Situationen dürfen wir das Schweigen brechen. Ich kann dir nur sagen, daß diese Reiche gleichzeitig näher und ferner als Elwher liegen. Ich verspreche dir, dich nicht noch mehr zu verwirren. Ansonsten werde ich dir bei deiner Suche helfen.« Er lachte, um sich das Herz wieder leichter zu machen. »Aber jetzt stimme dich auf unseren Besuch ein, Prinz. Wenn ich mich nicht irre, werden wir vor Anbruch der Nacht eine Menge Leute treffen.«

Der Mond war schon aufgegangen, ehe noch die letzten Sonnenstrahlen verschwunden waren. In sein Silberlicht mengte sich ein rosiger Schimmer, so daß er einer kostbaren Perle glich, als die beiden Reiter eine Anhöhe auf der Roten Straße erreicht hatten und auf tausend Feuer hinabschauten. Die Silhouetten ebensovieler hoher Zelte ragten aus dem Sand auf. Sie glichen riesigen geflügelten Insekten, die sich ausstreckten, um die letzte Wärme von oben zu erhaschen. In diesen Zelten brannten Lampen. Männer, Frauen und Kinder liefen hin und her. Ein köstlicher Duft verschiedener Kräuter, Gewürze, Gemüse und Bratfleisch drang zu ihnen. Rauchwölken stiegen von den Feuern auf und kräuselten sich über den Felsen, auf denen die Kashbeh Moulor Ka Riiz stand. Um den massigen Turm hatten sich andere Gebäude geschart. Ihre Architektur zeugte von großem Einfallsreichtum. Die ganze Anlage wurde von einer zinnenbewehren Mauer von gigantischen Ausmaßen geschützt. Sie war aus dem roten Gestein der Felsen erbaut, so daß sie wie aus dem Boden gewachsen dastand.

In regelmäßigen Abständen leuchteten große Fackeln auf dem Wehrgang. Man sah Männer, die als Wachposten die Mauer abschritten. Durch die hohen Tore floß ein ständiger Menschenstrom über die aus den Felsen gehauene Brücke.

Die Kashbeh war wirklich kein einfacher Rastplatz an der Roten Straße für primitive Karawanen, wie Elric gedacht hatte. Alnac Kreb hatte nicht zuviel versprochen.

Niemand hielt sie an, als sie hinabritten zu der großen Wasserfläche, an deren Ufer Zypressen, Pappeln, Feigenbäume und Kakteen neben allen erdenklichen Arten von Palmen standen. Allerdings streiften sie viele Blicke mit unverhohlener Neugier. Und nicht alle neugierigen Augen waren freundlich.

Die Pferde glichen dem Elrics, doch gab es auch die rinderähnlichen Tiere, wie das Alnacs. Aus allen Ecken hörte man Grunzen, Bellen und Schnauben. Elric sah, daß hinter den Zelten Pferche lagen, wo die Nomaden ihre Reittiere, aber auch Schafe, Ziegen und anderes Viehzeug eingesperrt hatten.

Doch am eindrucksvollsten war der Anblick der weit über hundert Fackeln, die in einem Halbkreis am Rande des Wassers loderten.

Gestalten in langen Kapuzengewändern hielten diese Fackeln, die ihr helles, gleichbleibendes Licht auf das kunstvoll geschnitzte Podium in der Mitte der Versammlung konzentrierten.

Elric und sein Gefährte hielten an. Sie waren von dem Anblick ebenso fasziniert wie die vielen Nomaden, die langsam an den Rand des Halbkreises wanderten, um Zeugen zu sein bei einer augenscheinlich bedeutenden Zeremonie. Mit großem Respekt standen sie da. Die unterschiedlichen Gewänder und Farben kennzeichneten die einzelnen Sippen. Elric sah alle möglichen Hautfarben. Manche waren so schwarz wie Alnac Kreb, andere dagegen beinahe so weiß wie er. Dazwischen gab es jede nur vorstellbare Schattierung. Alle hatten ähnliche starkknochige Gesichter und tiefliegende Augen. Männer und Frauen waren hochgewachsen und bewegten sich sehr anmutig. Noch nie hatte Elric so viele schöne Menschen auf einmal gesehen. Ihre natürliche Würde beeindruckte ihn ebenso stark wie die Arroganz und Dekadenz Quarzhasaats ihn abgestoßen hatte.

Jetzt bewegte sich eine Prozession den Berg herab. Sechs Männer trugen eine große, gewölbte Truhe auf den Schultern. Mit feierlicher Langsamkeit schritten sie auf das Podium zu.

Der helle Fackelschein beleuchtete jede Einzelheit. Die Männer stammten aus verschiedenen Sippen, waren aber alle gleich groß und in mittleren Jahren. Eine Trommel erhob die Stimme. Scharf und klar drang ihr Ton in die Nacht hinaus. Dann stimmte eine zweite ein, dann noch eine und noch eine. Schließlich hallte der Schlag von wenigstens zwanzig Trommeln über das Wasser der Oase und schallte von den Dächern der Kashbeh Moulor Ka Riiz wider. Der Rhythmus war langsam, aber überaus kompliziert. Elric konnte sich kaum fassen vor Staunen.

»Ist das eine Beerdigung?« erkundigte er sich bei seinem neuen Freund.

Alnac nickte. »Aber ich weiß nicht, wen sie beerdigen.« Er deutete auf eine Reihe symmetrischer Hügel, etwas entfernt von den Bäumen. »Dort liegen die Grabfelder der Nomaden.«

Jetzt trat ein alter Mann vor. Brauen und Bart waren grau, wie man unter der Kapuze sah. Er holte eine Schriftrolle aus dem Ärmel und las laut vor. Zwei andere öffneten den Deckel des Prunksarges und spuckten urplötzlich zu Elrics Überraschung hinein.

Auch Alnac riß den Mund auf. Dann richtete er sich im Sattel auf, um besser sehen zu können. Der Inhalt des Sarges war im Schein der Fackeln deutlich zu erkennen. Verwirrt wandte er sich an Elric. »Leer, Prinz Elric! Oder der Leichnam ist unsichtbar.«

Der Rhythmus der Trommeln wurde schneller. Stimmen schwollen an und ebbten ab, wie Wogen in einem Orkan. Elric hatte noch nie zuvor solche Musik gehört. Sie schien in ihm verborgene Gefühle zu wecken. Er fühlte Wut. Er fühlte Schrecken. Er fühlte Trauer. Er war den Tränen nahe. Die Musik ging weiter, nahm sogar an Intensität noch zu. Er wollte einstimmen, doch verstand er die Sprache nicht. Ihm kamen die Worte älter vor als die Sprache Melnibonés, welche die älteste in den Jungen Königreichen war.

Urplötzlich verstummten Trommeln und Gesang.

Die sechs Männer hoben den Sarg vom Podest und trugen ihn langsam auf die Grabhügel zu. Die Fackelträger folgten. Zwischen den Bäumen huschten seltsame Schatten dahin. Dann leuchteten wieder weiße Stellen auf, deren Ursprung und Art Elric nicht feststellen konnte.

So abrupt wie die Musik aufgehört hatte, setzte sie wieder ein. Doch diesmal klang sie jubilierend, fast triumphierend. Langsam hoben die Menschen die Köpfe. Aus vielen hundert Kehlen drang hohes Geschrei als offensichtlich traditionelle Antwort.

Danach begaben sich die Nomaden zurück zu ihren Zelten. Alnac hielt eine Frau in einem kostbaren gold-grünen Gewand an und deutete auf die Prozession. »Was für eine Beerdigung ist das, Schwester? Ich sah keinen Leichnam.«

»Der Leichnam ist nicht hier«, antwortete sie und lächelte über seine Verwirrung. »Es ist eine Rachezeremonie all unserer Sippen, die Raik Na Seem anregte. Der Leichnam ist nicht da, weil sein Besitzer noch nicht weiß, daß er tot ist. Vielleicht erfährt er es erst in mehreren Monaten. Wir begraben ihn jetzt, weil wir ihn nicht erreichen können. Er gehört nicht zu uns, auch nicht zur Wüste. Dennoch ist er tot, nur ist er sich dieser Tatsache noch nicht bewußt. Aber wir haben keinen Fehler gemacht. Uns fehlt lediglich die körperliche Hülle.«

»Ist er euer Feind, Schwester?«

»Aye. In der Tat. Er ist ein Feind. Er schickt Männer aus, um unseren größten Schatz zu stehlen. Sie versagten, aber trotzdem haben sie uns unermeßliches Leid zugefügt. Aber ich kenne dich doch, oder? Du bist der, auf dessen Rückkehr Raik Na Seem so wartet. Er sandte nach einem Traumdieb.« Dann blickte sie zurück zum Podium, wo im Licht einer einzigen Fackel eine große Gestalt stand. Sie hielt den Kopf geneigt, als bete sie. »Du bist Alnac Kreb, unser Freund, der uns schon einmal geholfen hat.«

»Ich hatte die Ehre, deinem Volk in der Vergangenheit einen unbedeutenden Dienst zu erweisen, aye«, bestätigte ihr Alnac Kreb mit der ihm üblichen Liebenswürdigkeit.

»Raik Na Seem erwartet dich«, sagte die Frau. »Geh in

Frieden, und Friede auch deiner Familie und all deinen Freunden.«

Erstaunt blickte Alnac Kreb den Albino an. »Ich habe keine Ahnung, warum Raik Na Seem nach mir geschickt haben könnte. Das muß ich herausfinden. Willst du hier warten oder mich begleiten, Prinz Elric?«

»Ich bin neugierig, mehr über die ganze Sache zu erfahren, wenn das möglich ist.«

Sie gingen an den Rand der Oase. Dort blieben sie respektvoll stehen und warteten. Der Alte verharrte noch immer in der Stellung, die er eingenommen hatte, seit der Sarg fortgetragen worden war. Doch schließlich richtete er sich auf. Er hatte geweint. Als er Alnac Kreb erkannte, lächelte er und bat ihn näherzutreten. »Willkommen, lieber Freund!«

»Friede sei mit dir, Raik Na Seem!« Alnac trat vor und umarmte den alten Mann, der ihn um mindestens einen Kopf überragte. »Ich bringe einen Freund mit. Es ist Elric von Melniboné. Sein Volk war der Erzfeind Quarzhasaats.«

»Das ist Musik in meinen Ohren«, sagte Raik Na Seem. »Friede sei mit dir, Elric von Melniboné. Du bist hier willkommen.«

»Raik Na Seem ist der Sippenälteste der Bauradim«, erklärte Alnac. »Und für mich wie ein Vater.«

»Ich bin mit einem guten, tapferen Sohn gesegnet.« Raik Na Seem machte eine Handbewegung zu den Zelten. »Kommt! Stärkt euch in meinem Zelt.«

»Gern!« sagte Alnac. »Ich würde gern erfahren, warum ihr einen leeren Sarg begrabt und wer euer Feind ist, dem ihr eine so prunkvolle Zeremonie angedeihen ließet.«

»Oh, er ist der schlimmste aller Schurken. Das steht fest.« Ein tiefer Seufzer entrang sich der Brust des alten Mannes, der sie durch die Zeltstadt führte. Schließlich gelangten sie zu einem sehr großen Zelt, das eigentlich aus mehreren kleinen bestand, die ineinander führten. Dort wohnten die Familienangehörigen Raik Na Seems, die so zahlreich waren, daß sie schon fast einen eigenen Stamm bildeten. Elric bewunderte die kostbaren Teppiche, die überall lagen. Der Duft köstlicher Speisen drang in seine Nase, als sie auf weichen Kissen Platz genommen hatten. Man reichte ihnen Schüsseln mit Duftwasser, um sich die Hände zu waschen.

Beim Essen erzählte der Alte seine Geschichte. Je mehr er hörte, desto klarer wurde Elric, daß ihn das Schicksal zu einem überaus günstigen Zeitpunkt in die Oase der Silberblume geführt hatte, da vieles in der Geschichte für ihn besondere Bedeutung hatte. Zur Zeit des letzten Blutmondes seien Männer in die Oase gekommen, erzählte Raik Na Seem, und hatten sich nach dem Weg zu dem Aufbewahrungsort der Perle erkundigt. Die Bauradim kannten den Namen aus ihrer Literatur, hatten ihn aber für eine allegorische Umschreibung gehalten, für etwas, worüber Gelehrte und Dichter diskutierten und sich um eine Auslegung bemühten. Das hatten sie auch den Fremden erklärt und gehofft, diese würden wieder abziehen, da es Quarzhasaater aus der Sperbersekte der Zauberer-Abenteurer waren, die für ihre böse Magie und Grausamkeit berüchtigt war. Die Bauradim wollten aber auch keinen Streit mit ihnen, da sie mit Quarzhasaat Handel trieben. Doch verließen die Männer der Sperber-Sekte die Oase nicht. Sie fragten jeden, den sie trafen, nach dem Ort, wo sich die Perle befinde. So erfuhren sie auch von Raik Na Seems Tochter.

»Varadia?« unterbrach Alnac Kreb bestürzt. »Aber sie dachten doch nicht etwa, sie wisse etwas über die Perle?«

»Sie hörten, daß sie unser Heiliges Mädchen war, das uns unserem Glauben nach geistig führen wird, und unserer Sippe Weisheit und Ehre bringt. Die Schurken glaubten, daß Varadia wisse, wo sich die Perle befindet, da wir sie Heiliges Mädchen, Gefäß all unseres Wissens, nennen. Sie versuchten, Varadia zu entführen.«

Alnac Kreb sprang wütend auf. »Was haben sie mit ihr gemacht, Vater?«

»Sie betäubten das Mädchen mit Drogen und ritten mit ihr fort. Wir hatten aber von dem Verbrechen erfahren und verfolgten sie. Noch ehe sie die Hälfte der Roten Straße zurück nach Quarzhasaat hinter sich gebracht hatten, erwischten wir sie. Da drohten sie uns in ihrer Angst mit der fürchterlichen Rache ihres Meisters, jenes Mannes, der ihnen den Auftrag erteilt hatte, die Perle zu finden und unter allen Umständen zu ihm zu bringen.«

»War sein Name Lord Gho Fhaazi?« fragte Elric leise.

»Aye, Prinz. So lautete er.« Raik Na Seem musterte den Albino neugierig. »Kennst du ihn?«

»Ich kenne ihn und weiß, was für ein Mann das ist. War er es, den ihr beerdigt habt?«

»So ist es.«

»Für wann plant ihr seinen Tod?«

»Wir planen ihn überhaupt nicht. Man hat ihn uns versprochen. Die Zauberer-Abenteurer setzten ihre Künste gegen uns ein, doch haben auch wir Magier, die diese abwehren können. Wir bedienen uns dieser Art Künste nicht gern, doch ist es manchmal notwendig. Ein gewisses Geschöpf wurde aus der Unterwelt herbeigerufen. Es verschlang die Männer der Sperber-Sekte und prophezeihte uns vor seinem Verschwinden, daß ihr Meister innerhalb des Jahres sterben würde, ehe der nächste Blutmond untergegangen sei.«

»Aber was ist nun mit Varadia?« drängte Alnac Kreb. »Was ist aus deiner Tochter geworden, eurem Heiligen Mädchen?«

»Sie wurde mit Drogen betäubt, wie ich schon sagte. Aber sie lebt. Wir brachten sie zurück.«

»Und hat sie sich erholt?«

»Ungefähr einmal im Monat wacht sie halb auf«, sagte Raik Na Seem und hatte Mühe, seine Trauer zu unterdrükken. »Aber der Schlaf verläßt sie nicht. Kurz nachdem wir sie fanden, öffnete sie die Augen und bat uns, sie ins Bronzezelt zu schaffen. Dort schläft sie - nun schon fast ein

Jahr. Wir wissen, daß nur ein Traumdieb sie retten kann. Deshalb schickten wir mit jedem Durchreisenden, mit jeder Karawane die Botschaft aus, ein Traumdieb möge zu uns kommen. Wir hatten Glück, Alnac Kreb, daß ein Freund unsere Bitte hörte.«

Der Traumdieb schüttelte den Kopf. »Es war nicht deine Botschaft, die mich hierher führte, Raik Na Seem.«

»Nun, wie dem auch sei«, meinte der Alte, »Du bist hier. Du kannst uns helfen.«

Alnac Kreb schien beunruhigt, nahm sich jedoch zusammen. »Ich schwöre dir, daß ich mein Bestes geben werde. Morgen früh werden wir das Bronzezelt besuchen.«

»Es ist jetzt sehr streng bewacht. Es kamen nach diesen Schurken noch weitere Quarzhasaater. Wir mußten unser Heiliges Mädchen gegen sie verteidigen - was uns allerdings nicht schwer fiel. Aber du sprachst von dem Feind, den wir beerdigten, Prinz Elric. Was weißt du über ihn?«

Elric zögerte nur kurz, ehe er antwortete. Er berichtete Raik Na Seem alles, was sich zugetragen hatte. Wie Lord Gho ihn hereingelegt hatte, mit welchem Auftrag er ausgeschickt wurde und welches Druckmittel der Schurke gegen ihn in der Hand hielt. Der Albino wollte den alten Mann nicht belügen. Diese Achtung schien Raik Na Seem zu erwidern. Obwohl das Gesicht des Alten bei der Erzählung vor Empörung dunkelrot angelaufen war, packte er Elric am Schluß wohlwollend am Arm.

»Ist es nicht eine Ironie des Schicksals, mein Freund, daß der Aufenthaltsort der Perle nur in unserer Poesie erwähnt wird und wir von der Festung der Perle noch nie hörten?«

»Ich versichere dir, daß ich dem Heiligen Mädchen niemals weiteres Leid zufügen würde«, erklärte Elric. »Wenn ich dir und deinem Volk irgendwie helfen kann, werde ich es tun. Meine Mission ist hier und heute beendet.«

»Aber Lord Ghos Trank wird dich umbringen, wenn du nicht das Gegenmittel findest. Und dann wird er auch deinen Freund töten. Nein, nein. Laß uns die Probleme einmal von der positiven Seite betrachten, Prinz Elric. Meiner Meinung nach sitzen wir im selben Boot, da wir alle Opfer des bald toten Lords sind. Wir müssen überlegen, wie wir seine schurkischen Pläne vereiteln können. Es ist durchaus möglich, daß meine Tochter etwas über diese sagenhafte Perle weiß, schließlich ist sie das Gefäß all unserer Weisheit und hat schon viel mehr gelernt, als je in meinen armen Kopf hineingehen würde.«

»Ihr Wissen und ihre Intelligenz sind ebenso atemberaubend wie ihre Schönheit und Liebenswürdigkeit«, sagte Alnac Kreb, der sich über das, was die Quarzhasaater Varadia angetan hatten, noch nicht beruhigen konnte. »Wenn du sie gekannt hättest, Elric ...« Er brach ab, da ihm die Stimme versagte.

»Ich glaube, wir alle brauchen jetzt erst einmal Ruhe«, erklärte der Älteste der Bauradim. »Ihr seid unsere Gäste. Morgen werde ich euch zum Bronzezelt führen. Dann könnt ihr meine schlafende Tochter sehen. Hoffentlich findet ihr mit all eurem Wissen eine Möglichkeit, sie mit wachem Verstand zurück in dieses Reich zu bringen.«

Diese Nacht schlief Elric in dem Luxus, der nur im Zelt eines reichen Nomaden zu finden ist. Wieder träumte der Prinz von Cymoril. Sein schurkischer Vetter Yyrkoon hatte sie mit Drogen betäubt. Elric hatte das Gefühl, dicht neben ihr zu schlafen, als seien sie eins. So hatte er immer gefühlt, wenn sie zusammen gelegen hatten. Doch dann sah er die würdige Gestalt Raik Na Seems über sich stehen. Er wußte genau, daß dies sein Vater war, nicht jener neurotische Tyrann, der durch seine Kindheit geisterte. Nein, dieser Bauradi war sein wahrer Vorfahre. Jetzt verstand Elric, warum er so von den Fragen der Gerechtigkeit und Moral besessen war. Ein Gefühl des Friedens überkam ihn, doch auch ein neues, ihm unbekanntes Gefühl der Verwirrung. Als er am Morgen erwachte, erklärte er sich das Gefühl der Verwirrung mit seinem Verlangen nach dem

Elixier, das ihm Leben und zugleich Tod brachte. Er holte die Silberflasche heraus und nahm einen kleinen Schluck. Dann stand er auf, wusch sich und gesellte sich zu Alnac und Raik Na Seem, um zu frühstücken.

Nach dem Morgenmahl ließ der Alte die Pferde bringen. Es waren kräftige, aber schnelle Tiere, für die die Bauradim berühmt waren. Die drei Männer verließen die Oase der Silberblume, wo bereits reges Leben herrschte. Da waren Komödianten, Jongleure und Schlangenbeschwörer bei der Arbeit. Märchenerzähler saßen da, umringt von Kindern, deren Eltern sie dorthin geschickt hatten, um in Ruhe ihrem Tagewerk nachzugehen. Die drei ritten auf die Zackigen Säulen zu, deren Umrisse man gegen den Morgenhimmel schwach erkennen konnte. Die Winde der Seufzerwüste hatten die Berge zerfressen, bis nur noch die riesigen gezackten Säulen aus rotem Sandstein dastanden und das Himmelsgewölbe zu tragen schienen. Elric dachte anfangs, er sähe die Ruinen einer uralten Stadt. Doch dann erzählte ihm Alnac Kreb die Wahrheit.

»Es gibt in der Tat viele Ruinen in dieser Gegend. Einzelhöfe, kleine Dörfer, ganze Straßen gibt die Wüste manchmal frei. Alles unter dem Sand begraben, den die törichten Zauberer Quarzhasaats verschuldeten. Es bauten noch viele hier, als der Sand schon kam, weil sie hofften, er würde sich bald wieder verziehen. Verlorene Träume, fürchte ich, wie so viele Dinge, die Menschen bauten.«

Raik Na Seem führte sie ohne Kompaß oder Karte zielstrebig durch die Wüste. Er kannte offensichtlich den Weg instinktiv und durch Gewohnheit.

Sie hielten an einer Stelle an, wo Kakteen fast völlig vom Sand begraben standen. Raik Na Seem nahm ein langes Messer und schlitzte die Pflanzen bis zu den Wurzeln auf. Er schälte sie geschickt und gab seinen Freunden die saftigen Stücke. »Früher gab es hier einen Fluß«, erklärte er. »Die Erinnerung daran ist geblieben, tief unter der Oberfläche. Die Kakteen wissen das.«

Die Sonne hatte den Zenit erreicht. Elric spürte, wie die Hitze an seinen Kräften zehrte. Er nahm einen Schluck Elixier, um mit seinen Gefährten Schritt halten zu können. Erst gegen Abend waren die Zackigen Säulen nähergerückt. Raik zeigte auf etwas, das in den letzten Strahlen der untergehenden Sonne glänzte. »Dort ist das Bronzezelt, wo die Wüstenbewohner zum Meditieren hingehen.«

»Ist es euer Tempel?« fragte Elric.

»Es kommt einem Tempel sehr nahe. Wir erforschen dort unser Inneres. Damit kommt es auch den Religionen im Westen sehr nahe. Und dort bewahren wir auch unser Heiliges Mädchen, das Symbol all unserer Ideale, das Gefäß der Weisheit unserer Rasse.«

Alnac war überrascht. »Ist Varadia jetzt immer dort?«

Raik Na Seem schüttelte den Kopf. »Erst seit sie in diesen unnatürlichen Schlaf verfiel, mein Freund. Du weißt doch, was für ein normales kleines Mädchen sie vorher war, die Freude aller. Vielleicht wird sie mit deiner Hilfe wieder zu diesem Mädchen.«

Alnacs Gesicht verdüsterte sich. »Du darfst nicht zu viel von mir erhoffen, Raik Na Seem. Ich bin nur ein sehr unerfahrener Traumdieb. Das würden dir alle bestätigen, die mit mir dies Gewerbe erlernten.«

»Aber du bist unser Traumdieb.« Raik Na Seem lächelte wehmütig und legte Alnac Kreb die Hand auf die Schulter. »Und du bist unser guter Freund.«

Die Sonne war schon untergegangen, als sie das große Bronzezelt erreichten. Es ähnelte den Zelten, die Elric in der Oase der Silberblume gesehen hatte, war nur um ein Vielfaches größer. Seine Wände waren aus reiner Bronze.

Direkt über dem Zelt stand der Mond. Die Sonnenstrahlen schienen noch nach ihm zu greifen, obwohl sie schon unter dem Horizont verschwunden waren. Sie tauchten seine Scheibe in solch herrliche Farben, wie Elric sie nie in Melniboné oder in den Jungen Königreichen erlebt hatte. Mit einem Mal war ihm der Sinn der Prophezeihung klar.

Ein Blutmond war über dem Bronzezelt aufgestiegen. Hier würde er den Weg zur Festung der Perle finden.

Obwohl dies bedeutete, daß sein Leben vielleicht gerettet war, versetzte diese Erkenntnis den Prinzen von Melniboné nur in große Unruhe.

Kapitel 5

Das Gelübde des Traumdiebes

»Hier ist unser Schatz«, sagte Raik Na Seem. »Hier ist das, was das habgierige Quarzhasaat stehlen wollte.« In seiner Stimme klangen Wut und Trauer.

Sie befanden sich im kühlen Zentrum des Bronzezelts. Winzige Lampen brannten über Hunderten von Kissen und Teppichen, auf denen Männer und Frauen in allen möglichen Meditationshaltungen saßen und lagen. In der Mitte des Raumes erhob sich ein geschnitztes Bett, das mit wunderschönen Intarsien aus Perlmutt, blassem Türkis, milchiger Jade, Silberfiligran und Goldplättchen verziert war. Darauf lag mit über der Brust gefalteten Händen ein ungefähr dreizehnjähriges Mädchen. Sie besaß die ausgeprägte Schönheit ihres Volkes. Das honigfarbene Haar umspielte das leicht gebräunte Gesicht. Die Brust hob und senkte sich ganz regelmäßig, so daß man hätte denken können, sie schliefe ganz normal, wäre da nicht die verblüffende Tatsache, daß ihre Augen, die so blau wie das herrliche Vilmirische Meer waren, starr zum Dach des Bronzezelts emporblickten.

»Mein Volk glaubte, Quarzhasaat habe sich für alle Zeiten selbst zerstört«, sagte Elric. »Ich wünschte, daß dem so wäre oder daß Melniboné nicht so arrogant gewesen sei und zu Ende geführt hätte, was ihre Magier begonnen hatten.« Nur selten verriet der Albino solch starke Abneigungen gegen Völker, die sein Volk besiegt hatte; aber jetzt hatte sein abgrundtiefer Haß auf Lord Gho die Oberhand gewonnen. Er war sicher, daß nur dessen Männer diese Schandtat begangen hatten. Die Art dieses Zaubers war ihm bekannt, da er selbst einiges in dieser Richtung gelernt hatte. Allerdings hatte sein Vetter Yyrkoon sich für diese Künste weit mehr interessiert und sich auch im Gegensatz zu Elric regelmäßig darin geübt.

»Aber wer kann Varadia jetzt retten?« fragte Raik Na Seem leise, dem Elrics Gefühlsausbruch in diesem Raum der Meditation etwas peinlich zu sein schien.

Der Albino machte eine entschuldigende Geste. »Gibt es keine Tränke, die sie aus dem Schlummer wecken?«

Raik Na Seem schüttelte den Kopf. »Wir haben alle befragt. Der Zauber wurde von dem Anführer der Sperber-Sekte verhängt. Leider haben wir ihn bei unserer überstürzten Rache umgebracht.«

Aus Rücksicht auf die im Bronzezelt in Meditation versunkenen Menschen führte Raik Na Seem sie wieder hinaus in die Wüste. Hier standen Wachposten. Ihre Fackeln warfen riesenhafte Schatten auf den Sand. Die Strahlen des rubinroten Mondes tauchten alles in purpurrot. Es sah aus, als ertränken sie in einem Meer aus Blut. Elric wurde daran erinnert, wie er als Jüngling in die Tiefen seines Actorios geblickt hatte. Damals hatte er sich vorgestellt, der Edelstein sei ein Tor in andere Länder, wobei jede

Facette ein neues Reich darstellte. Zu dieser Zeit hatte der Prinz schon viel über das Multiversum und seinen Aufbau gelesen.

»Stiehl diesen Traum, der sie gefangen hält, Alnac Kreb!« sagte Raik Na Seem. »Dann gehört alles, was wir besitzen, dir.«

Der stattliche Schwarze schüttelte den Kopf. »Ihre Rettung wäre Belohnung genug für mich, Vater. Doch fürchte ich, daß mein Können nicht ausreicht ... Hat es denn noch niemand versucht?«

»Man hat uns schon mehr als einmal betrogen. Zauberer-Abenteurer aus Quarzhasaat kamen und gaben sich als Vertreter deiner Zunft aus. Entweder glaubten sie selbst an ihr Können oder vermeinten, ihnen würde gelingen, was nur ein Traumdieb schaffen kann. Alle verloren vor unseren Augen den Verstand. Etliche starben. Einige ließen wir zurück nach Quarzhasaat laufen, in der Hoffnung, sie würden eine Warnung für andere sein, nicht ihr Leben und unsere Zeit zu verschwenden.«

»Du klingst sehr geduldig, Raik Na Seem«, sagte Elric. Jetzt war ihm klar, warum Lord Gho so verzweifelt nach einem Traumdieb gesucht hatte. Die Berichte der wahnsinnig gewordenen Zauberer-Abenteurer waren verworren gewesen. Das wenige, das Lord Gho in Quarzhasaat von ihnen erfahren konnte, hatte er an Elric weitergegeben. Doch jetzt erkannte der Albino, daß es allein das Mädchen war, welches das Geheimnis des Pfades zur Perle im Herzen der Welt kannte. Als Gefäß aller Weisheit ihres Volkes wußte es auch, wo sich die Perle befand. Vielleicht war es ein Geheimnis, das Varadia für sich behalten mußte. Wie dem auch sei, das Mädchen mußte aus seinem Zauberschlaf erweckt werden. Elric wußte, daß er es nicht fertigbringen würde, Varadia mit Fragen zu bedrängen, um ein Geheimnis zu erfahren, das nicht für ihn bestimmt war. Seine einzige Hoffnung bestand darin, daß sie ihm freiwillig ihr Wissen kundtun würde. Für ihn stand fest, daß er sie nie - ganz gleich, was auch geschehen würde - danach fragen konnte.

Raik Na Seem schien das Dilemma des Prinzen zu verstehen. »Mein Sohn, du bist ein Freund meines Sohnes«, sagte er in der feierlichen Art seines Volkes. »Wir wissen, daß du nicht unser Feind bist und daß du nicht freiwillig herkamst, um zu stehlen, was uns gehört. Wir wissen ferner, daß du nicht die Absicht hegst, uns einen Schatz wegzunehmen, dessen Wächter wir sind. Doch wisse, Elric von Melniboné, wenn Alnac Kreb unser Heiliges Mädchen retten kann, werden wir alles in unseren Kräften stehende tun, um dich auf den Pfad zur Festung der Perle zu bringen. Wir würden dich nur davon abhalten, sollte Varadia nach ihrem Erwachen uns warnen, dir diese Hilfe zu geben. Aber das würden wir dir offen sagen.«

»Ein faireres Versprechen gibt es nicht«, sagte Elric dankbar. »Ich dagegen gelobe dir, Raik Na Seem, zu helfen, deine Tochter gegen alle zu schützen, die ihr ein Leid zufügen wollen, und sie zu bewachen, bis Alnac sie dir hoffentlich wiederbringt.«

Alnac Kreb war ein paar Schritte beiseite gegangen und stand tief in Gedanken verloren am Rand des Fackelscheins. Der Blutmond verlieh seinem weißen Umhang einen dunkelrosa Schimmer. Er hatte seinen Krummstab aus dem Gürtel gezogen und hielt ihn mit beiden Händen. Dabei raunte er dem Stab Worte zu, wie Elric seinem Runenschwert.

Nach einiger Zeit trat der Traumdieb wieder zu den beiden. Sein Gesicht war sehr ernst. »Ich werde mein Bestes tun«, erklärte er. »Ich werde alle Kräfte einsetzen, sowohl die, die in mir liegen, als auch jene, die man mich lehrte. Doch muß ich euch warnen. Ich habe Schwächen in meinem Charakter, die ich noch nicht überwunden habe. Diese Schwächen kann ich zwar überwinden, wenn ich einem alten Händler Alpträume verscheuchen oder einen Jüngling von Liebeswahn heilen soll; aber hier ist es möglich, daß selbst der geschickteste Traumdieb scheitert, also auch mein Können. Ein Teilerfolg ist unmöglich. Ich siege oder ich scheitere. Doch bin ich bereit, dies schwierige Werk zu versuchen. Ich tue es aufgrund der Umstände, aufgrund unserer alten Freundschaft und weil ich alles verabscheue, wofür die Zauberer-Abenteurer stehen.«

»Mehr kann ich nicht erhoffen«, sagte Raik Na Seem ernst. Er war von Alnacs Worten beeindruckt.

»Wenn du Erfolg hast, bringst du dann die Seele des Mädchens zurück in die Welt, in die sie gehört?« fragte Elric. »Was verlierst du, wenn du scheiterst, Alnac?«

Alnac zuckte mit den Schultern. »Nichts, was besonders wertvoll ist, schätze ich.«

Elric blickte dem neuen Freund tief in die Augen und sah, daß dieser log. Aber er sah auch, daß Alnac keine weiteren Fragen beantworten wollte.

»Ich muß mich ausruhen«, erklärte Alnac. »Und essen.« Dann hüllte er sich fest in seinen Umhang. Seine dunklen Augen starrten Elric an, als wünsche er, die ganze Welt solle ein Geheimnis teilen, von dem er jedoch tief in seinem Herzen spürte, daß es nicht geteilt werden sollte. Dann wandte er sich abrupt ab und lachte. »Sollte Varadia aufgrund meiner Bemühungen aufwachen und wissen, wo sich deine schreckliche Perle befindet - dann, Prinz Elric, habe ich den Großteil deiner Arbeit gemacht. Dann erwarte ich auch einen Teil deiner Belohnung, das ist klar, oder?«

»Meine Belohnung wird sein, Lord Gho zu töten«, antwortete Elric ruhig.

»Aye! Und genau das hoffe ich, mit dir zu teilen.« Dann schritt er auf das Bronzezelt zu, das wie ein halb-materialisiertes Artefakt des Chaos schimmerte.

Das Bronzezelt bestand aus dem großen Raum im Zentrum und einer Reihe kleinerer Gemächer, wo Reisende sich ausruhen und erfrischen konnten. Dorthin zogen sich die drei Männer zurück und begaben sich zur Ruhe. Schlafen konnte so schnell noch keiner. Sie dachten über die

Aufgabe nach, die sie morgen erwartete. Obwohl sie nicht sprachen, dauerte es mehrere Stunden, ehe sie eingeschlafen waren.

Als sich am nächsten Morgen Elric, Raik Na Seem und Alnac Kreb dem Bett näherten, auf dem das Heilige Mädchen lag, zogen sich die anderen Besucher des Bronzezeltes respektvoll zurück. Alnac Kreb hielt seinen Traumstab locker in der rechten Hand. Forschend blickte er auf das Mädchen herab, das er wie eine eigene Tochter liebte. Dann seufzte er schwer. Elric sah, daß der Schlaf ihn offensichtlich nicht erquickt hatte. Alnac blickte unglücklich und in sich gekehrt drein. Doch dann wandte er sich mit gezwungenem Lächeln an den Albino. »Als ich heute morgen sah, wie du einen Schluck aus der Silberphiole nahmst, wollte ich dich schon ersuchen, auch mir ...«

»Die Droge ist giftig und macht süchtig«, unterbrach ihn Elric erschrocken. »Ich dachte, das hätte ich dir klar gemacht.«

»Das hast du auch.« Alnac Kreb zeigte durch seinen Gesichtsausdruck wieder, daß er Gedanken hegte, die er unmöglich teilen konnte. »Ich hatte lediglich gedacht, in Anbetracht der Umstände müßte ich vor der Wirkung keine Angst haben.«

»Das sagst du, weil du sie nicht kennst«, fuhr Elric ihn an. »Glaube mir, Alnac, wenn ich dir auf irgendeine Weise helfen könnte, so würde ich es auf der Stelle tun. Aber dir Gift anzubieten, halte ich nicht gerade für einen Freundschaftsdienst.«

Alnac Kreb lächelte traurig. »Allerdings nicht.« Er nahm den Traumstab in die andere Hand. »Aber du sagtest, du würdest über mich wachen.«

»Das habe ich dir verprochen, aye. Und wie wir es besprochen haben, werde ich den Traumstab auf dein Zeichen hin auch sofort aus dem Bronzezelt hinausbringen.«

»Das ist alles, was du für mich tun kannst. Ich danke dir dafür«, sagte der Traumdieb. »Nun will ich beginnen. Leb wohl, Elric, für jetzt. Ich glaube, das Schicksal wird uns wieder zusammenführen, aber vielleicht nicht in diesem Leben.«

Nach diesen geheimnisvollen Worten trat Alnac Kreb näher an das schlafende Mädchen heran und legte den Traumstab auf die starren, offenen Augen. Dann preßte er sein Ohr gegen ihr Herz. Sein Blick wurde zunehmend abwesender und seltsamer, als ginge er selbst in Trance über. Schwankend richtete er sich auf, nahm das Mädchen liebevoll in die Arme und legte es auf den Teppich. Dann legte er sich daneben. Er hielt ihre leblose Hand fest. In der anderen Hand hielt er den Traumstab. Sein Atem wurde langsamer und tiefer. Elric glaubte, ein leises Lied zu hören, das aus der Kehle des Traumdiebes aufstieg.

Raik Na Seem beugte sich vor und spähte in Alnacs Gesicht, der ihn aber nicht sah. Dann brachte Alnac den Stab hoch, so daß die Krümmung über den verschlungenen Händen lag, als wolle er sie zusammenbinden, sichern.

Staunend nahm Elric wahr, daß der Traumstab zu glühen und zu pulsieren begann. Alnac atmete jetzt noch tiefer. Mit offenem Mund starrte er nach oben, ebenso wie Varadia.

Elric kam es so vor, als murmle das Mädchen etwas vor sich hin. Dann durchlief ein offensichtliches Zittern Alnac und das Heilige Mädchen. Der Traumstab wurde immer heller, sein Pulsieren schneller. Das Tempo paßte sich dem Atmen der beiden an.

Plötzlich drehte und wendete sich der Stab blitzschnell zwischen den beiden, als sei er in ihre Adern eingedrungen und folge dem Blutstrom ihrer Körper. Elric hatte den Eindruck, er könne das Netz der Adern und Nerven sehen, die das seltsame Licht des Traumstabes berührte. Dann stieß Alnac einen schrillen Schrei aus. Sein Atem war jetzt unregelmäßig, flach, schien auszusetzen, während Varadia wie vorher gleichmäßig und tief weiteratmete.

Der Traumstab war zu Alnac zurückgekehrt. Er schien

aus seinem Körper heraus zu brennen, als sei er mit dem Rückenmark und der Gehirnrinde verschmolzen. Das gekrümmte Ende schien aus Alnacs Gehirn heraus zu glühen. Sein Schein ließ den Körper unbeschreiblich durchsichtig aufleuchten, so daß man jeden Knochen, jedes Organ, jedes Blutgefäß sehen konnte.

Beim Mädchen schien sich nichts zu verändern. Doch als Elric genauer hinblickte, stellte er zu seinem Entsetzen fest, daß ihre Augen nicht mehr strahlend blau, sondern schwarz waren. Zögernd wandte er den Blick von Varadias Gesicht zu dem Alnacs. Er sah, was er nicht hatte sehen wollen: Die Augen des Traumdiebes waren jetzt blau. Es war, als hätten die beiden ihre Seelen ausgetauscht.

Trotz all seiner Erfahrung mit Zauberei hatte der Albino so etwas noch nie erlebt. Es beunruhigte ihn sehr. Allmählich fing er an, das seltsame Gewerbe eines Traumdiebes zu verstehen, und warum es so gefährlich sein konnte, warum es so wenige gab, die dieses Gewerbe ausübten und warum noch weniger es gern taten.

Jetzt trat wieder eine Veränderung ein. Der Krummstab zuckte und schien das Blut und die Lebenskraft der Knochen, des Fleisches und des Gehirns des Traumdiebes in sich hineinzusaugen.

Raik Na Seem stöhnte vor Entsetzen und trat unwillkürlich einige Schritte zurück. »Oh mein Sohn! Was habe ich von dir verlangt!«

Bald schien von Alnac Krebs Körper nur mehr die Hülle übrig zu sein, wie die abgestreifte Haut einer Libelle. Der Traumstab lag jetzt wieder dort, wo Alnac ihn zuerst hingelegt hatte: auf seiner und Varadias Hand. Allerdings schien er größer geworden zu sein. Sein Glanz war beinahe unterträglich. Unablässig wechselten die Farben durch ein Spektrum, das teils natürlich, teils übernatürlich war.

»Ich glaube, er opfert viel von sich, um meine Tochter zu retten«, sagte Raik Na Seem erschüttert. »Vielleicht mehr, als er sollte.«

»Er würde alles hingeben«, sagte Elric. »Ich glaube, daß das in seiner Natur liegt. Deshalb nennst du ihn auch Sohn und vertraust ihm.«

»Aye«, bestätigte Raik Na Seem. »Doch jetzt habe ich Angst, zu der Tochter auch noch einen Sohn zu verlieren.« Bekümmert seufzte er wieder. Vielleicht machte er sich Vorwürfe, Alnac Kreb um seine Dienste gebeten zu haben.

Länger als einen ganzen Tag und eine ganze Nacht saßen Elric und Raik Na Seem im Bronzezelt. Auch die anderen Bauradim harrten bange. Elrics Augen hingen wie gebannt an dem seltsam hell gewordenen Körper Alnacs, des Traumdiebes, der nur manchmal zuckte oder murmelte, ansonsten aber so leblos dalag wie die mumifizierten Ziegen, welche die Sanddünen zuweilen freigaben. Einmal meinte Elric, einen Laut aus dem Munde des Heiligen Mädchens zu hören. Raik Na Seem stand auf und legte die Hand auf die Stirn seiner Tochter. Doch dann ging er, traurig den Kopf schüttelnd, wieder weg.

»Du darfst die Hoffnung jetzt nicht aufgeben, Vater meines Freundes«, sagte Elric.

»Aye.« Der Sippenälteste der Bauradim hob den Kopf und nahm wieder neben Elric Platz. »Wir Wüstenbewohner setzen großes Vertrauen in Prophezeihungen. Doch scheint es mir, als habe unser Verlangen nach Hilfe unseren Verstand getrübt.«

Die beiden Männer traten vor das Bronzezelt, um kurz Luft zu schöpfen. Rauchfahnen von den noch immer brennenden Fackeln zogen durch die Morgenluft und zu dem violett gefärbten Himmel empor. Eine leichte Brise trieb sie nach Norden. Elric wurde bei dem Geruch beinahe übel. Doch die Sorge um den Freund vertrieb die Gedanken an die eigene Gesundheit. Gelegentlich nahm er einen kleinen Schluck von Lord Ghos Elixier; aber nur so viel, um das schlimmste Verlangen zu stillen. Als Raik Na Seem ihm Wasser anbot, schüttelte er den Kopf. Viele widersprüchliche Gefühle tobten im Innern des Albinos. Er spürte eine starke Verbundenheit mit diesen Menschen hier und tiefe Achtung vor Raik Na Seem. Alnac Kreb, der ihm so großzügig das Leben gerettet hatte, wie es dem Charakter dieses Mannes entsprach, war ihm ans Herz gewachsen. Elric war für das Vertrauen der Bauradim dankbar. Nachdem sie seine Geschichte gehört hatten, wären sie völlig im Recht gewesen, ihn zumindest aus der Oase der Silberblume zu verjagen. Stattdessen hatten sie ihn zum Bronzezelt geführt, als der Blutmond brannte, und ihm erlaubt, Lord Ghos Hinweisen nachzugehen. Sie bauten darauf, daß er ihr Vertrauen nicht mißbrauchen würde. Jetzt herrschte zwischen ihm und ihnen ein Treuebündnis, das er nie brechen konnte. Vielleicht wußten sie das. Vielleicht konnten sie seinen Charakter so leicht lesen wie er den Alnacs. Dies Vertrauen machte ihn glücklich, obgleich es seine Mission erschwerte. Aber er war entschlossen, diese Menschen niemals, auch nicht unabsichtlich, zu verraten.

Raik Na Seem zog prüfend die Luft ein und schaute zurück zur Oase. Dort stieg eine schwarze Rauchsäule empor, die immer höher stieg und sich mit den kleineren Rauchwölkchen vermischte: Ein böser Dämon gesellte sich zu seinen Gefährten. Elric wäre nicht überrascht gewesen, wenn der Dämon vor seinen Augen Gestalt angenommen hätte, so sehr hatte er sich an die seltsamen Ereignisse der letzten Tage schon gewöhnt.

»Man hat uns wieder angegriffen«, erkärte Raik Na Seem gleichmütig. »Laß uns hoffen, zum letzten Mal. Sie verbrennen die Leichen.«

»Wer greift euch an?«

»Die Zauberer-Abenteurer. Ich vermute, die Entscheidungen dieser Sekten haben mit der internen Politik der Stadt zu tun. Dutzende wollen sich irgendwelche Vorteile erkämpfen - vielleicht den Sitz im Rat, den du erwähntest. Von Zeit zu Zeit ziehen sie uns in ihre finsteren Machenschaften mit hinein. Das kennen wir schon. Aber jetzt scheint die Perle im Herzen der Welt der einzige Preis geworden zu sein, um für diesen Sitz zu zahlen. Habe ich recht? Je mehr von dem Kleinod wissen, desto mehr Krieger werden hierhergeschickt, um es zu finden.« Raik Na Seem sprach mit grimmigem Humor. »Wir können nur hoffen, daß Qarzhasaat bald entvölkert ist und nur noch die ränkeschmiedenden Lords übrig bleiben. Die können sich dann um eine nichtexistierende Macht über ein nichtexistierendes Volk streiten.«

Elric sah, wie ein ganzer Stamm Nomaden vorbeiritt. Sie hielten Abstand vom Bronzezelt, um ihren Respekt zu zeigen. Diese hellhäutigen, sonnengebräunten Menschen hatten brennende blaue Augen, so strahlend wie jene, die im Zelt ins Leere starrten. Als einige ihre Kapuzen zurückschlugen, sah Elric erstaunt, daß sie so blond wie Varadia waren. In der Kleidung unterschieden sie sich jedoch von den Bauradim. Hier herrschte tiefes Lavendelblau mit Besätzen aus Gold und Grün vor. Sie trieben Schafherden vor sich her und strebten der Oase der Silberblume zu. Als Reittiere benutzten auch sie jene merkwürdigen Buckelochsen, von denen Alnac behauptet hatte, sie seien für die Wüste wie geschaffen.

»Die Waued Nii«, sagte Raik Na Seem. »Sie treffen meist als letzte bei den Versammlungen ein. Sie kommen vom Rand der Wüste und treiben mit Elwher Handel. Sie bringen die Schnitzereien aus Lapislazuli und Jade, die wir so schätzen. Wenn die Stürme im Winter zu stark werden, weiten sie ihre Raubzüge über die Steppen bis hin in die Städte aus. Sie prahlten einmal, Phum geplündert zu haben; aber wir glauben, daß es ein kleinerer Ort war, den sie mit Phum verwechselten.« Offensichtlich war dies ein Scherz, den die Wüstenbewohner gern auf Kosten der Waued Nii erzählten.

»Ein Freund von mir kam aus Phum«, sagte Elric. »Er hieß Rackhir und suchte nach Tanelorn.«

»Ich kenne Rackhir. Ein guter Bogenschütze. Letztes Jahr ist er einige Wochen mit uns gezogen.«

Diese Neuigkeit freute Elric. »Ging es ihm gut?«

»Er war kerngesund.« Raik Na Seem war froh, über ein Thema sprechen zu können, das seine Gedanken von dem Schicksal seiner Tochter und seines Adoptivsohnes ablenkte. »Er war ein willkommener Gast und ging für uns auf die Jagd, als wir in der Nähe der Zackigen Säulen waren. Dort gibt es Wild, das wir nicht aufspüren können. Er erwähnte seinen Freund. Ein Freund, der viele Gedanken hat und den diese Gedanken oft in größte Schwierigkeiten bringen. Damit hat er zweifellos dich gemeint. Ja, ich erinnere mich genau. Er machte die witzige Bemerkung, du seiest etwas blaß geraten. Er machte sich Gedanken, was wohl aus dir geworden sei. Ich glaube, er mochte dich sehr gern.«

»Ich mag ihn auch sehr gern. Wir hatten etwas gemeinsam. So wie ich jetzt eine Verbindung zu dir und Alnac Kreb fühle.«

»Ihr habt sicher manche Gefahren geteilt.«

»Wir hatten viele seltsame Erlebnisse. Doch dann war er der Suche nach solchen Abenteuern überdrüssig und zog sich zurück, um Frieden zu finden. Weißt du, wohin er von hier aus ging?«

»Aye. Wie du schon sagtest, er war auf der Suche nach dem sagenhaften Tanelorn. Wir sagten ihm alles, was wir wußten. Dann wünschte er uns Lebwohl und ritt nach Westen. Wir rieten ihm, die sinnlose Suche nach einem Mythos aufzugeben, aber er wollte weitermachen. Wolltest du nicht gemeinsam mit deinem Freund reiten?«

»Ich hatte dringende Verpflichtungen. Doch habe ich auch selbst nach Tanelorn gesucht.« Elric hätte noch mehr sagen können, hielt es aber für besser, zu schweigen. Jede weitere Erklärung hätte Probleme und Erinnerungen heraufbeschworen, an die er nicht denken wollte. Jetzt galt seine Hauptsorge Alnac Kreb und dem Mädchen.

»Aye, richtig. Du bist ja ein König in deinem Land. Aber nicht gern, oder irre ich mich? Die Pflichten sind hart für einen jungen Mann. Man erwartet viel von dir. Auf deinen Schultern ruht das Gewicht der Vergangenheit, die Ideale und Loyalität eines ganzes Volkes. Es ist nicht leicht, ein guter Herrscher zu sein, gute Urteile zu fällen, Gerechtigkeit richtig zu verteilen. Hier bei den Bauradim haben wir keine Könige, nur eine gewählte Gruppe aus Männern und Frauen, die für die ganze Sippe sprechen. Ich finde es besser, solche Lasten zu teilen. Wenn alle daran tragen, wenn alle für sich selbst verantwortlich sind, muß kein Einzelner ein Gewicht tragen, das zu schwer ist.«

»Ein Grund für meine Reisen ist, daß ich mehr über Möglichkeiten erfahren will, Gerechtigkeit auszuüben«, sagte Elric. »Aber eins muß ich dir sagen, Raik Na Seem: Mein Volk ist ebenso grausam wie die Bewohner Quarzhasaats, hat aber bedeutend mehr Macht. Von Gerechtigkeit haben wir kaum eine blasse Ahnung, und die Pflichten, die mit dem Herrschen verbunden sind, bestehen fast ausschließlich darin, neue Schrecken zu erfinden, durch die man andere einschüchtern und kontrollieren kann. Meiner Meinung nach ist Macht so grauenvoll wie das Gebräu, das ich trinke, um am Leben zu bleiben. Sie nährt sich von sich selbst; sie ist ein hungriges Raubtier, das die verschlingt, die es besitzen möchten oder die es hassen - ja, es verschlingt sogar jene, die sie besitzen.«

»Das hungrige Raubtier ist nicht die Macht an sich«, erklärte der alte, weise Mann. »Macht ist weder gut noch böse. Allein ihr Gebrauch ist gut oder böse. Ich weiß, daß Melniboné einst die Welt beherrschte, besser gesagt, den Teil, den es fand und nicht zerstören konnte.«

»Du weißt anscheinend mehr über meine Nation als meine über dein Volk.« Der Albino lächelte.

»Unser Volk erzählt sich, daß wir alle in die Wüste kamen, weil wir zuerst vor Melniboné, dann vor Quarzhasaat fliehen mußten. Beide waren gleich grausam, gleich korrupt. Es spielte keine Rolle, wer von beiden den anderen zerstörte. Natürlich hatten wir gehofft, daß sie sich gegenseitig vernichten würden, doch das sollte nicht sein. Es geschah das Zweitbeste: Quarzhasaat zerstörte beinahe sich selbst und Melniboné vergaß den Feind - und uns! Ich glaube, daß Melniboné kurz nach dem Krieg keine Lust mehr hatte, sich noch weiter auszubreiten, und sich auf die Herrschaft der Jungen Königreiche beschränkte. Wie ich höre, jetzt sogar auf noch weniger.«

»Jetzt nur noch auf die Dracheninsel«, sagte Elric. Seine Gedanken wanderten zu Cymoril, obgleich er sich dagegen sträubte. »Viele Räuber segelten dorthin, um ihre Schätze zu plündern. Sie mußten jedoch feststellen, daß sie zu mächtig ist. Also blieb ihnen nur übrig, mit ihr Handel zu treiben.«

»Handel war immer schon besser als Krieg«, sagte Raik Na Seem ruhig. Sie waren inzwischen wieder ins Bronzezelt gegangen und standen vor Alnacs verwelktem Körper. Der Traumstab leuchtete wieder golden und pulsierte; er hatte nicht aufgehört, seit Alnac sich neben das Mädchen gelegt hatte.

»Der Stab gleicht einem seltsamen Organ«, bemerkte Raik Na Seem. »Beinahe wie ein zweites Rückgrat.«

Er wollte noch mehr sagen, doch da huschte eine Bewegung über Alnacs Gesicht. Über seine blutleeren Lippen drang ein grauenvolles, verzweifeltes Stöhnen.

Sie knieten neben ihm nieder. Alnacs Augen waren immer noch blau, Varadias schwarz.

»Er stirbt«, flüsterte Raik Na Seem. »Oder, Prinz Elric?«

Elric wußte auch nicht mehr als der Bauradi.

»Was können wir für ihn tun?« fragte der Alte.

Elric berührte die kalte, lederne Haut. Dann hob er das beinahe gewichtlose Handgelenk. Kein Puls war zu spüren. Doch in diesem Augenblick wechselten Alnacs Augen die Farbe. Mit vollem Bewußtsein blickte der Traumdieb Elric aus seinen intelligenten schwarzen Augen an. »Ah, du bist mir zu Hilfe gekommen. Ich habe erfahren, wo die Perle liegt; aber sie ist zu gut gesichert.«

Alnacs Stimme war nur ein Flüstern aus diesem staubtrockenen Mund.

Elric nahm den Freund in die Arme. »Ich will dir helfen, Alnac. Sage mir, wie!«

»Du kannst mir nicht helfen. Da sind Höhlen. Diese Träume besiegen mich ... Sie ertränken mich ... Sie saugen mich auf. Ich bin verdammt, zu den bereits Verdammten zu gehen. Was für eine schlechte Gesellschaft für jemanden wie mich, Prinz Elric. Schlechte Gesellschaft ...«

Der Traumstab pulsierte und leuchtete jetzt so weiß wie gebleichte Knochen. Wieder wurden die Augen des Traumdiebes blau. Doch gleich darauf wiederum schwarz. Aus der ausgedörrten Kehle drang ein Pfeifen. Plötzlich verzog sich Alnacs Gesicht vor Entsetzen. »Nein! Nein! Ich muß das Testament finden!«

Wie eine Schlange bewegte sich der Traumstab durch den Körper zu Varadia hinüber und wieder zurück. »Ach, Elric«, flüsterte die dünne Stimme, »hilf mir, wenn du kannst. Ich bin gefangen. So schlimm ist es mir noch nie ergangen ...«

Der Hilferuf schien direkt aus dem Grab zu kommen, als sei Elrics Freund bereits tot. »Elric, wenn es noch einen Weg gibt ...«

Dann ging ein Zittern durch den Körper, als fülle er sich mit einem riesigen Atemzug. Der Traumstab flackerte und bewegte sich wieder. Dann lag er wie zu Anfang still über den verschlungenen Händen.

»Mein Freund, ich war ein Narr, zu denken, daß ich dies überleben könnte ...« Die Stimme brach ab. »Hätte ich doch ihren Verstand richtig erkannt. Er ist so stark! So stark!«

»Wovon spricht er?« fragte Raik Na Seem. »Von meinem Kind? Von dem, was sie lähmt? Meine Tochter gehört zu den Sarangli-Frauen. Ihre Großmutter konnte ganze Stämme behexen, daß sie glaubten, an einer Krankheit zu sterben. Das hatte ich Alnac aber erzählt. Was versteht er denn nicht?«

»Oh Elric, sie hat mich vernichtet!« Zitternd reckte sich die bleiche Hand dem Albino entgegen.

Doch plötzlich kehrten Farbe und Leben zurück in Alnacs Körper. Schon hatte er die frühere Größe und Vitalität wiedergewonnen. Der Krummstab war nichts anderes mehr, als das Artefakt, das Elric früher an Alnacs Gürtel gesehen hatte.

Der Traumdieb lächelte. Er war überrascht. »Elric! Elric! Ich lebe!«

Er packte den Stab und wollte sich erheben. Da mußte er husten. Über seine Lippen quoll ein ekelhafter Brei, wie ein riesiger, halb verdauter Wurm. Es sah aus, als würde er seine eigenen verwesten Organe erbrechen. Alnac wischte das Zeug ab. Erst war er verwirrt, doch dann stand blankes Grauen in seinen Augen.

»Nein.« Jetzt schien Alnac ganz ruhig und mit dem Schicksal versöhnt. »Ich war zu stolz. Natürlich sterbe ich.« Er stürzte nach hinten, ehe Elric ihn halten konnte. Mit seinem alten spöttischen Lächeln schüttelte der Traumdieb den Kopf. »Eine Spur zu spät, glaube ich. Es doch nicht mein Schicksal, in dieser Ebene dein Gefährte zu sein, tapferer Held.«

Elric glaubte, Alnac spräche wirr und versuchte ihn zu beruhigen.

Dann entfiel der Stab der Hand des Traumdiebes und rollte beiseite. Ein zitternder Schrei entrang sich der gequälten Kehle. Ihm folgte solch grauenvoller Gestank, daß Elric und Raik Na Seem am liebsten aus dem Bronzezelt gelaufen wären. Es war, als verwese der Körper des Traumdiebs direkt vor ihren Augen.

Noch einmal versuchte Alnac zu sprechen. Doch es kam kein Laut. Dann war der Traumdieb Alnac Kreb tot.

Elric fühlte bei seiner Trauer um diesen guten, tapferen Freund, daß auch sein und Anighs Schicksal besiegelt waren. Der Tod des Traumdiebs war ein Fingerzeig, daß hier Kräfte am Werk waren, von denen der Albino nichts wußte, trotz seiner großen Erfahrung mit Zauberei. In keinem der vielen Bücher und Schriftrollen über Magie war er auf einen Hinweis auf ein solches Schicksal gestoßen. Elric hatte schon einige, die sich mit Zauberei befaßt hatten, schlimmer enden sehen; aber hier war eine Magie am Werk, von der nicht die leiseste Ahnung hatte.

»Jetzt hat er uns endgültig verlassen«, sagte Raik Na Seem.

»Aye.« Elric versagte beinahe die Stimme. »Aye. Seine Tapferkeit war größer als wir ahnten - oder er selbst.«

Langsam ging der alte Mann hinüber, wo sein Kind in schrecklicher Trance schlief. Er blickte ihr in die blauen Augen, als hoffe er, irgendwo tief drinnen die schwarzen des Traumdiebes zu finden.

»Varadia?«

Sie antwortete nicht.

Feierlich hob Raik Na Seem das Heilige Mädchen auf und bettete es wieder auf die Kissen des Ruhebetts, als schliefe es einen natürlichen Schlaf, und er bringe es als Vater nur zu Bett.

Elric starrte auf die Überreste des Traumdiebes. Zweifellos hatte er gewußt, was er aufs Spiel setzte. Dies war das Geheimnis gewesen, das er nicht hatte teilen wollen.

»Es ist vorbei«, sagte Raik Na Seem ruhig. »Jetzt weiß ich nicht mehr, was ich noch für sie tun könnte. Er opferte ihr zu viel.« Der alte Mann kämpfte, daß er sich nicht in Verzweiflung oder Versteinerung verlor. »Wir müssen nachdenken. Hilfst du mir dabei, Freund meines Sohnes?«

»Wenn ich kann, natürlich.«

Zitternd stand Elric auf. Da hörte er hinter sich leise Schritte. Er glaubte, eine Bauradifrau käme, um zu trauern. Als er sich umdrehte, sah er zuerst nur ihre Umrisse in dem Licht, das ins Zelt strömte.

Es war eine junge Frau, doch keine Bauradim. Sie trat langsam näher. Tränen standen in ihren Augen, als sie auf Alnac Krebs zerstörten Körper blickte.

»Dann bin ich doch zu spät gekommen.«

Ihre melodische Stimme war von tiefstem Schmerz erfüllt. Sie hob eine Hand ans Gesicht. »Er hätte eine solche Aufgabe nicht versuchen dürfen. Man sagte mir in der Oase der Silberblume, daß ihr hier seid. Warum konntet ihr nicht noch ein kleines bißchen warten? Nur noch einen einzigen Tag.«

Nur mühsam konnte sie ihre Trauer beherrschen. Elric fühlte sich ihr ganz eigenartig verbunden.

Sie machte noch einen Schritt auf den Leichnam zu. Elric war nur einen Zoll größer als sie. Dichtes, braunes Haar umrahmte das herzförmige Gesicht. Sie war schlank, aber muskulös. Ihr Wams war rot gefüttert. Sie trug Samthosen, bestickte Reitstiefel und über allem einen beinahe durchsichtigen Baumwollumhang. Am Gürtel hing ein Schwert, und in einer Fibel auf der linken Schulter steckte ein Krummstab aus Gold und Ebenholz, kostbarer als der Stab, der neben Alnac auf dem Teppich lag.

»Ich lehrte ihn sein Gewerbe«, sagte sie. »Aber hierfür war es nicht genug. Wie konnte er nur glauben, er würde es schaffen! Nie und nimmer reichten seine Kräfte dazu aus. Er hatte dazu nicht den richtigen Charakter.« Sie wandte sich ab und wischte die Tränen aus dem Gesicht. Dann drehte sie sich wieder um und blickte Elric direkt in die Augen.

»Ich bin Oone«, sagte sie und verneigte sich kurz vor Raik Na Seem. »Ich bin der Traumdieb, nach dem du geschickt hattest.«

ZWEITES BUCH

Gibt es die Tochter, in einem Traum geboren,
Mit Haut wie Schnee, und deren Augen auserkoren,
Zu schauen Reiche, die aus dem Stoffe sind gemacht,
Der stark wie Todesqualen und sanft wie Lügen
in der Nacht?
Gibt es das Mädchen, aus einem Traum geboren,
Dessen Blut so alt, wie die Zeit an sich,
Und vom Geschick bestimmt, einfließt in mich,
Um dann zu herrschen über neue Lande als neue
Königin?

DIE CHRONIK DES SCHWARZEN SCHWERTES

Kapitel 1

Wie ein Dieb einen Herrscher belehren kann

Oone nahm den Dattelkern aus dem Mund und ließ ihn in den Sand der Oase der Silberblume fallen. Dann streckte sie die Hand nach einer der leuchtenden Kaktusblüten aus, die der Oase ihren Namen gegeben hatten. Mit langen, zarten Fingern streichelte sie die Blütenblätter. Dazu sang sie leise vor sich hin. Elric kam es vor, als singe sie ein Klagelied.

Aus Respekt für ihre Trauer schwieg Elric. Er saß mit dem Rücken an eine Palme gelehnt und schaute zum Treiben im Zeltlager hinüber. Oone hatte ihn gebeten, mitzukommen, war aber wortkarg gewesen. Aus der Kashbeh hoch über ihm tönte ein Ruf. Aber als er hinaufblickte, sah er niemanden. Wind fegte über die Wüste, wie rote Wogen brach sich der Sand an den Zackigen Säulen am Horizont.

Es war beinahe die Mittagsstunde. Sie waren noch am Morgen zur Oase zurückgekehrt. Die sterblichen Überreste Alnac Krebs sollten ehrenvoll der Sitte der Bauradim entsprechend am gleichen Abend verbrannt werden.

Oone hatte den Traumstab hinter der Fibel hervorgezogen und hielt ihn in den Händen. Sie drehte ihn und beobachtete, wie sich das Licht auf der glänzenden Oberfläche brach, gerade so, als sähe sie ihn zum ersten Mal. Alnacs Traumstab hatte sie in den Gürtel gesteckt.

»Meine Aufgabe wäre etwas leichter gewesen«, brach sie plötzlich das Schweigen, »wenn Alnac nicht so überstürzt gehandelt hätte. Er war sich nicht bewußt, was auf ihn zukam. Ja, ich weiß, er wollte unbedingt das Kind retten. Aber ein paar Stunden später hätte ich seine Hilfe gebraucht - und möglicherweise Erfolg gehabt. Auf alle Fälle hätte ich ihn gerettet.«

»Ich verstehe nicht, was mit ihm geschah«, sagte Elric.

»Auch ich kenne nicht die genauen Ursachen für seinen Verfall«, sagte Oone. »Aber ich will dir erklären, was ich weiß. Deshalb bat ich dich, mich zu begleiten. Ich möchte nicht, daß uns jemand belauscht. Und ich muß dich um dein Wort bitten, daß du verschwiegen sein wirst.«

»Das bin ich immer.«

»Auf ewig?« fragte sie.

»Auf ewig.«

»Du mußt mir versprechen, keiner Seele etwas darüber zu sagen, was ich dir heute mitteile, und auch mit niemandem über die Ereignisse zu sprechen, die vielleicht aus diesen Mitteilungen erwachsen. Du mußt dich einverstanden erklären, daß du dich dem Kodex der Traumdiebe verpflichtest, obwohl du nicht zu uns gehörst.«

Elric war verblüfft. »Aus welchem Grunde?«

»Möchtest du das Heilige Mädchen retten? Alnac rächen? Dich selbst von der Sklaverei der Droge befreien? Gewisse Schurkereien in Quarzhasaat beseitigen?«

»Du weißt doch, daß ich das will.«

»Dann können wir uns vielleicht einigen. Denn eins ist ganz sicher: Wenn wir uns nicht gegenseitig helfen, werden du und das Mädchen, vielleicht auch ich, tot sein, noch ehe der Blutmond verblaßt.«

»Das ist sicher?« Elric lächelte leicht überlegen. »Du bist also auch noch Prophetin, Oone?«

»Das sind alle Traumdiebe, bis zu einem bestimmten Grad«, antwortete Oone. Sie klang ungeduldig, so, als spräche sie zu einem begriffsstutzigen Kind. Doch dann hatte sie sich wieder in der Gewalt. »Verzeih mir bitte! Ich vergaß, daß unser Gewerbe in den Jungen Königreichen unbekannt ist. In der Tat reisen wir nur höchst selten in diese Ebene.«

»Ich bin in meinem Leben schon vielen übernatürlichen Wesen begegnet, verehrte Dame. Doch sahen nur wenige so menschlich wie du aus.«

»Menschlich? Aber ich bin doch ein Mensch!« Sie schien verwirrt. Dann glättete sich ihre Stirn. »Ach ja! Ich vergesse immer wieder, daß du gleichzeitig gebildeter und unwissender bist als meine Glaubensgenossen.« Sie lächelte ihm zu. »Ich habe mich von Alnacs unnötiger Auflösung immer noch nicht erholt.«

»Er mußte nicht sterben.« Elrics Stimme war ausdruckslos, nicht fragend. Er war lange genug mit Alnac zusammengewesen, um ihn als Freund schätzen zu lernen. Daher konnte er auch Oones Trauer nachfühlen. »Gibt es denn keine Möglichkeit, ihn wiederzubeleben?«

»Er hat die gesamte Substanz verloren«, antwortete Oone. »Statt einen Traum zu stehlen, raubte man ihm den seinen.« Sie zögerte kurz, ehe sie schnell weitersprach, als bereue sie ihre Worte. »Hilfst du mir, Prinz Elric?«

»Ja«, versicherte der Albino ohne Zaudern. »Wenn es darum geht, Alnac zu rächen und das Kind zu retten.«

»Selbst wenn du riskierst, das gleiche Schicksal wie Alnac zu erleiden? Das Ende, das du mit eigenen Augen gesehen hast?«

»Selbst dann! Es kann auch nicht schlimmer sein, als von Lord Gho ermordet zu werden.«

»Oh doch!« sagte sie nur.

Elric lachte über ihre Freimütigkeit. »Na schön! Und dennoch, Mylady! Dennoch! Worum geht es also?«

Oone griff wieder nach einer Blüte. In der anderen Hand balancierte sie ihren Traumstab. Mit gerunzelter Stirn schien sie angestrengt nachzudenken, ob ihre Entscheidung auch richtig war. »Nun denn! Ich glaube, daß du einer der wenigen Sterblichen auf dieser Welt bist, der die Art meines Gewerbes verstehen kann, der weiß, was ich meine, wenn ich über die Beschaffenheit von Träumen und Realität spreche und wie sie sich überschneiden. Ferner glaube ich, daß dein Denken so geschult ist, daß du zwar kein perfekter Bundesgenosse sein kannst, aber einer, auf den ich mich in einigen Punkten stützen könnte. Wir Traumdiebe haben aus einem Gewerbe eine Art Wissenschaft gemacht, welches logischerweise keinen folgerichtigen Gesetzen unterliegen kann. Dadurch sind wir jedoch imstande, unser Gewerbe so erfolgreich auszuüben, hauptsächlich, so glaube ich, indem wir dem Chaos, dem wir begegnen, bis zu einem gewissen Grad unseren eigenen Willen aufzwingen können. Ergibt dies Sinn für dich, Prinz?«

»Ich glaube schon. In meinem Volk gibt es auch Philosophen, die behaupten, daß ein Großteil unserer Magie eigentlich das Aufzwängen eines mächtigen Willens auf den fundamentalen Stoff der Materie ist, eine Fähigkeit, wenn man so will, Träume Wahrheit werden zu lassen. Manche behaupten sogar, unsere gesamte Welt sei auf diese Weise geschaffen worden.«

Oone schien erfreut. »Gut! Ich wußte, daß ich dir einige Ideen nicht erklären muß.«

»Aber was soll ich tun, verehrte Oone?«

»Du sollst mir helfen. Gemeinsam können wir einen Weg finden zu dem Ort, den die Zauberer-Abenteurer die Festung der Perle nennen. Und dabei ist es durchaus möglich, daß wir oder einer von uns den Traum stehlen, der das Kind in dem immerwährenden Schlaf fesselt, und es davon befreien. Dann könnten wir das Mädchen wieder als Seherin und ganzen Stolz ihres Volkes zurückbringen.«

»Dann stehen also Perle und Mädchen in Verbindung?« Elric stand auf und gab sich Mühe, das ständige Verlangen zu unterdrücken.

»Das glaube ich.«

»Was für eine Verbindung ist das?«

»Wenn wir das herausbekommen, werden wir sicher auch wissen, wie wir das Mädchen befreien können.«

»Verzeih mir, teure Oone«, sagte Elric. »Aber du klingst beinahe so unwissend wie ich.«

»Das bin ich auch in gewissen Dingen. Aber ehe ich weiterspreche, muß ich verlangen, daß du schwörst, dich an den Kodex der Traumdiebe zu halten.«

»Das schwöre ich«, sagte Elric feierlich und hielt die Hand hoch, an welcher der Actorios leuchtete, um zu zeigen, daß er bei einem der in seinem Volk am meisten verehrten Artefakte schwor. »Ich schwöre bei dem Ring der Könige.«

»Dann werde ich dir jetzt sagen, was ich weiß und was ich von dir will«, sagte Oone. Sie legte die freie Hand um seinen linken Arm und führte ihn tiefer in den Hain mit Zypressen und Palmen. Sie schien den Heißhunger nach Lord Ghos schrecklicher Droge zu spüren, der in dem Albino tobte. Ein mitleidiger Blick streifte ihn.

»Ein Traumdieb«, begann Oone, »tut genau das, was die Berufsbezeichnung sagt. Wir stehlen Träume. Ursprünglich waren wir eine Zunft echter Diebe. Wir lernten den Trick, in die Träume anderer Menschen einzudringen und jene zu stehlen, welche besonders prächtig oder ausgefallen waren. Allmählich riefen die Leute uns dann zu Hilfe, um unerwünschte Träume wegzuschaffen - Träume, welche Freunde und Verwandte peinigten. Also stahlen wir sie. Die Träume an sich richteten nur selten Schaden an.

Sie waren höchstens für denjenigen nachteilig, der in ihrer Gewalt war und ...«

Elric unterbrach. »Willst du damit etwa sagen, daß ein Traum eine materielle Realität besitzt? Daß man ihn wie einen Gedichtband oder eine Geldbörse packen kann und dem Besitzer stibitzen?«

»Im Prinzip ja! Vielleicht sollte ich sagen, daß unsere Zunft den Trick lernte, einen Traum ausreichend real werden zu lassen, um so mit ihm umzugehen.« Sie lachte über die augenscheinliche Verwirrung des Prinzen. Für einen Moment schien die Trauer von ihr gefallen zu sein. »Dazu braucht man aber ein ausgesprochenes Talent und sehr viel Training.«

»Aber was macht ihr mit den gestohlenen Träumen?«

»Na, Prinz Elric! Wir verkaufen sie auf dem Traummarkt, der zweimal im Jahr stattfindet. Dort herrscht reger Handel mit allen Arten von Träumen, ganz gleich wie bizarr oder schrecklich sie sind. Dort gibt es Kaufleute und Kunden. Selbstverständlich destillieren wir die Träume in eine Form, in der man sie transportieren und später übertragen kann. Weil wir aber die Träume zwingen, eine Gestalt anzunehmen, bedrohen sie uns. Diese Gestalt kann uns vernichten. Du hast gesehen, wie es Alnac erging. Man braucht einen bestimmten Charakter, eine bestimmte Geistesart, eine bestimmte seelische Haltung. All dies zusammen schützt einen in den Reichen der Träume. Da wir aber diese Reiche kodifizierten, haben wir es geschafft, daß wir sie auch bis zu einem gewissen Grad manipulieren können.«

»Das mußt du mir näher erklären, wenn ich dir geistig folgen soll«, sagte Elric.

»Also gut!« Oone blieb am Rand des Haines stehen. Hier war der Boden staubig und bildete einen Übergang zwischen Oase und Wüste. Sie studierte die Risse in der Erde, als seien die Spalten Linien auf einer besonders komplizierten Landkarte, eine Geometrie, die nur sie verstand.

»Wir stellten Regeln auf«, fuhr sie schließlich fort. Ihre Stimme klang entfernt, beinahe, als spreche sie zu sich selbst. »Und kodifizierten, was wir durch die Jahrhunderte herausfanden. Aber dennoch sind wir den unvorstellbarsten Gefahren ausgeliefert ...«

»Einen Augenblick, Oone! Willst du damit sagen, daß Alnac Kreb mittels einer Zauberei, welche nur deiner Zunft bekannt ist, in die Traumwelt des Heiligen Mädchens eindrang und dort Gefahren zu bestehen hatte, wie sie dir oder mir in dieser materiellen Welt zustoßen könnten?«

»Hervorragend ausgedrückt!« Sie blickte ihn mit einem seltsamen Lächeln an. »Aye. Und seine Substanz ging in diese Welt und wurde von ihr absorbiert, wodurch die Substanz ihrer Träume gestärkt wurde ...«

»Die Träume, die er stehlen wollte.«

»Er wollte nur einen stehlen. Den, welcher sie in diesem immerwährenden Schlaf gefangen hält.«

»Und dann hätte er diesen Traum verkauft, auf eurem, wie hast du gesagt? Traummarkt?«

»Vielleicht.« Auf diesen Aspekt wollte Oone nicht weiter eingehen.

»Wo findet dieser Markt statt?«

»In einem Reich, das jenseits von hier liegt, an einem Ort, zu dem nur Leute unseres Gewerbes oder unsere Diener reisen können.«

»Bringst du mich dorthin?« Elrics Neugier war geweckt.

Ihr Blick verriet Vorsicht, aber auch Spott. »Möglicherweise. Aber zuerst müssen wir Erfolg haben. Wir müssen einen Traum stehlen, damit wir Handelsware haben. Hör zu Elric, ich möchte dir wirklich gerne alles sagen, was du lernen willst; aber manche Dinge sind furchtbar schwer zu erklären, wenn jemand nicht bei unserer Zunft in die Lehre gegangen ist. Diese Dinge müssen gezeigt oder erlebt werden. Ich stamme nicht aus deiner Welt. Die wenigsten Traumdiebe kommen aus dieser Sphäre. Wir sind Wanderer - man könnte sagen: Nomaden - zwischen vielen Zeiten und vielen Orten. Wir haben gelernt, daß ein Traum in einem Reich in einem anderen unbestreitbare Realität sein kann, und ebenso etwas ganz Alltägliches in diesem Reich zu einem unvorstellbaren Alptraum wird.«

»Ist die ganze Schöpfung so verformbar?« fragte Elric schaudernd.

»Was wir schaffen, muß auf ewig bleiben, es sei denn, es stirbt«, antwortete sie mit ironischer Endgültigkeit.

»Der Kampf zwischen Gesetz und Chaos spiegelt den Kampf in unserem Inneren zwischen ungezähmten Gefühlen und zu viel Vorsicht wider, nehme ich an«, fügte Elric noch hinzu. Ihm war klar, daß Oone über dieses Thema nicht mehr sprechen wollte.

Oone zog mit der Fußspitze einen Riß in der roten Erde nach. »Um mehr zu lernen, mußt du ein Traumdieb-Lehrling werden ...«

»Aber gern«, sagte Elric. »Ich bin jetzt schon sehr neugierig, Mylady. Du hast von euren Gesetzen gesprochen. Wie lauten sie?«

»Manche sind belehrend, manche beschreibend. Als erstes muß ich dir erklären, daß wir jedes Traumreich in sieben Aspekte eingeteilt haben, denen wir Namen zugeordnet haben. Mit der Namensgebung und der Beschreibung hoffen wir, das, was keine Gestalt hat, zu gestalten, und das zu kontrollieren, was sich der Kontrolle der meisten entzieht. Durch solche Auflagen haben wir gelernt, in Welten zu überleben, wo andere innerhalb von Minuten zerstört würden. Doch selbst wenn wir solche Auflagen machen, kann es geschehen, daß das, was unser eigener Wille definiert, sich so verändert, daß wir es nicht mehr kontrollieren können. Wenn du mich begleiten und mir bei diesem Abenteuer helfen willst, müssen wir sieben Länder durchqueren. Das erste Land nennen wir Sadanor oder das Land Gemeinsamer Träume. Das zweite Land ist Marador, von uns Land Alter Sehnsüchte genannt, und das dritte Paranor, das Land Verlorener Überzeugungen. Das vierte Land kennen Traumdiebe als Celador, das Land Vergessener Liebe. Das fünfte Land ist Imador, das Land Neuen Strebens, und das sechste ist Falador, das Land des Wahnsinns ...«

»Was für phantasiereiche Namen! Die Zunft der Traumdiebe hat wohl einen Hang zur Poesie. Und wie heißt das siebte Land?«

Oone zögerte etwas, ehe sie antwortete. Ihre wunderschönen Augen bohrten sich in die Elrics, als wolle sie bis in die hintersten Windungen seines Gehirns vordringen. »Das hat keinen Namen«, sagte sie ruhig. »Es sei denn, die Bewohner geben ihm einen. Aber nur dort dürftest du die Festung der Perle finden.«

Elric fühlte sich von dem bohrenden, doch zugleich zärtlichen Blick gefangen. »Und wie kommen wir in diese Länder?« Der Albino wollte sich mit diesen Fragen ablenken, da sein ganzer Körper nach Lord Ghos Elixier schrie.

Oone spürte seine Qual und legte ihm beruhigend die Hand auf den Arm. »Durch das Kind.«

Elric erinnerte sich an das, was er im Bronzezelt mit angesehen hatte, und ein kalter Schauder lief ihm über den Rücken. »Aber wie kann man das erreichen?«

Oone runzelte die Stirn. Der Druck ihrer Hand verstärkte sich. »Varadia ist unser Tor, und die Traumstäbe sind unsere Schlüssel. Dabei wird ihr kein Leid geschehen, Elric. Sobald wir den siebten Aspekt erreicht haben, das Namenlose Land, finden wir vielleicht als Gegenleistung den Schlüssel zu ihrem Gefängnis.«

»Dann ist sie also ein Medium? Ist es das, was ihr zugestoßen ist? Wußten die Zauberer-Abenteurer von ihrer Kraft und versetzten sie bei dem Versuch, diese Kraft für sich auszunützen, in Trance?«

Wieder zögerte Oone. Dann nickte sie. »Das ist ungefähr richtig, Prinz Elric. Wir haben viele Geschichtswerke, von denen allerdings ein Großteil für uns unzugänglich in den Bibliotheken Tanelorns liegt. In diesen steht geschrieben: “Alles, was innen liegt, hat auch eine Gestalt draußen. Und das, was draußen ist, nimmt im Inneren eine Gestalt an.” Man kann es auch anders ausdrücken. Wir sagen, daß alles Sichtbare auch stets einen unsichtbaren Aspekt haben muß, ebenso wie alles Unsichtbare durch das Sichtbare repräsentiert werden muß.«

Obgleich Elric viele ähnlich kryptische Aussagen aus dem Studium seiner Geheimschriften kannte, verstand er es nicht. Er wies Oones Erklärung allerdings nicht zurück, da er wußte, daß man oft sehr lange und angestrengt über solche Stellen nachdenken mußte, manchmal auch gewisse Erfahrungen notwendig waren, um ihren Sinn ganz zu entschlüsseln. »Du sprichst von übernatürlichen Reichen, Oone. Welten, die von den Lords des Chaos und der Ordnung bewohnt werden, von Elementargeistern, Unsterblichen und ähnlichen Wesen. Ich kenne einige solcher Reiche, bin sogar in einigen herumgereist. Aber noch nie habe ich gehört, daß man in ein solches Reich gelangt, indem man einen Teil seiner physischen Substanz zurückläßt und durch ein schlafendes Kind Zutritt gewinnt.«

Oone betrachtete ihn forschend, als wolle sie ergründen, ob er sich bewußt sarkastisch gab. Dann zuckte sie mit den Schultern. »Du wirst feststellen, daß die Reiche der Traumdiebe sehr ähnlich sind. Und du würdest gut daran tun, unseren Kodex auswendig zu lernen und zu befolgen.«

»Ihr seid ein sehr strenger Orden, Mylady, und ...«

»Nur so können wir überleben. Alnac hatte die Instinkte eines guten Traumdiebes. Doch leider hatte er sich noch nicht die ganze Disziplin zu eigen gemacht. Das war einer der Hauptgründe für seine Auflösung. Du aber bist mit der notwendigen Disziplin vertraut, denn nur so erwarbst du deine Kenntnisse in Zauberei. Ohne diese Disziplin wärst auch du längst untergegangen.«

»Aber ich habe viel davon zurückgewiesen, Oone.«

»Aye. Aber du bist nicht ganz aus der Übung gekommen, glaube ich. Jedenfalls hoffe ich das. Das erste Gesetz, dem ein Traumdieb gehorchen muß, besagt: "Belehrende Ratschläge immer annehmen, ihnen jedoch niemals trauen." Das zweite Gesetz lautet: "Hüte dich vor Vertrautem!" Das dritte: "Alles Fremde mit Vorsicht aufnehmen!" Es gibt zwar noch viele andere, doch diese drei enthalten die Grundbegriffe für das Überleben eines Traumdiebes.« Sie lächelte. Ihr Lächeln war seltsam liebenswürdig und verletzlich. Elric merkte, daß sie sehr müde war. Vielleicht hatte der Gram sie so erschöpft.

Der Melnibonéer sprach leise und schaute dabei auf die rote Felsbastion, die der Oase der Silberblume Schutz gewährte und ihr Heiligtum war. Dünne Rauchfahnen stiegen in den tiefblauen Himmel empor. »Wie lange dauert es, jemanden in deiner Zunft auszubilden?«

Oone merkte seinen Spott. »Fünf Jahre oder auch länger«, antwortete sie. »Alnac war seit ungefähr sechs Jahren ein vollwertiges Mitglied unserer Zunft.«

»Und trotzdem gelang es ihm nicht, in dem Reich zu überleben, in dem die Seele des Heiligen Mädchen gefangen gehalten wird.«

»Trotz all seiner Fähigkeiten war er nur ein ganz normaler Sterblicher, Prinz Elric.«

»Und du glaubst, daß ich das nicht bin?«

Jetzt lachte sie laut. »Du bist der letzte Herrscher von Melniboné! Du bist einer der Mächtigsten deiner Rasse, einer Rasse, die für ihre Zauberkunst überall berühmt ist. Du hast sogar deine Braut verlassen. Sie soll auf dich warten, während du deinen Vetter Yyrkoon auf den Rubinthron gesetzt hast und bis zu deiner Rückkehr regieren läßt - eine solche Entscheidung kann nur ein Idealist fällen! Oh nein, Mylord, du kannst mir nicht vormachen, daß du ein gewöhnlicher Mensch bist!«

Trotz seines fast übermächtigen Verlangens nach dem giftigen Elixier mußte Elric lachen. »Wenn ich ein Mann mit so außergewöhnlichen Eigenschaften bin, Mylady, frage ich mich, warum ich mir Gedanken machen muß, daß mich ein zweitklassiger Politiker aus der hintersten Provinz umbringen will?«

»Ich sagte nicht, daß du stolz auf dich bist, mein Prinz. Aber es wäre töricht, das zu leugnen, was du gewesen bist und was du sein könntest.«

»Ich denke lieber über das zweite nach, Mylady.«

»Dann denke doch bitte an das Schicksal von Raik Na Seems Tochter. Denke an das Schicksal seines Volkes, dem seine Geschichte und sein Orakel genommen sind. Denk an dein eigenes Schicksal! Willst du sinnlos in einem fernen Land sterben, ohne deine Bestimmung erfüllt zu haben?«

Elric gab ihr recht.

Sie fuhr fort. »Es ist durchaus möglich, daß du in deiner Welt keinen Rivalen hast, der es dir in der Zauberei gleichtun könnte. Obwohl dir deine speziellen Fähigkeiten bei dem Abenteuer, das ich dir vorschlage, nur wenig nützen werden, könnten dein Wissen und dein Verständnis den Unterschied zwischen Erfolg und Mißerfolg ausmachen.«

Elric war jetzt ungeduldig. Er konnte das Verlangen seines Körpers nach der Droge nicht mehr ertragen. »Na gut, Lady Oone. Was immer du beschließt, soll mir recht sein.«

Oone trat einen Schritt zurück und musterte ihn kühl. »Für dich ist es besser, wenn du sofort zu deinem Zelt gehst und von deinem Elixier trinkst.«

Den Albino überfiel die ihm leider nur zu vertraute Verzweiflung. »Das werde ich, Oone. Ich muß.« Dann ging er schnell zurück zu den Zelten der Bauradim.

Auf dem Weg wechselte er kaum ein Wort mit den Leuten, die ihn grüßten. Raik Na Seem hatte nichts aus dem Zelt, das Elric mit Alnac Kreb geteilt hatte, entfernt. Mit zitternden Händen holte der Albino die Silberphiole aus der Satteltasche und nahm einen großen Schluck. Danach fühlte er sich erleichtert - wenn auch nur für kurze Zeit. Die Droge aus Quarzhasaat schenkte ihm die Illusion von Gesundheit und von zurückgekehrter Energie. Seufzend wandte er sich dem Zelteingang zu, als Raik Na Seem dort erschien. Seine Stirn war gerunzelt, die Augen voller Schmerz, den er vergeblich zu verbergen suchte. »Hast du dich bereit erklärt, der Traumdiebin zu helfen, Elric? Wirst du versuchen, das auszuführen, was die Prophezeihung weissagte? Wirst du unser Heiliges Mädchen zurückbringen? Wir haben jetzt noch weniger Zeit als zuvor. Der Blutmond wird bald untergegangen sein.«

Elric legte die Phiole mit dem Elixier auf den Teppich und griff nach dem Schwarzen Schwert, das er vor dem Spaziergang mit Oone abgelegt hatte. Die Klinge zitterte in seinen Fingern. Er verspürte eine leichte Übelkeit. »Ich werde alles tun, was man von mir verlangt«, erklärte er.

»Gut.« Der alte Mann packte Elric bei den Schultern. »Oone hat mir gesagt, daß du ein großer Mann mit großer Bestimmung bist und daß du jetzt an einem Wendepunkt deines Schicksalsweges angelangt bist. Wir fühlen uns geehrt, daß wir an deinem Schicksal Teil haben dürfen und sind dir dankbar für dein Bemühen ...«

Elric nahm Raik Na Seems Worte mit seiner alten Liebenswürdigkeit auf und verbeugte sich vor dem alten Mann. »Meiner Meinung nach ist die Gesundheit des Heiligen Mädchens wichtiger als mein Schicksalsweg. Ich werde alles, was in meiner Macht steht, tun, um dir deine Tochter zurückzubringen.«

Oone war hinter dem Ältesten der Bauradim eingetreten. Sie lächelte Elric an. »Bist du jetzt bereit?«

Elric nickte und legte den Gurt mit dem Schwarzen Schwert um. Doch Oone griff nach seiner Hand. »Nein, du wirst die Waffen, die du benötigst, unterwegs finden.«

»Aber das Schwert ist mehr als nur eine Waffe, Oone!« Der Albino spürte, wie eine Art Panik in ihm aufstieg.

Oone hielt ihm Alnacs Traumstab entgegen. »Das ist alles, was du für unser Abenteuer brauchst, Mylord.«

Sturmbringer murmelte unwillig, als Elric das Schwert auf die Kissen zurücklegte; es schien ihm zu drohen.

»Ich bin abhängig von-«, setzte er an.

Die Traumdiebin schüttelte den Kopf. »O nein. Das bist du nicht. Du glaubst, daß das Schwert ein Teil deiner Identität ist, aber so ist es nicht. Es ist deine Nemesis. Es ist der Teil in dir, der deine Schwäche, nicht deine Stärke repräsentiert.«

Elric seufzte. »Ich verstehe dich zwar nicht, Mylady; doch wenn du wünscht, daß ich das Schwert nicht mitnehme, dann lasse ich es eben hier.«

Wieder knurrte die Schwarze Klinge bedrohlich. Aber Elric beachtete es nicht. Er ließ Schwert und Elixier im Zelt und ging zu den Pferden hinüber, die sie von der Oase der Silberblume zurück zum Bronzezelt bringen sollten.

Als sie in etwas größerer Entfernung zu Raik Na Seem ritten, erklärte Oone dem Albino ausführlicher, warum das Heilige Mädchen den Bauradim so viel bedeutete.

»Wie du wahrscheinlich schon weißt, hält das Kind treuhänderisch die Geschichte und die Hoffnungen der Bauradim - ihre gesammelte Weisheit. Alles, was sie als wahr und wertvoll ansehen, ist in diesem Mädchen enthalten. Es ist die Verkörperung des Wissens ihres Volkes über eine Zeit, noch ehe die Bauradim sich in der Wüste ansiedelten. Dieses Wissen stellt die Essenz ihrer Geschichte dar. Sollten sie das Mädchen verlieren, glauben sie, daß sie ihre Geschichte wieder ganz von vorn beginnen, hart erarbeitete Lektionen aufs neue erlernen müssen, Erfahrungen nochmals durchleben, Fehler und Irrtümer wiederholen, die durch die Jahrhunderte so schmerzhaft den Lernprozeß ihres Volkes ausmachten. Dieses Mädchen ist für sie die Zeit schlechthin - Bibliothek, Museum, Religion und Kultur - personifiziert in einem einzigen Menschenkind. Kannst du dir jetzt vorstellen, Prinz Elric, was dieser Verlust für die Bauradim bedeutet? Sie ist die Seele des Volkes. Und diese Seele ist gefangen an einem Ort, den nur Leute mit außergewöhnlichen Fähigkeiten finden können. Von Befreien ganz zu schweigen.«

Elric betastete den Traumstab, der sein Runenschwert am Gürtel ersetzte. »Auch wenn es nur ein ganz gewöhnliches Kind wäre, dessen Zustand seiner Familie Kummer bereitet, würde ich helfen«, sagte er. »Ich mag nämlich dies Volk und seinen Anführer.«

»Das Schicksal des Mädchens ist mit dem deinen verflochten«, sagte Oone. »Ganz gleich, wie deine Gefühle auch sind, Prinz Elric, du hast kaum eine Wahl.«

Dies hörte Elric nicht gern. »Langsam habe ich den Eindruck, Mylady, daß ihr Traumdiebe viel zu viel wißt über mich, meine Familie, mein Volk und mein Schicksal. Das beunruhigt mich ein wenig. Allerdings muß ich zugeben, daß du mehr als irgend jemand anders, abgesehen von meiner Verlobten, über meine inneren Konflikte weißt. Wie kommst du zu dieser Gabe der Prophezeiung und des Hellsehens?«

Oone antwortete fast gleichgültig. »Es gibt ein Land, in dem alle Traumdiebe gewesen sind. Dort gibt es einen Ort, an dem sich alle Träume überkreuzen, wo sich alles trifft, was uns gemein ist. Wir nennen dies Land den Geburtsort des Knochens, wo die Menschheit zuerst Realität wurde.«

»Das ist eine Legende! Und zwar eine primitive!«

»Für dich mag es Legende sein. Für uns aber Wahrheit. Das wirst auch du noch eines Tages feststellen.«

»Wenn Alnac die Zukunft voraussagen konnte, warum hat er dann nicht gewartet, bis du ihm zu Hilfe kamst?«

»Wir kennen nur selten unser eigenes Geschick, nur die allgemeinen Bewegungen der Gezeiten und der Figuren, welche in den Geschichten der Welten herausragen. Es stimmt, daß alle Traumdiebe die Zukunft kennen, da sie ihr halbes Leben ohne Zeit verbringen. Für uns gibt es weder Vergangenheit noch Zukunft, nur eine sich verändernde Gegenwart. Wir sind durch diese Ketten nicht gebunden, doch beschweren uns solche anderer Art.«

»Ich habe wohl solche Ideen gelesen, aber sie sagen mir nicht viel.«

»Dir fehlt die Erfahrung, um ihren Sinn zu begreifen.«

»Du hast das Land Gemeinsamer Träume erwähnt. Ist es dasselbe, wie das des Geburtsortes des Knochens?«

»Vielleicht. Darüber sind sich unsere Leute noch nicht ganz einig.«

Durch die Droge für den Augenblick gestärkt, fand Elric an dem Gespräch Gefallen, wenn er darin auch hauptsächlich eine nette geistige Zerstreuung sah. Ohne sein Runenschwert war ihm so leicht ums Herz, wie er es seit den ersten Monaten seines Werbens um Cymoril nicht mehr erlebt hatte. Das waren relativ unbeschwerte Zeiten gewesen, ehe Yyrkoons wachsender Ehrgeiz begonnen hatte, das Leben am melnibonéischen Hof zu vergiften.

Elric fiel eine Stelle aus der Geschichte seines eigenen Volkes ein. »Ich habe einmal gelesen, daß die Welt nichts anderes ist als das, was ihre Bewohner als richtig ansehen. So etwas stand in "Die Geschwätzige Sphäre". Dort hieß es: "Wer kann sagen, welches die innere und welches die äußere Welt ist? Was wir zur Realität machen, ist vielleicht allein entscheidend, und was wir als Träume bezeichnen, ist vielleicht die größere Wahrheit." Ist diese Philosophie nicht der deinen sehr nahe, Oone?«

»Oh ja, durchaus«, antwortete sie. »Allerdings ist sie etwas verschwommen.«

So ritten sie dahin, beinahe wie zwei Kinder auf dem Weg zu einem Picknick. Gegen Sonnenuntergang gelangten sie zum Bronzezelt. Wieder führte man sie in den Raum, wo Männer und Frauen sich um das Ruhebett in der Mitte geschart hatten, auf dem das kleine Mädchen lag, das ihre ganze Existenz verkörperte.

Elric hatte den Eindruck, daß die Lampen und Fackeln niedriger als bei seinem vorigen Besuch brannten und daß das Kind noch blasser war. Trotzdem zwang er sich zu einem zuversichtlichen Ausdruck, als er das Wort an Raik Na Seem richtete. »Diesmal werden wir nicht versagen und sie im Stich lassen.«

Oone schien Elrics Worte zu billigen. Unter ihren wachsamen Augen wurde Varadias zerbrechlicher Körper vom Bett gehoben und behutsam auf ein großes Kissen gebettet, welches zwischen zwei anderen, ebenso großen Kissen lag. Die Traumdiebin gab Elric ein Zeichen, daß er sich auf die andere Seite des Kindes legen sollte, während sie sich zur Linken Varadias niederließ.

»Nimm ihre Hand, teurer Herrscher«, sagte Oone leicht spöttisch. »Dann lege die Krümmung des Traumstabs über deine Hände, wie du es bei Alnac gesehen hast.«

Elric zitterte ein wenig, doch er gehorchte. Seine Furcht galt nicht ihm selbst, sondern diesem Kind und seinem Volk; auch um Cymoril war er besorgt, die auf ihn in Melniboné wartete, und um den Jungen, der in Quarzhasaat betete, daß er mit dem Juwel zurückkehre, das sein Gefängniswärter haben wollte. Als der Traumstab seine Hand mit der des Mädchens verband, spürte Elric ein Gefühl der Verschmelzung, das nicht unangenehm war, aber wie eine Flamme brannte. Er sah, daß Oone das gleiche tat.

Augenblicklich ergriff eine Macht von Elric Besitz. Er hatte das Gefühl, sein Körper würde immer leichter und leichter und drohte, von der schwächsten Brise davongetragen zu werden. Schleier legten sich vor seine Augen. Nur verschwommen konnte er noch Oone sehen. Sie schien sich zu konzentrieren.

Dann blickte er in das Gesicht des Heiligen Mädchens. Eine Sekunde lang kam es ihm so vor, als würde Varadias Haut noch blasser. Ihre Augen leuchteten so rot wie seine. Ein seltsamer Gedanke flog ihm durch den Kopf: "Wenn ich eine Tochter hätte, würde sie genauso ausssehen ..."

Dann war es, als würden seine Knochen schmelzen, sein Fleisch sich auflösen, sein Verstand und seine Seele sich verflüchtigen. Er überließ sich diesen Gefühlen, da es sein mußte, um Oone bei ihrem Vorhaben zu helfen. Jetzt wurde sein Fleisch zu fließendem Wasser, die gefüllten Blutgefäße schwebten wie bunte Luftstreifen dahin, sein

Skelett wurde zu geschmolzenem Silber, das sich mit dem des Heiligen Kindes vermengte, zu ihrem wurde, dann darüber hinaus weiterfloß in Höhlen und unterirdische Gänge, in dunkle Orte, wo in einem hohlen Felsen ganze Welten existierten, wo ihn Stimmen riefen, die ihn kannten und ihn entweder beruhigen oder erschrecken wollten oder ihm Wahrheiten sagten, die er nicht hören wollte. Dann wurde es wieder strahlend hell. Er spürte Oone neben sich, die seine Hand nahm und ihn führte. Ihr Körper war beinahe sein Körper. Ihre Stimme klang zuversichtlich, beinahe fröhlich, als würde sie sich auf eine vertraute Gefahr zubewegen. Eine Gefahr, die sie schon oft überstanden hatte. Doch da war auch ein Mißklang in ihrer Stimme, so daß er sicher war, daß Oone noch nie vor einer Gefahr wie dieser gestanden hatte, und daß es durchaus denkbar war, daß keiner von beiden jemals zum Bronzezelt oder der Oase der Silberblume zurückkehren würde.

Dann hörte er Musik, von der er wußte, daß sie die in Musik verwandelte Seele des Heiligen Mädchens war. Es waren süße, traurige, einsame Klänge. Musik, die so unbeschreiblich schön war, daß er geweint hätte, wäre sein Leib nicht zu Luft geworden.

Gleich darauf erblickte er blauen Himmel. Eine rote Wüste erstreckte sich bis zu roten Bergen am Horizont. Ihn beherrschte das seltsame Gefühl, als kehre er heim in ein Land, das er irgendwie in seiner Kindheit verloren und dann vergessen hatte.

Kapitel 2

Im Grenzgebiet am Rande des Herzens

Elric fühlte, wie seine Knochen sich wieder formten und das Fleisch das vertraute Gewicht und Aussehen zurückgewann. Er schaute sich um. Das Land, in dem sie sich befanden, unterschied sich auf den ersten Blick nicht sehr von dem, das sie verlassen hatten. Vor ihnen lag rote Wüste, in der Ferne standen rote Felsen. Die Landschaft kam Elric so bekannt vor, daß er sich umdrehte und erwartete, das Bronzezelt zu sehen. Doch nun gähnte unmittelbar hinter ihm ein tiefer Abgrund, der so breit war, daß er den gegenüberliegenden Rand nicht sehen konnte. Ihm wurde plötzlich schwindelig, und er mußte wieder die Balance gewinnen. Oone blickte ihn amüsiert an.

Die Traumdiebin trug dieselbe Kleidung aus Samt und Seide wie zuvor. Leicht spöttisch meinte sie: »Aye, Prinz

Elric! Jetzt stehen wir tatsächlich am Rand der Welt! Hier stehen uns mehrere Wege zur Wahl, aber das Zurückgehen gehört nicht dazu.«

»Daran hatte ich auch nicht gedacht, Mylady!« Bei näherem Hinsehen stellte Elric fest, daß die Berge hier viel höher waren und sich alle in dieselbe Richtung neigten, als habe sie ein Orkan niedergepreßt.

»Sie gleichen den Zähnen eines Raubtieres aus der Urzeit«, sagte Oone schaudernd, als habe sie während ihrer langen Karriere tatsächlich schon in einen solchen Rachen geblickt. »Zweifellos führt uns der erste Abschnitt unserer Reise dorthin. Dies ist das Land, das wir Traumdiebe Sadanor nennen, das Land Gemeinsamer Träume.

»Aber trotzdem scheinst du dich hier nicht auszukennen.«

»Die Landschaft wechselt ständig. Wir kennen nur das Wesen des Landes. In Einzelheiten kann es sich verändern. Aber unsere Reisen führen uns regelmäßig durch Gebiete, die gefährlich sind, weil sie uns nicht unbekannt sind, sondern vertraut erscheinen. Das ist die zweite Regel des Traumdiebes.«

»Hüte dich vor Vertrautem.«

»Das hast du gut gelernt.« Oones Lob kam Elric fast übertrieben vor. Aber vielleicht war sie von seinen Qualitäten doch nicht so überzeugt gewesen, wie sie gesagt hatte, und war jetzt froh, sie bestätigt zu sehen. Elric wurde langsam das Maß an Verzweiflung bewußt, das ihrer Mission anhing, doch gleichzeitig ergriff ihn wilde Sorglosigkeit, eine Bereitschaft, sich dem Augenblick hinzugeben, Erfahrungen zu machen, die ihn von den anderen Lords in Melniboné unterschied, die ein Leben führten, das von Tradition und dem Trachten erfüllt wurde, ihre Macht unter allen Umständen zu wahren.

In Elrics Augen funkelte die alte Lebensfreude auf, als er sich lächelnd vor Oone verbeugte. »Dann führe uns, Mylady! Laßt uns in die Berge ziehen!«

Oone war über seine gute Laune befremdet. Sie runzelte die Stirn. Doch dann schritt sie leichtfüßig über den Sand, als sei die Wüste ein ruhiger See. Und der Albino folgte ihr.

Nachdem sie über eine Stunde gegangen waren, ohne daß sich das Licht verändert hatte, sagte Elric: »Ich muß zugeben, daß mich dieser Ort irgendwie beunruhigt. Ich dachte, die Sonne sei verhüllt, aber jetzt ist mir klar geworden, daß überhaupt keine Sonne am Himmel steht.«

»Solche Alltäglichkeiten kommen und gehen im Land Gemeinsamer Träume.«

»Ich würde mich mit meinem Schwert an der Seite sicherer fühlen.«

»Schwerter sind hier leicht zu beschaffen«, sagte sie.

»Auch solche, die Seelen trinken?«

»Vielleicht. Aber hast du das Gefühl, diese spezielle Art der Ernährung jetzt zu brauchen? Verlangt dein Körper nach Lord Ghos Droge?«

Elric mußte zu seiner eigenen Überraschung gestehen, daß er keine Energie verloren hatte. Zum ersten Mal seit er erwachsen war, hatte er das Gefühl, einen Körper wie alle anderen zu haben, der sich normal ohne die Unterstützung aller möglichen künstlichen Mittel ernährte. »Vielleicht wäre ich gut beraten, mich in diesem Land auf Dauer niederzulassen.«

»Aha! Jetzt bist du nahe dran, in eine andere Falle dieses Landes zu treten«, sagte Oone. »Erst kommt der Argwohn, vielleicht auch die Angst. Dann die Entspannung und mit ihr das Gefühl, schon immer hierher gehört zu haben. Man glaubt, daß dies hier die natürliche Heimat ist oder die Heimat der Seele. Alle diese Illusionen erlebt ein Reisender immer wieder, wie du sicher aus eigener Erfahrung weißt. Doch hier muß man diesen Illusionen Widerstand leisten, da sie mehr als nur Gefühle sind. Sie könnten Fallen sein, die ausgelegt wurden, um dich zu fangen und zu zerstören. Sei dankbar, daß du mehr Energie als sonst hast, aber denke an eine andere Regel der Traumdiebe: "Jeder Gewinn hat seinen Preis, den man vor oder nach dem Ereignis bezahlen muß." Jeder augenscheinliche Vorteil könnte sehr wohl auch einen damit verbundenen Nachteil haben.«

Elric dachte im Stillen, daß er den Preis für ein solches Wohlbefinden gern zahlen würde.

In diesem Augenblick sah er das Blatt.

Langsam schwebte es über seinem Kopf. Ein rotgoldenes Eichenblatt fiel wie an einem ganz normalen Herbsttag und landete vor seinen Füßen im Sand. Ohne sich darüber zu wundern, beugte sich Elric und hob das Blatt auf.

Auch Oone hatte es gesehen. Sie macht eine Handbewegung, als wolle sie den Albino aufhalten, änderte dann aber ihre Meinung.

Elric legte das Blatt auf die offene Handfläche. Er sah nichts Ungewöhnliches. Allerdings stand weit und breit kein einziger Baum. Gerade wollte er Oone nach einer Erklärung dieses Phänomens fragen, als er sah, wie sie starr über seine Schulter blickte.

»Einen schönen guten Tag wünsche ich euch«, sagte jemand fröhlich. »Welch ein Glück, in dieser elenden Wildnis menschliche Gesellschaft zu finden. Welcher Dreh auf dem alten Rad hat uns wohl hierher gebracht? Was meint ihr?«

»Sei gegrüßt«, sagte Oone und lächelte jetzt strahlend. »Du bist für die Wüste hier aber völlig falsch gekleidet.«

»Man hat mir nichts über mein Reiseziel mitgeteilt, nicht einmal, daß ich überhaupt weg sollte.«

Überrascht drehte Elric sich um. Vor ihm stand ein kleiner Mann, dessen scharfe, fröhliche Gesichtszüge von einem riesigen Turban aus gelber Seide überschattet wurden. Der Kopfputz war so ausladend wie die Schultern des Mannes. Vorne steckte eine Nadel mit einem großen grünen Stein und dahinter erhoben sich mehrere Pfauenfedern. Der Mann schien mehrere Schichten bunter Kleidung aus Seide und Leinen zu tragen. Unter der langen blauen Jacke, die wunderschön bestickt war, glänzte eine ebenso prächtig verzierte Weste, in etwas hellerem, aber genau abgestimmtem Blauton. Die Beine steckten in roten Seidenpumphosen, an den Füßen trug er Pantoffel aus grünem und gelbem Leder, deren Spitze nach oben geschwungen auslief. Der Mann war unbewaffnet. In den Armen hielt er eine schwarz-weiße Katze, auf deren Rücken zusammengefaltete schwarze Seidenflügel lagen.

Der Mann verbeugte sich vor Elric. »Sei gegrüßt, Herr! Du bist bestimmt der Inbegriff des Helden dieser Ebene. Ich bin-« Er runzelte die Stirn, als habe er seinen Namen vergessen. »Ich bin irgend etwas, das mit "J" anfängt und etwas, das mit "C" anfängt. Es wird mir gleich wieder einfallen. Wenn nicht, fällt mir bestimmt irgendein anderer Name oder Vorfall ein. Ich bin dein - was war das denn bloß? - ach ja, dein Amanuensis.« Er blickte zum Himmel empor. »Ist das eine dieser sonnenlosen Welten? Müssen wir hier ganz ohne Nacht auskommen?«

Elric schaute Oone an. Sie schien von dieser Erscheinung nichts zu befürchten. »Ich habe keinen Sekretär verlangt, guter Mann«, sagte Elric. »Ich habe auch nicht erwartet, daß man mir einen stellt. Meine Gefährtin und ich sind in dieser Welt auf der Suche-«

»Eine Suche, aber ja! Das ist deine Rolle. Und meine ist es, dich zu begleiten. Das ist in Ordnung, Herr. Ich heiße-« Doch wieder war ihm sein Name entfallen. »Wie heißt ihr?«

»Ich bin Elric von Melniboné und das ist Oone, die Traumdiebin.«

»Dann ist das hier das Land, das die Traumdiebe "Sadanor" nennen, nehme ich an. Gut, dann heiße ich Jaspar Colinadous. Und meine Katze heißt Schnurri, wie immer.«

Die Katze fühlte sich angesprochen und miaute leise. Ihr Besitzer hörte aufmerksam zu und nickte.

»Jetzt erkenne ich das Land«, sagte er. »Ihr sucht bestimmt nach dem Marador-Tor, was? Nach dem Land Alter Sehnsüchte?«

»Bist du etwa auch ein Traumdieb, Jaspar?« fragte Oone überrascht.

»Ich habe Verwandte, die Traumdiebe sind.«

»Aber wie bist du hierher gelangt?« fragte Elric. »Durch ein Medium? Hast du, so wie wir, ein sterbliches Kind benutzt?«

»Du sprichst in Rätseln, guter Herr.« Jaspar Colinadous rückte seinen Turban zurecht, wobei er das Kätzchen liebevoll in einen Ärmel steckte. »Ich reise - scheinbar rein zufällig - zwischen den Welten umher, meist aber auf Geheiß einer Kraft, die ich aber nicht verstehe. Oft soll ich Abenteurer wie euch führen oder begleiten. Aber leider«, seufzte er, »bin ich nicht immer richtig gekleidet für das entsprechende Reich oder den Zeitpunkt meiner Ankunft. Ich glaube, ich träumte gerade, daß ich Sultan sei in einer sagenhaften Stadt, in der ich alle möglichen Reichtümer besaß. Und ich wurde verwöhnt von ...« Er wurde rot und vermied Oones Blick. »Verzeiht mir, es war nur ein Traum. Jetzt bin ich daraus erwacht. Unglücklicherweise blieben mir die Kleider aus dem Traum ...«

Elric fand, der Mann redete ziemlichen Blödsinn. Doch Oone hatte keine Schwierigkeiten, ihn zu verstehen. »Dann kennst du den Weg zum Marador-Tor?«

»Aber gewiß doch! Wenn dies das Land Gemeinsamer Träume ist.« Behutsam setzte er die Katze auf die Schulter und fing an, in seiner Kleidung zu wühlen. Zuerst in den Ärmeln, dann im Hemd und in allen möglichen anderen Taschen. Er holte Schriftrollen, Papiere, kleine Bücher, Schachteln, Puderdosen, Schreibutensilien und Schnüre heraus. Endlich fand er mit einem Freudenschrei ein zusammengerolltes Pergament. »Da ist es. Das ist unsere Karte - glaube ich zumindest.« Er steckte alle anderen Gegenstände wieder dorthin, woher er sie geholt hatte, und entrollte das Pergament. »In der Tat! In der Tat! Dies zeigt uns den Weg durch die Berge dort drüben.«

»Belehrende Ratschläge ...«, begann Elric.

»Und hüte dich vor dem Vertrauten«, sagte Oone leise. Dann winkte sie ab. »Siehst du, hier haben wir bereits einen Konflikt. Was für dich fremd ist, ist mir völlig vertraut. Das ist Teil der Eigenart dieses Landes.« Sie wandte sich an Jaspar Colinadous. »Darf ich einen Blick auf die Karte werfen?«

Ohne zu zögern reichte ihr der kleine Mann das Pergament. »Eine schnurgerade Straße. Es ist doch immer so eine gerade Straße, oder? Und auch nur eine einzige. Das ist das Schöne bei diesen Traumreichen. Man kann sie so einfach auslegen und kontrollieren. Es sei denn, sie verschlingen einen, was sie aber für gewöhnlich nicht tun.«

»Du hast mir gegenüber einen großen Vorteil«, sagte Elric. »Ich weiß nämlich überhaupt nichts über diese Welt. Ich hatte auch keine Ahnung, daß es noch andere wie diese gibt.«

»Aha! Dann kannst du dich auf viele Wunder freuen, mein Freund! Du wirst fantastische Sachen sehen. Ich würde dir gern mehr davon erzählen, aber mein Gedächtnis ist nicht mehr das, was es einmal war. Häufig habe ich nur noch einen blassen Schimmer. Aber es gibt unendlich viele Welten, manche sind noch nicht geboren, manche so alt, daß sie senil geworden sind, manche sind aus Träumen geboren, manche von Alpträumen zerstört worden.« Jaspar Colinadous hielt verlegen inne. »Verzeih mir, ich habe mich in zu große Begeisterung gesteigert. Ich möchte dich nicht verwirren. Ich bin selbst etwas verwirrt, mußt du wissen, tja! Ergibt diese Karte Sinn für dich, verehrte Traumdiebin?«

»Aye.« Oone brütete über dem Pergament. »Es gibt nur einen Paß durch diese Berge, die hier “Haifischrachen” heißen. Wenn wir davon ausgehen, daß die Berge im Norden liegen, müssen wir uns nach Nordosten wenden. Dort stoßen wir auf den “Haifischschlund” - so heißt die Stelle hier auf der Karte. Wir sind dir zu großem Dank verpflichtet, Jaspar Colinadous.« Sie rollte die Karte zusammen und gab sie zurück. Der kleine Mann verstaute sie im Ärmel. Die Katze kroch von der Schulter herab und machte es sich in seiner Armbeuge, wohlig schnurrend, gemütlich.

Elric konnte sich einen Augenblick lang nicht des Gefühls erwehren, daß Oone dieses freundliche, hilfsbereite Individuum aus ihrer eigenen Phantasie herbeigerufen hatte. Aber er konnte sich nicht vorstellen, daß ein Wesen mit solch einem Selbstvertrauen nicht eigenständig existieren sollte. Elric schoß der Gedanke durch den Kopf, ob er selbst nicht vielleicht ein Truggebilde sei.

»Ihr wißt sicher, daß in diesem Paß Gefahren lauern«, sagte Jaspar Colinadous fröhlich. »Ich werde Schnurri als Kundschafter vorausschicken, wenn wir näher dran sind.«

»Dafür wären wir dir ungemein dankbar«, sagte Oone.

Sie marschierten durch die trostlose Wüste, wobei Jaspar Colinadous unentwegt Geschichten erzählte, von denen ihm jedoch meist nur die Hälfte einfiel, von Leuten, an deren Namen er sich nicht erinnern konnte und über bedeutende Ereignisse in der Geschichte vieler tausend Welten, deren Wichtigkeit ihm aber entfallen war. Ihm zuzuhören war so, als stünde man in den alten Hallen Imrryrs auf der Dracheninsel, wo einst große bunte Fenster die Geschichten erzählten, wie die ersten Melnibonéer ins Land gekommen waren und sich niedergelassen hatten. Jetzt aber waren diese Fenster zersprungen, so daß nur noch Fragmente der Geschichte existierten, leuchtende Scherben mit einzelnen Episoden, die auch die blühendste Phantasie nicht mehr in einen sinnvollen Zusammenhang bringen konnte. Die Geschichten, die diese Fenster zu erzählen hatten, waren auf ewig verloren. Elric gab es auf, Jaspars Geschichten verstehen zu wollen, und freute sich stattdessen - wie früher vor den bunten Glasscherben - an ihrer Struktur und ihrem Farbenreichtum.

Das immer gleichbleibende Licht fing an, den Albino zu beunruhigen. Er unterbrach den Redefluß des kleinen Mannes und fragte ihn, ob ihn das Licht nicht auch störe.

Jaspar Colinadous benutzte die Gelegenheit, um stehenzubleiben und Sand aus seinen Pantoffeln zu schütteln. Ungeduldig wartete Oone auf die beiden. »O nein, mein Freund! Übernatürliche Welten sind häufig sonnenlos, da sie keinem der Gesetze folgen, die für unsere Welt gelten. Sie können flach sein, oder Halbkugeln, oval oder kreisförmig. Manche haben sogar die Gestalt eines Würfels. Sie existieren nur als Satelliten der Reiche, die wir "real" nennen, und hängen daher nicht von Sonne, Mond oder einem Planetensystem ab, sondern richten sich nach den Erfordernissen - geistigen, imaginären oder philosophischen - von Welten, die ihrerseits eine Sonne als Wärmequelle brauchen und einen Mond für die Gezeiten. Es gibt sogar eine Theorie, wonach unsere Welten die Satelliten sind und diese übernatürlichen Welten die Geburtsstätten aller unserer Realitäten.« Jaspar Colinadous hatte jetzt das letzte Sandkorn aus seinen Schuhen entfernt und war bereit, Oone zu folgen, die nicht mehr länger gewartet hatte, sondern schon vorgegangen war.

»Vielleicht ist dies hier das Land, in welchem Arioch herrscht, mein höllischer Schutzpatron«, sagte Elric. »Das Land, aus dem das Schwarze Schwert stammt.«

»Durchaus möglich, Prinz Elric. Sieh nur, da will sich gerade so ein Höllengeschöpf auf deine Freundin und uns stürzen. Und wir haben keine Waffe!«

Der dreiköpfige Vogel mußte ungeheuer hoch geflogen sein. Elric hatte ihn nicht kommen sehen. Doch jetzt stürzte er sich mit atemberaubender Geschwindigkeit von oben herab. Der Albino rief Oone eine Warnung zu, worauf sie davonlief. Vielleicht hoffte sie, den Vogel abzulenken. Er sah wie eine riesige Krähe aus. Zwei Köpfe waren in das Gefieder am Hals gesteckt, der dritte steuerte, weit vorgereckt, den Anflug. Die Flügel waren ausgebreitet. Mit ausgestreckten Krallen stürzte der Vogel auf die Frau zu.

Elric lief los und schrie den Vogel an. Auch er hoffte, dadurch das Ungeheuer abzulenken.

Sein grauenvolles Krächzen dröhnte in Elrics Ohren. Der Vogel verlangsamte seinen Sturzflug geringfügig, um besser auf die Frau zielen zu können.

In dem Moment hörte Elric hinter sich die Stimme Jaspars: »Jack Drei-Schnabel, du böser, böser Vogel!«

Das Ungeheuer flatterte mit den Flügeln und reckte alle drei Hälse nach der Gestalt mit dem Turban, die mit einer wachsamen Katze auf dem Arm entschlossen über den Sand stapfte.

»Was ist los, Jack? Ich dachte, dir sei lebendiges Fleisch verboten?« Jaspar Colidanous Stimme klang verächtlich. Schnurri knurrte und funkelte das Biest an, das viel größer als die kleine Katze war.

Mit höhnischem Krächzen landete der Vogel im Sand und rannte blitzschnell auf Oone zu, die verblüfft stehengeblieben war. Doch jetzt lief sie wieder los. Das dreiköpfige Monster hinterher.

»Jack! Jack! Denk an die Strafe!«

Das Vogelgeschrei klang höhnisch. Elric lief durch den Sand und überlegte krampfhaft, wie er Oone retten könnte.

Da schwirrte etwas dicht über seinem Kopf dahin und fächelte ihm Kühlung zu. Ein schwarzer Schatten sauste auf das Ding zu, das Jaspar Colidanous Jack Drei-Schnabel genannt hatte.

Es war die schwarzweiße Katze. Sie stürzte sich mit ihrem kleinen Körper auf den Vogelhals in der Mitte und krallte sich im Gefieder fest. Mit schrillem Schrei wirbelte die dreiköpfige Riesenkrähe herum und versuchte, mit den beiden anderen Schnäbeln das lästige Katzenvieh zu treffen, was ihr aber nicht gelang.

Zu Elrics Erstaunen wurde die Katze immer praller und größer, als nähre sie sich von dem Lebensstoff des Vogels, der im Gegenzug immer mehr zu schrumpfen schien.

»Böser Jack Drei-Schnabel! Böser, böser Jack!« Jaspar Colinadous stolzierte zu dem Vogel hinüber. Er machte schon eine komische Figur, als er so mit dem Finger drohte.

Die Krähe schnappte zwar, biß jedoch nicht zu. »Ich habe dich gewarnt. Jetzt mußt du verenden. Wie bist du überhaupt hergekommen? Na, ich nehme an, du bist mir gefolgt, als ich meinen Palast verließ.« Er kratzte sich am Kopf. »Ich kann mich zwar nicht mehr daran erinnern, daß ich den Palast verließ. Aber, was soll's ...«

Jack Drei-Schnabel krähte wieder und blicktete mit vor Angst halb wahnsinnigen Augen in die Richtung seiner ursprünglichen Beute. Oone kam näher.

»Ist das Biest ein Haustier von dir, Jaspar Colinadous?«

»Keineswegs, Mylady. Es ist mein Feind. Der Vogel wußte, daß ich ihn nur noch einmal warnen würde. Aber ich glaube nicht, daß er erwartete, mich hier anzutreffen. Deshalb besaß er auch die Unverschämtheit, eine lebende Beute anzugreifen. Er dachte wohl, er käme ungestraft davon. Aber das war wohl nichts, was, Jack?«

Als Antwort kam ein Krächzen, das beinahe mitleiderregend klang. Die kleine schwarzweiße Katze glich einer blutgierigen Vampir-Fledermaus, wie sie gierig den Lebenssaft des Ungeheuers einsog.

Voll Entsetzen sah Oone, wie die Krähe langsam zu einem kleinen, weißlichen Ding zusammenschrumpfte. Endlich setzte Schnurri sich dick und fett hin und begann gemächlich, sich zu putzen. Dabei schnurrte die Katze so laut, daß sie ihrem Namen alle Ehre machte. Jaspar Colinadous war offensichtlich mit seinem Schoßtier zufrieden. Er tätschelte seinen Kopf. »Fein gemacht, Schnurri! Jetzt kann man aus dem armen Jack nicht mal mehr Soße für das Brot eines alten Mannes machen.« Stolz strahlte er seine beiden Gefährten an. »Diese Katze hat mir schon bei vielen Gelegenheiten das Leben gerettet.«

»Wie hast du das fliegende Ungeheuer genannt?« wollte Oone wissen. Ihr schönes Gesicht war gerötet, und ihr Atem ging schneller. Plötzlich mußte Elric an Cymoril denken, obwohl er nicht genau sagen konnte, worin die Ähnlichkeit bestand.

»Ach, dieser Jack versetzte das Fürstentum, das ich vorher besuchte, in Angst und Schrecken.« Jaspar Colinadous deutete auf seine prächtige Kleidung. »Und dadurch brachte ich es zu Ruhm und Ansehen bei den Bewohnern. Jack Drei-Schnabel kannte Schnurris Macht genau und hatte immer Angst vor ihm. Als ich dorthin kam, terrorisierte Jack das Land. Ich zähmte ihn - naja, eigentlich gelang es Schnurri -, ließ ihn aber leben. Er war ein nützlicher Aasfresser, und in der Provinz herrschte grauenvolle Hitze in diesem Sommer. Als ich durch den Riß im Gewebe des Multiversums fiel, muß er hinterher gekommen sein, ohne zu wissen, daß Schnurri und ich schon hier waren. Das ist alles, Lady Oone. Kein großes Geheimnis.«

Die Traumdiebin holte tief Luft. »Auf alle Fälle bin ich dir für deine Hilfe sehr dankbar, Jaspar Colinadous.«

Der kleine Mann nickte. »Aber jetzt sollten wir zum Marador-Tor gehen. Im Haifischrachen lauern noch weitere Gefahren auf uns. Allerdings können wir nicht mehr so überrascht werden. Sie sind auf der Karte eingezeichnet.«

»Wenn ich doch nur eine Waffe hätte!« stöhnte Elric. »Ich wäre zuversichtlicher, ganz gleich, ob es eine Illusion wäre oder nicht!« Leicht verstimmt marschierte er mit den beiden anderen auf die Berge zu.

Die Katze blieb zurück und leckte sich die Pfoten wie eine brave Hauskatze, die soeben eine Maus in der Speisekammer erwischt hatte.

Das Gelände wurde steiler, als sie an die flachen Hügel vor den Felsen des Haifischrachens gelangten. Da erblickten sie einen großen dunklen Spalt in den Felsen. Das war der Schlund, der sie in das nächste Land führte. In der Hitze der kahlen Landschaft sah der Paß kühl, beinahe einladend aus. Doch kam es Elric so vor, als bewegten sich dort Gestalten. Weiße Schemen flackerten vor der schwarzen Öffnung.

»Was für Leute leben hier?« fragte er Oone, die ihm die Karte nicht gezeigt hatte.

»Hauptsächlich solche, die den Weg verloren haben oder zu ängstlich wurden und nicht weiter hineingehen wollten. Man nennt den Paß auch Tal der Furchtsamen Seelen.« Die Traumdiebin zuckte mit den Schultern. »Aber ich glaube kaum, daß uns von denen Gefahr droht. Zumindest keine große. Sie schließen sich der Macht an, die jeweils den Paß beherrscht.«

»Und die Karte sagt nichts Genaueres?«

»Nur, daß wir vorsichtig sein sollen.«

Elric hörte hinter sich ein Geräusch. Schnell drehte er sich um, um der vermeintlichen Gefahr ins Auge zu sehen. Doch es war nur Schnurri; er wirkte ein bißchen runder, und das Fell war etwas glänzender als zuvor, doch er hatte wieder seine natürliche Größe.

Jaspar Colinadous lachte und beugte sich vor, damit die Katze ihm auf die Schulter springen konnte. »Wir brauchen wirklich keine Waffen. Nicht, wenn uns ein so niedliches Tierchen verteidigt, oder?«

Die Katze leckte ihm das Gesicht.

Elric spähte in den dunklen Paß hinein und versuchte zu ergründen, was sie dort erwartete. Einen Augenblick lang kam es ihm so vor, als sehe er einen Reiter auf einem silbergrauen Pferd. Der Mann trug eine fremdartige Rüstung, die weiß, gelb und grau schimmerte. Das Pferd des Kriegers bäumte sich auf, als der Mann kehrt machte und zurück in die Schwärze des Passes ritt. Ein Gefühl drohenden Unheils beschlich Elric; obwohl er den Reiter noch nie gesehen hatte, kam er ihm irgendwie bekannt vor.

Oone und Jaspar hatten die Erscheinung offenbar nicht gesehen. Sie schritten unbeirrt weiter auf den Paß zu.

Elric erwähnte den Reiter mit keinem Wort. Er fragte Oone stattdessen, wie es käme, daß sie weder Hunger noch Müdigkeit spürten, obwohl sie schon stundenlang marschiert seien.

»Das ist einer der Vorzüge dieses Reiches«, antwortete sie. »Allerdings sind die Nachteile auch beträchtlich. Nur zu leicht verliert man jeglichen Sinn für die Zeit und vergißt daher oft Richtung und Ziel. Außerdem muß man sich immer vor Augen halten, daß man zwar keine körperliche Energie zu verlieren scheint, auch keinen Hunger fühlt, dabei aber andere Formen von Energie verbraucht: psychische und spirituelle Energie. Und diese sind ebenso wertvoll. Da stimmst du mir sicher zu. Bewahre diese Energien, Elric, denn du wirst sie bald schon bitter nötig haben!«

Elric hätte gern gewußt, ob sie den fahlen Reiter auch gesehen hatte, brachte es aber aus irgendeinem Grund, den er nicht verstand, nicht fertig, sie danach zu fragen.

Die Berge wurden höher, je näher sie dem Haifischrachen kamen. Auch das Licht wurde schwächer, da die Felswände es abschirmten. Elric überlief ein kalter Schauder, der nicht allein auf den Schatten zurückzuführen war.

Jetzt hörte er lautes Rauschen. Jaspar Colinadous lief voraus und schaute über eine Felskante. Erstaunt drehte er sich um. »Eine tiefe Schlucht. Ein Fluß. Wir müssen eine Brücke finden, sonst können wir nicht hinüber.« Er murmelte seiner geflügelten Katze etwas ins Ohr, worauf sie sich in die Lüfte über dem Abgrund schwang und bald in der Dunkelheit verschwunden war.

In der so entstandenen Zwangspause verdüsterte sich Elrics Stimmung. Seine körperlichen Bedürfnisse konnte er nicht mehr richtig einschätzen, er wußte nicht, was sich in der Welt abspielte, die er verlassen hatte, ihn quälte der Gedanke, daß die Zeit immer knapper wurde und daß Lord Gho bestimmt sein Wort halten und den jungen Anigh zu Tode foltern würde - all dies bedrückte ihn. Vielleicht war alles vergebliche Mühe, und er hatte sich auf ein Abenteuer eingelassen, das für alle nur schlimm enden konnte? Wie hatte er nur Oone so blind vertrauen können? Vielleicht hatte ihn der Tod Alnac Krebs so erschüttert ...

Da berührte Oone ihn an der Schulter. »Erinnere dich an das, was ich dir sagte. Hier bist du nicht körperlich müde, aber deine Stimmung sinkt. Du mußt dich um geistige Nahrung ebensosehr bemühen, wie sonst um Essen und Trinken.«

Elric schaute ihr in die Augen und sah nur Wärme und Freundlichkeit. Augenblicklich schwand seine Verzweiflung. »Ich muß gestehen, ich fing an zu zweifeln, ob …«

»Wenn dich dieses Gefühl wieder überkommt, sag es mir«, bat Oone. »Ich kenne diesen Zustand und kann dir vielleicht helfen.«

»Dann bin ich also völlig in deiner Hand, Teuerste.« Er sagte das ohne jegliche Ironie.

»Ich dachte, das hättest du verstanden, als du dich bereit erklärtest, mich zu begleiten?« meinte Oone ruhig.

»Aye.« Er schaute zum Himmel empor. Und da kam auch schon Jaspars Katze zurück und ließ sich auf der Schulter ihres Herrn nieder. Der Mann mit dem Riesenturban hörte genau zu, was sie ihm ins Ohr miaute. Elric war sicher, daß er das Tier verstand. Dann nickte er.

»Keine Viertelmeile von hier gibt es eine gute Brücke, die zu einem Pfad führt, der direkt durch den Paß geht. Schnurri berichtet mir, daß die Brücke von einem einzigen Krieger zu Pferd bewacht wird. Meiner Meinung nach können wir hoffen, daß er uns passieren läßt.«

Sie folgten dem Flußlauf. Der Himmel über ihnen wurde dunkler und dunkler. Elric wünschte sich, daß er die Kälte, die ihn zittern ließ, ebensowenig spüren möge wie Hunger oder Müdigkeit. Nur Jaspar Colinadous machte die Kälte nichts aus.

Die rauhen Felswände am Rand der Schlucht wölbten sich nach innen, dem Paß zu. Schon bald sahen sie die Brücke. Ein Felsenvorsprung reichte von einem Ufer zum anderen. Tief darunter rauschte der schäumende Wildbach. Sie hörten das Echo, als sich das Wasser über die Felskaskaden tief hinunter in die Schlucht ergoß. Doch nirgendwo war der Wachposten zu sehen, den die Katze angekündigt hatte.

Vorsichtig übernahm Elric jetzt die Spitze. Wieder

wünschte er, daß er eine Waffe hätte, die ihm mehr Zuversicht verleihen würde. Er erreichte die Brücke und setzte einen Fuß darauf. Tief unter ihm, in der Sohle des Abgrunds, tobten die Schaumkronen zwischen den Granitwänden. Der Fluß sang sein eigenes Lied; es klang nach nach Triumph, aber auch nach Verzweiflung, als sei er ein lebendiges Wesen.

Elric erbebte, trat aber noch einen Schritt vor. Noch immer sah er keine Gestalt in der Dämmerung. Ein weiterer Schritt - jetzt war er hoch über dem Wasserfall. Er vermied es, nach unten zu blicken, damit das Wasser ihn nicht zu sich riefe. Der Albino kannte die Faszination solcher reißenden Wassermassen, wie sie mit ihrem Tosen und Rauschen hypnotisieren konnten, so daß man sich hineinstürzen wollte.

»Siehst du einen Wachposten, Prinz Elric?« rief Jaspar Colinadous.

»Nein!« rief der Albino zurück. Dann machte er wieder zwei Schritte.

Oone war dicht hinter ihm. Sie bewegte sich ebenso vorsichtig wie er. Elric spähte zum Brückenkopf auf der anderen Seite hinüber. Die feuchten Steinplatten waren von Flechten bewachsen, seltsam bunte Schlingpflanzen rankten sich empor und verschwanden in der Dunkelheit weiter oben. Elric kam es vor, als höre er im Rauschen des Wassers Stimmen und Scharren, das Rasseln einer Rüstung; aber er sah immer noch nichts.

Er war schon halb über die Brücke gegangen, als er am anderen Ende ganz schwach und schemenhaft ein Pferd zu sehen glaubte, dann auch den Reiter, dessen Rüstung so hell wie seine eigene Albinohaut schimmerte.

»Wer dort?« rief Elric. »Wir kommen in Frieden. Wir wollen niemandem hier etwas zuleide tun.«

War es wieder der Wasserfall, oder hörte er leises, boshaftes Gelächter?

Jetzt wurde das Donnern lauter; aber es kam nicht von

unten aus dem Abgrund. Das war Hufschlag auf felsigem Grund! Wie aus Gischt geboren, erschien plötzlich eine Gestalt am anderen Ende der Brücke und hielt direkt auf ihn zu. Das lange, fahle Schwert war zum Todesstoß gezückt.

Einen Ausweg gab es nicht. Elric hätte nur von der Brücke in den tosenden Wasserfall springen können, um dem Krieger zu entgehen. Sein Blick trübte sich, als er vorsprang, in der Hoffnung, das Zaumzeug des Pferdes zu erwischen und den Reiter so aufzuhalten.

Da schwirrte wieder etwas durch die Luft, ließ sich auf dem Helm des Angreifers nieder und schlug mit den Krallen nach dem Gesicht darunter. Es war Schnurri. Fauchend und kreischend wie ein ganz gewöhnlicher streunender Kater, der auf einem Hinterhof um einen alten Fischkopf kämpft.

Das Pferd wieherte. Der Reiter schrie vor Wut und Schmerz laut auf. Dann ließ er die Zügel los, um nach der Katze zu greifen und sie von sich wegzuzerren. Doch Schnurri stieg blitzschnell in die Luft empor, außer Reichweite des Kriegers. Elric erhaschte noch einen Blick aus funkelnden, silbrigen Augen, sah die Zeichen des Aussatzes auf der Haut, dann rutschte das Pferd seitwärts auf dem nassen Felsboden weg. Der Reiter schrie und tobte, das lange, weiße Schwert noch in der Hand. Es sah aus, als fasse das Pferd nochmals festen Halt, doch dann stürzte es mitsamt dem Reiter in den Abgrund. Ein chaotisches Knäuel aus Armen und Hufen wirbelte hinab in die Tiefe, wo es die Wassermassen verschlangen.

Elric rang nach Atem. Jaspar Colinadous packte ihn am Arm, um ihn zu stützen. Dann half er ihm und Oone auf die andere Seite hinüber. Wie erstarrt standen sie da, als könnten sie nicht fassen, was geschehen war.

»Ich bin Schnurri wirklich dankbar«, sagte Elric und versuchte zu lächeln. »Das ist wirklich ein wertvolles Haustier, das du da hast, Jaspar Colinadous.«

»Wertvoller als du ahnst«, sagte der kleine Mann. »Es

hat schon in mehr als einer Weltgeschichte eine wichtige Rolle gespielt.« Er streichelte liebevoll seine Katze, die schnurrend und offensichtlich sehr mit sich zufrieden wieder auf seinem Arm saß. »Ich bin froh, daß wir euch helfen konnten.«

»Also, den Wachposten an der Brücke wären wir endgültig los.« Elric spähte hinab in die schäumende Hölle. »Stehen uns noch mehr solche Angriffe bevor, Mylady?«

»Aber gewiß doch«, antwortete Oone. Sie hatte die Stirn gerunzelt, als denke sie über ein Rätsel nach, das nur sie lösen konnte.

Jaspar Colinadous spitzte die Lippen. »Seht doch! Die Schlucht wird immer enger. Sie wird zu einem Tunnel.«

Es stimmte tatsächlich: Die Felswände neigten sich gegeneinander, so daß der Paß zu einem schmalen Durchgang wurde, zu einer Höhle, deren Eingang so niedrig war, daß Elric beinahe den Kopf einziehen mußte. Steinstufen führten hinauf. Ab und zu sah man drinnen ein gelbes Licht aufflackern, als würden Fackeln brennen.

Jaspar Colinadous seufzte. »Ich hatte gehofft, euch noch weiter zu begleiten, aber ich muß jetzt umkehren. Ich kann nur bis zum Marador-Tor mitgehen. Und das scheint hier zu sein. Jeder Schritt weiter würde mich vernichten. Ich muß mir jetzt andere Gefährten im Land Gemeinsamer Träume suchen.« Es schien ihm wirklich leid zu tun. »Lebt wohl, Prinz Elric und Lady Oone. Ich wünsche euch Erfolg für euer Abenteuer.«

Dann drehte sich der kleine Mann schnell um und ging zurück über die Brücke, ohne sich noch einmal umzuschauen. Er verließ sie beinahe so plötzlich, wie er gekommen war. Ehe Elric oder Oone etwas sagen konnten, war er schon in der Dunkelheit verschwunden und seine Katze mit ihm.

Oone schien diesen Abschied zu akzeptieren. Auf Elrics fragenden Blick antwortete sie: »Hier gehen und kommen die Menschen. Eine weitere Regel, die ein Traumdieb lernen muß, lautet: “Halte an nichts anderem fest als an deiner eigenen Seele.” Verstehst du das?«

»Ja, ich verstehe, daß man als Traumdieb sehr einsam ist, Mylady.«

Dann betrat Elric die ungefügen Steinstufen, die zum Marador-Tor hinaufführten.

Kapitel 3

Von der Schönheit in tiefen Höhlen

Sobald sie den Felstunnel betreten hatten, stellten sie fest, daß der Weg abwärts führte. Hatte Elric draußen unter der Kälte gelitten, setzte ihm jetzt die Wärme zu. Es wurde zunehmend heißer und feuchter, so daß es ihm zeitweise vorkam, als wate er durch Wasser. Die Lichter, die den Gang beleuchteten, waren keine Fackeln oder Lampen, wie er zuerst dachte, sondern knotenartige Gebilde aus zartem Stoff, der aus sich heraus leuchtete und fast wie Fleisch wirkte. Unwillkürlich flüsterten Elric und Oone, als fürchteten sie die Bewohner dieses Ortes zu stören. Doch spürte Elric keine Angst. Der Tunnel kam ihm wie ein Heiligtum vor. Auch Oone hatte ihre natürliche Vorsicht abgelegt, wenngleich sie aus Erfahrung allem mißtraute, was eine mögliche gefährliche Illusion sein konnte.

Es gab keinen deutlichen Übergang von Sadanor nach Marador, abgesehen von einem leichten Wechsel der Stimmung. Dann öffnete sich der Tunnel in eine riesige Felsenhöhle. Strahlendes Blau vermengte sich mit Grün, Goldgelb und dunklem Rosa. Alles floß ineinander wie Lava, die erst kürzlich abgekühlt war. Die Gebilde sahen eher wie exotische Pflanzen aus, nicht wie Felsformationen, die sie tatsächlich waren. Die herrlichsten Wohlgerüche und Blumendüfte gaben Elric das Gefühl, in einem Garten herumzuspazieren; ähnlich wie in den Gärten seiner Kindheit herrschte auch hier völlige Sicherheit und Ruhe. Aber dennoch stand ohne Zweifel fest, daß sie sich in einer Höhle befanden und daß sie dorthin durch einen unterirdischen Gang gelangt waren.

Nach der ersten Freude über diesen Anblick beschlich Elric ein leicht wehmütiges Gefühl. Schon lange hatte er nicht mehr an die Gärten seiner Kindheit gedacht, an das unschuldige Glück, das ein Melniboneer so selten erlebt, ganz gleich wie alt er ist. Der Albino dachte an seine Mutter, die bei seiner Geburt gestorben war, an seinen ewig trauernden Vater, der sich geweigert hatte, den Sohn anzuerkennen, der in seinen Augen seine Frau getötet hatte.

Da bewegte sich etwas in der Tiefe dieser unterirdischen Grotte. Elric witterte Gefahr. Aber die Leute, die auftauchten, waren unbewaffnet. Ihr Gesichter waren erfüllt von gedämpfter Schwermut.

»Jetzt sind wir in Marador«, flüsterte ihm Oone zu.

»Seid ihr gekommen, um euch uns anzuschließen?« fragte eine Frau. Sie trug ein Gewand, das in Myriaden von Farben schimmerte, gleich denen der Felswände und der Decke. Ihr langes Haar war goldblond, allerdings etwas verblichen, ihre Augen glichen altem Zinn. Sie streckte die Hand aus, um Elric zu berühren - zur Begrüßung. Die Hand war eiskalt. Schon spürte Elric, wie die traurige Ruhe dieses Ortes auf ihn überging, und er dachte, daß es schlimmere Schicksale gäbe, als hier zu verweilen. Er dachte zurück an die Wünsche und Vergnügungen in der Vergangenheit, als das Leben so viel einfacher war. Damals war es ihm nicht schwierig erschienen, die Welt zu erobern und zu verbessern.

Oone antwortete der Frau. Elric kam ihre Stimme viel zu laut und hart vor. »Wir sind Reisende in deinem Land, Mylady. Wir kommen in lauterer Absicht; aber wir können nicht bleiben.«

Ein Mann sprach: »Reisende? Was sucht ihr hier?«

»Wir suchen die Festung der Perle«, erwiderte Elric.

Oone war über seine Offenheit deutlich verärgert. »Wir haben nicht den Wunsch, uns lange in Marador aufzuhalten«, sagte sie. »Wir hätten nur gern gewußt, wo sich das nächste Tor befindet, das Paranor-Tor.«

Der Mann lächelte nachsichtig. »Das ist verloren, fürchte ich. Für uns alle verloren. Aber der Verlust schmerzt nicht, er tröstet eher, spürst du es nicht auch?« Er schaute sie mit träumenden, entrückten Augen an. »Man sollte nicht nach dem suchen, was einen dann doch nur enttäuscht. Hier ziehen wir es vor, uns an jene Dinge zu erinnern, die wir am meisten begehrten, und wie es war, sie zu begehren ...«

»Wäre es nicht besser, weiter danach zu suchen?« Elric war selbst über seinen rauhen Ton erschrocken.

»Aber warum, Herr? Wenn sich doch die Realität im Vergleich zur Hoffnung nur als unbefriedigend erweisen kann?«

»Meinst du wirklich?« Elric war bereit, diesen Gedanken zu erwägen; aber Oone packte ihn fest am Arm.

»Denk an den Namen, den die Traumdiebe diesem Land gegeben haben«, sagte sie leise, aber beschwörend.

Elric dachte nach. Ja, dies war in der Tat das Land Alter Sehnsüchte. Seine eigenen vergessenen Sehnsüchte kamen zurück und brachten ein Gefühl von Einfachheit und Frieden. Dann aber erinnerte er sich, wie diese Gefühle von Wut verdrängt wurden, als ihm klar wurde, daß sich seine Träume wohl nie erfüllen würden. Er hatte über die Ungerechtigkeit der Welt getobt. Dann hatte er sich ins Studium der Zauberkunst gestürzt. Er war entschlossen, die Gleichgewichte zu verschieben, mehr Freiheit und Gerechtigkeit einzuführen mit Hilfe der Macht, die ihm gegeben war. Doch seine melnibonéischen Zeitgenossen hatten sich geweigert, seine Logik zu akzeptieren. Die frühen Träume waren allmählich verblaßt und mit ihnen die Hoffnung, die anfangs sein Herz so freudig hatte schlagen lassen. Jetzt wurde ihm wieder Hoffnung angeboten. Vielleicht gab es Reiche, in denen all seine Wünsche Wirklichkeit waren? Vielleicht war Marador eine solche Welt?

»Wenn ich zurückginge und Cymoril hierherbrächte, könnten wir, glaube ich, in Harmonie mit diesen Menschen leben«, sagte er zu Oone.

Die Traumdiebin blickte ihn beinahe verächtlich an.

»Dies ist das Land Alter Sehnsüchte - nicht das Land Erfüllter Sehnsüchte! Da besteht ein gewaltiger Unterschied, mein Lieber. Die Gefühle, die du spürst, sind angenehm und können auch leicht bewahrt werden - während die Realität außerhalb deiner Reichweite liegt, so lange du dich nur nach dem Unerreichbaren sehnst. Als du dich aufmachtest, Elric von Melniboné, um nach der Erfüllung zu suchen, erwarbst du dir Größe in der Welt. Wendest du dich aber ab von diesem Ziel - von deinem Entschluß, dazu beizutragen, eine Welt zu schaffen, in der Gerechtigkeit herrscht - dann hast du meine Achtung verloren. Und du verlierst die Achtung vor dir selbst! Dann erweist du dich als Lügner und machst mich zur Närrin, weil ich glaubte, du würdest mir helfen, das Heilige Mädchen zu retten!«

Elric war über ihren Ausbruch schockiert, der ihm in dieser heiteren und gelassenen Umgebung unangebracht vorkam. »Aber, Oone, ich glaube, es ist unmöglich, eine solche Welt zu errichten! Da ist es doch wirklich besser, mit der Aussicht darauf zu leben als mit der Gewißheit des Scheiterns.«

»Das glauben alle in diesem Reich. Bleib hier, wenn du willst, und teile ihren Glauben auf ewig. Ich aber glaube, daß man stets den Versuch machen muß, Gerechtigkeit zu finden, ganz gleich wie schlecht die Aussichten auf Erfolg auch sein mögen.«

Elric fühlte sich müde und hätte sich gern gesetzt, um auszuruhen. Er gähnte und streckte sich. »Die Menschen hier scheinen ein Geheimnis zu haben, das ich gern erfahren würde. Ich glaube, ich rede ein bißchen mit ihnen, ehe ich weitergehe.«

»Tu das und Anigh stirbt. Das Heilige Mädchen stirbt. Und alles, was du an dir schätzt, wird ebenfalls sterben.« Oone hob nicht die Stimme. Sie sprach ganz sachlich. Aber in ihren Worten lag so viel Drängen, daß Elrics Stimmung gebrochen wurde. Es war nicht das erste Mal, daß er sich am liebsten in seine Träume zurückgezogen hätte. Wenn er es getan hätte, dann würde er jetzt über sein Volk herrschen und Yyrkoon wäre tot oder verbannt.

Die Gedanken an seinen Vetter und dessen wahnsinnigen Ehrgeiz und an Cymoril, die auf ihn wartete, damit sie endlich heiraten würden, führten Elric wieder sein eigentliches Ziel vor Augen. Die Gedanken befreiten ihn von der versöhnlichen Stimmung und dem Wunsch, klein beizugeben. Er verbeugte sich vor den Menschen in der Höhle. »Ich danke euch für eure Großherzigkeit, doch mein Weg führt vorwärts, durch das Paranor-Tor.«

Oone holte tief Luft, vielleicht aus Erleichterung. »Prinz Elric, Zeit wird hier nicht wie bei uns gemessen. Sie vergeht hier viel schneller als mir lieb ist ...«

Mit großem Bedauern verließ Elric die melancholischen Menschen und folgte Oone. Sie schritten weiter, von einer schimmernden Höhle zur nächsten.

»Die Namen für diese Länder sind sehr zutreffend«, sagte Oone. »Hüte dich vor Vertrautem!«

»Vielleicht hätten wir doch eine kleine Rast einlegen und unsere Energien auffrischen können«, meinte Elric.

»Sicher! Und wären voll süßer Schwermut gestorben!«

Erstaunt blickte er sie an. Auch Oone war von der Atmosphäre nicht unbeeinflußt geblieben. »Ist das Alnac Kreb zugestoßen?«

»Natürlich nicht!« Jetzt hatte sie sich wieder im Griff. »Er war durchaus fähig, einer so offensichtlichen Falle zu widerstehen.«

Elric schämte sich. »Beinahe hätte ich beim ersten echten Test meiner Entschlossenheit und Disziplin versagt.«

»Wir Traumdiebe haben dir voraus, daß wir uns sehr vielen solcher Proben unterziehen müssen«, erklärte sie. »Es wird leichter, ihnen mutig gegenüberzutreten; aber die Verlockung bleibt gleich stark.«

»Auch für dich?«

»Warum denn nicht? Du denkst wohl, ich habe keine vergessenen Sehnsüchte, nichts, wovon ich gern träumen würde? Keine schönen Augenblicke in der Kindheit?«

»Verzeih mir!«

Sie zuckte mit den Schultern. »Dieser Teil der Vergangenheit hat eine gewisse Anziehungskraft. Ich nehme an, die Vergangenheit überhaupt. Aber wir vergessen die anderen Aspekte, jene Dinge, die uns zur Flucht in Fantasien treiben.«

»Dann bist du also zukunftsgläubig, Mylady?« Elric versuchte zu scherzen. Der Fels unter ihren Füßen wurde glitschig und führte abwärts. Sie mußten vorsichtig weitergehen. Elric meinte, weiter vorn das Rauschen des Flusses zu hören. Vielleicht lief er untcrirdisch weiter.

»Die Zukunft birgt ebensoviele Fallen wie die Vergangenheit«, sagte Oone lächelnd. »Ich glaube an die Gegenwart, Mylord. An die ewigwährende Gegenwart.« In ihrer Stimme klang eine Schärfe mit, als habe sie nicht immer diese Ansicht gehabt.

»Spekulationen und Reue sind oft sehr verführerisch, nehme ich an«, sagte Elric. Dann stockte ihm der Atem, als er sah, was vor ihm lag.

Geschmolzenes Gold stürzte in zwei ausgewaschenen Rinnen den Fels herab und bildete ein riesiges V-förmiges Portal. Obwohl das Metall ungehindert dahinfloß, stellten sie beim Näherkommen fest, daß es nicht heiß war. Etwas anderes hatte es verflüssigt, vielleicht ein chemischer Bestandteil im Fels. Auf dem Boden der Höhle sammelte sich das Gold in einem Teich, aus dem ein Kanal, in dem der kostbare Inhalt nur so sprudelte, zu einem Fluß führte, der auf den ersten Blick gewöhnliches Wasser zu führen schien. Als Elric aber genauer hinsah, stellte er fest, daß dort Silber floß. Die beiden edlen Elemente vermengten sich an der Stelle, wo sie aufeinandertrafen. Der Albino folgte dem Lauf des Flusses mit den Augen. In einiger Entfernung mündete ein weiterer Kanal, der so rot wie geschmolzene Rubine leuchtete. Auf all seinen Reisen durch die Jungen Königreiche und Herrschaftsgebiete des Übernatürlichen hatte Elric noch nie etwas ähnliches gesehen. Er wollte nähertreten, doch Oone hielt ihn zurück.

»Wir haben das nächste Tor erreicht«, sagte sie. »Beachte dieses Wunder nicht! Schau!«

Sie deutete auf die Felswand zwischen den beiden Goldströmen. Elric kam es vor, als sähe er jetzt dort ein gewaltiges dunkles Tor. »Dort liegt Paranor. Bist du bereit, in dieses Land einzutreten?«

Elric erinnerte sich an die Bezeichnung der Traumdiebe für dies Land und lächelte ein bißchen ironisch. »So bereit wie ich es nur sein kann, Mylady.«

Die beiden wollten auf das Portal zugehen, als hinter ihnen plötzlich lauter Hufschlag erklang. Das Klappern der Hufe auf dem felsigen Boden hallte laut in der Höhle und all den tausend Grotten wider. Elric hatte keine Gelegenheit, sich umzudrehen, als ihn auch schon ein schwerer Schlag an der Schulter traf, der ihn seitwärts schleuderte. Ihm kam es vor, als stürme ein fahles Pferd mit einem Reiter in einer Rüstung aus Elfenbein, Perlmutt und hellem Schildpatt vorbei. Doch da war der Spuk schon in der

Dunkelheit hinter dem Tor zwischen den Goldströmen verschwunden. Elric war ganz sicher, daß es ein ebensolcher Krieger gewesen war, der ihn bereits an der Brücke angegriffen hatten. Wieder meinte er das höhnische Lachen zu hören, als das Klappern der Hufe leiser wurde und von dem, was hinter dem Tor lag, aufgesogen wurde.

»Wir haben einen Feind«, bemerkte Oone grimmig. Sie hatte die Fäuste geballt und hatte große Mühe, nicht die Beherrschung zu verlieren. »Man hat uns bereits identifiziert. Die Festung der Perle verteidigt sich nicht nur, sie greift auch an.«

»Kennst du diese Reiter? Hast du sie schon einmal gesehen?«

Die Traumdiebin schüttelte den Kopf. »Ich kenne die Sorte, das ist alles.«

»Und können wir ihnen nicht irgendwie aus dem Weg gehen?«

»Kaum.« Oone runzelte die Stirn und dachte über ein Problem nach, über das sie aber nicht sprechen wollte. Dann aber schob sie es beiseite, nahm Elrics Arm und führte ihn unter den goldenen Kaskaden in eine weitere Höhle, die von sanftem, grünen Licht erfüllt war. Elric hatte das Gefühl, als schritte er durch einen frischen Laubwald im Frühling. Es erinnerte ihn an Melniboné auf der Höhe der Macht, als seine Bewohner so stolz waren, daß sie die Welt nicht in Frage stellten. Damals hatten sie ganze Nationen zu ihrer Kurzweil umgestaltet. Sie gingen weiter und gelangten in eine Höhle, die so gewaltig war, daß Elric nicht mehr glaubte, unter der Erde zu sein. Er sah die Türme und Minarette einer Stadt, und alles leuchtete im gleichen warmen Grün. Die Stadt war so schön wie sein geliebtes Imrryr, die Träumende Stadt, durch die er als Junge gestreift war.

»Die Stadt sieht aus wie Imrryr, ist aber gleichzeitig ganz anders als Imrryr«, sagte er überrascht.

»O nein«, entgegnete Oone. »Sie ist wie London. Sie ist

wie Tanelorn. Sie ist wie Ras-Paloom-Atai.« Sie meinte das nicht ironisch, sondern so, als sei sie überzeugt, daß diese Stadt allen anderen glich, von denen Elric nur eine kannte.

»Aber du hast sie schon früher einmal gesehen, oder? Wie heißt sie?«

»Die Stadt hat keinen Namen«, antwortete Oone. »Und doch alle Namen. Sie heißt so, wie du sie nennen willst.« Sie wandte das Gesicht ab, als wolle sie sich sammeln, ehe sie den Albino den Weg hinabgeleitete, der um die Stadt herumführte.

»Sollten wir nicht hineingehen? Vielleicht gibt es dort Leute, die uns helfen, den richtigen Weg zu finden.«

Oone winkte ab. »Vielleicht gibt es welche, die uns nur aufhalten würden. Eins ist jetzt klar, Prinz Elric, unsere Mission wird überwacht, und gewisse Mächte setzen alles daran, uns davon abzubringen.«

»Glaubst du, daß die Zauberer-Abenteurer uns gefolgt sind?«

»Oder vorausgeritten. Und bestimmt haben sie eine Überraschung für uns zurückgelassen.« Mißtrauisch blickte sie zur Stadt hinüber.

»Aber es sieht so friedlich aus.« Je länger Elric die Stadt betrachtete, desto mehr beeindruckte ihn die Architektur. Die Gebäude waren alle aus grünlichem Stein erbaut, der manchmal leicht in Gelb oder Blau überging. Gewaltige Stützpfeiler trugen geschwungene Brücken zwischen massigen Türmen. Daneben aber ragten, zart wie Spinnweben, riesige Minarette auf, deren Spitzen an das Dach der Höhle zu stoßen schienen. Die Stadt sprach etwas in ihm an, das er aber nicht benennen konnte, an das er sich in diesem Augenblick auch nicht erinnerte. Heißes Verlangen ergriff ihn, in die Stadt hineinzugehen. Obwohl er geschworen hatte, Oone zu folgen, lehnte er sich gegen ihre Führung auf. In ihm gewann der Gedanke an Boden, daß die Traumdiebin nicht mehr weiter wußte und daß sie auch nicht besser geeignet war als er, ihr gemeinsames Ziel zu finden.

»Wir müssen weiter«, drängte Oone.

»Ich weiß, daß ich in dieser Stadt etwas finden würde, was Imrryr wieder groß machen könnte. Und in dieser neuen Größe könnte ich mit ihr die Weltherrschaft erreichen. Nur würden wir diesmal anstatt von Grausamkeit und Schrecken Schönheit und guten Willen bringen.«

»Du erliegst Illusionen leichter als ich geglaubt hatte, Elric«, sagte Oone.

Ärgerlich fuhr er sie an: »Was ist denn an solchen Plänen falsch?«

»Sie sind unrealistisch. Ebenso unrealistisch wie diese Stadt.«

»Die Stadt sieht mir aber recht solide aus.«

»Solide? Aye, auf ihre Art ist sie das. Sobald du sie betrittst, schließt sie dich schon am Tor fest in die Arme, als seiest du ein lang vermißter Geliebter! Und wenn! Komm!« Auch Oone war jetzt wütend. Sie schlug einen Weg aus Obsidian ein, der sich zur Stadt hinaufschlängelte.

Elric war von der plötzlichen Meinungsänderung überrascht. Er folgte ihr widerspruchslos. Seine eigene schlechte Laune war wie weggeblasen. »Ich unterwerfe mich ganz deiner Entscheidung, teure Dame. Es tut mir leid ...«

Sie hörte ihm nicht zu. Die Stadt kam immer näher. Bald schon blickten sie auf zu den Mauern, Kuppeln und Türmen, die so riesig waren, daß man ihre Ausmaße nicht einmal ahnen konnte.

»Dort ist ein Tor«, sagte Oone. »Geh hindurch, und ich sage dir Lebewohl! Ich werde versuchen, das Kind allein zu retten. Du kannst dich deinen verlorenen Überzeugungen hingeben und damit auch alles verlieren, woran du jetzt glaubst.«

Elric betrachtete die Stadtmauer jetzt genauer. Sie war wie aus Jade. Dunkle Gestalten befanden sich in ihrem Inneren. Es waren Männer, Frauen und Kinder. Verblüfft trat er noch näher. Jetzt sah er lebendige Gesichter, Augen, die nicht starben, Lippen, erstarrt in der Verzerrung des Grauens, der Qual, der Schmerzen. Sie glichen in Bernstein eingeschlossenen Insekten.

»Das ist die unveränderliche Vergangenheit, Prinz Elric«, erklärte Oone. »So enden all jene, die ihre verlorenen Überzeugungen wiederfinden möchten, ohne zuvor die Suche nach neuen zu durchleben. Die Stadt hat noch einen weiteren Namen. Traumdiebe nennen diese Stadt auch die Stadt Erfinderischer Feigheit! Du würdest nicht glauben, mit welchen Verbiegungen der Logik viele hierher gelangten! Was sie dazu zwang, auch jene, die sie liebten, ihr Schicksal teilen zu lassen. Möchtest du wirklich hierbleiben und deinen verlorenen Überzeugungen nachtrauern, Prinz Elric?«

Schaudernd wandte sich der Albino ab. »Aber wenn sie doch sehen konnten, was mit denen geschah, die vor ihnen die Stadt betraten ... wie konnten sie dann trotzdem noch eintreten?«

»Sie stellten sich gegen das Augenscheinliche blind. Das ist der große Triumph von rücksichtslosem Bedürfnis über Intelligenz und menschlichen Geist.«

Beschämt ging Elric neben Oone zurück zum Weg unterhalb der Stadt. Er fühlte sich erleichtert, als die Schönheiten der Stadt weit hinter ihm lagen. Sie durchquerten noch mehrere andere große Höhlen mit Städten, doch keine so großartig wie die erste. Obwohl er in einigen Bewegung gesehen hatte, spürte er nicht mehr das Verlangen, sie zu besuchen. Oone hielt diese Städte auch nicht für so gefährlich wie die der Erfinderischen Feigheit.

»Du hast diese Welt das Traumreich genannt«, sagte er. »Das ist wirklich ein treffender Name, da es ein Sammelbecken vieler Träume zu sein scheint, darunter auch nicht weniger Alpträume. Man hat fast das Gefühl, es wurde im Kopfe eines Poeten geboren, so seltsame Dinge sieht man hier.«

»Ich habe dir schon erklärt, daß vieles, was du hier siehst, halb-materialisierte Realitäten aus anderen Welten sind, auch aus deiner und meiner. In wieweit sich all das verwirklicht, wissen wir nicht.«

Sie sprach jetzt wieder freundlich mit ihm, nachdem er die Gefahren erkannt hatte. »Diese Orte wurden durch die Jahrhunderte von unzähligen Generationen von Traumdieben geschaffen, die Dingen Gestalt verliehen, die sonst gestaltlos sind.«

Elric verstand langsam mehr, was Oone ihm bisher erklärt hatte. »Statt eine Karte von dem anzufertigen, was existiert, legt ihr einfach eure eigene Karte obendrauf.«

»Bis zu einem gewissen Grad, ja. Wir erfinden nichts. Wir beschreiben es nur auf ganz besondere Art. So können wir Durchgangswege durch die Myriaden von Traumreichen anlegen, da diese Reiche nur darin einander entsprechen.«

»In Wirklichkeit könnten tausend verschiedene Länder in jedem Reich liegen, oder?«

»So könnte man sagen. Oder auch eine unendliche Menge Länder. Oder eine unendliche Menge Aspekte. Wege sind so angelegt, daß der Reisende sich ohne Kompaß nicht zu weit von ihrem Endpunkt entfernen kann.« Sie lachte fröhlich. »Die fantasievollen Namen, die wir diesen Orten geben, entspringen nicht irgendeinem poetischen Impuls, auch nicht einer Laune, sondern ausschließlich purer Notwendigkeit. Unser Überleben hängt von diesen präzisen Beschreibungen ab.«

»Deine Worte klingen sehr tiefgründig. Mein Überleben hing allerdings oft von einer guten, scharfen Klinge ab!«

»Solange du von deiner Klinge abhängig warst, Prinz Elric, hast du dich selbst zu einem einzigen Schicksal verurteilt.«

»Prophezeist du mir etwa meinen Tod, Mylady?«

Oone schüttelte den Kopf. Ihre schönen Lippen lächelten voll tiefer Zärtlichkeit und Zuneigung. »Tod ist für fast alle von uns unausweichlich, ganz gleich in welcher Gestalt er kommt. Ich muß auch zugeben, falls die Ordnung je das Chaos erobern sollte, wärst du das Werkzeug dieses bemerkenswerten Sieges. Es wäre wahrhaft traurig, Elric, wenn du durch die Zähmung des Chaos dich und dabei alle, die du liebst, mitzerstörst.«

»Ich versichere dir, Lady Oone, ich werde mein bestes tun, um solch ein Schicksal zu vermeiden.« Elric wunderte sich über den Ausdruck auf dem Gesicht der Traumdiebin, wollte aber nicht länger darüber nachdenken.

Sie schritten durch einen Wald aus Stalagmiten und Stalaktiten, die allesamt in anmutigen dunkelgrünen, dunkelblauen und tiefroten Tönen leuchteten. Die Wassertropfen, die von oben herabfielen, klangen wie leise Musik. Ab und zu traf auch sie ein dicker Tropfen von der Decke. Aber es war derart warm in der Höhle, daß sie bald wieder trocken waren. Entspannt, fast fröhlich, gingen die beiden Arm in Arm. Doch dann wurden sie jäh aus dieser friedlichen Stimmung gerissen. Gestalten flitzten zwischen den Tropfsteinsäulen, die wie nach oben gerichtete Raubtierfänge dastanden.

»Männer mit Schwertern«, murmelte Elric und fügte dann zynisch hinzu: »Jetzt wäre eine Waffe doch durchaus nützlich ...« Halb war er mit seinen Gedanken bei der Zwangslage, in der sie sich befanden, halb suchte er in Welten der Elementarherrscher nach irgendeinem Zauber, nach Hilfe. Doch mußte er verblüfft feststellen, daß ihm die geistigen Pfade, die er sonst immer eingeschlagen hatte, versperrt waren.

Die Krieger waren verschleiert. Sie trugen schwere, fließende Umhänge. Helme aus Metall und Leder schützten ihre Köpfe. Elric hatte den Eindruck, als funkelten ihn unter den tätowierten Lidern kalte, harte Augen an. Da wußte er, daß ihm Mitglieder der Mörderzunft Quarzhasaats gegenüberstanden. Sie waren anscheinend geblieben, nachdem sich die übrigen Zauberer-Abenteurer aus den Traumreichen zurückgezogen hatten, und saßen jetzt hier in der Falle. Auf keinen Fall wollten sie Elric und Oone ein freundliches Gespräch aufdrängen; denn sie formierten sich bereits zum Angriff auf die gleiche Art, die Elric schon kannte.

Aber irgend etwas stimmte nicht bei diesen Männern. Es fehlte eine gewisse Geschmeidigkeit in ihren Bewegungen. Jetzt, mehr aus der Nähe, kam es Elric so vor, als könne er durch ihre Augen direkt in die Schädel hineinsehen. Das waren keine gewöhnlichen Sterblichen. In Imrryr hatte er einmal solche Männer gesehen. Das war bei einer jener seltenen Gelegenheiten gewesen, als sein Vater Sadric ihn zu einem Streifzug in die näheren Umgebung mitgenommen hatte. Sie waren zu einer alten Arena geritten, hinter deren hohen Mauern Melnibonéer gefangen gehalten wurden, die ihre Seelen bei der Jagd nach Zauberwissen verloren hatten, deren Körper aber noch lebten. Auch sie hatten diesen kalten, wahnwitzigen Haß gegen alle anderen besessen.

Oone schrie auf und ließ sich auf ein Knie fallen, um dem Schlag mit dem Schwert auszuweichen. Laut klirrend schlug die Klinge gegen die spitze Tropfsteinsäule. Die Stalagmiten standen so dicht beieinander, daß die Krieger nur mit Mühe ausholen konnten. Sie stachen daher mehr. Eine Zeitlang konnten der Albino und die Traumdiebin den Angriffen ausweichen. Doch dann traf ein Hieb Elrics Arm. Beinahe überrascht sah Elric, wie Blut aus der Schnittwunde floß.

Der Prinz von Melniboné wußte, daß es nur eine Frage der Zeit war, bis sie beide tot sein würden. Als er sich gegen eine Säule warf, um dem nächsten Streich zu entgehen, merkte er, daß sich diese bewegte und nicht mehr fest im Boden verankert war. Mit aller Kraft warf er sich dagegen. Als der Stalagmit sich neigte, sprang er schnell davor und fing ihn mit der Schulter auf. Dann stieß er mit der gesamten Energie seines Körpers den Steinspeer dem nächsten Angreifer in die Brust.

Die Spitze drang tief ein. Der verschleierte Zauberer-

Mörder stieß einen grauenvollen Todesschrei aus. Seltsames, unnatürliches Blut quoll neben dem Steinspeer aus der Wunde und floß herab. Doch wurde es sofort vom Körper gleichsam wieder aufgesogen. Elric sprang vor und entriß dem Feind Schwert und Dolch. Schon fiel der nächste von hinten über ihn her. Doch Elric war wieder im Vollbesitz seines kriegerischen Könnens. Lange vor Sturmbringer hatte er schon die Kunst erlernt, mit dem Schwert und dem Dolch umzugehen, und mit mit Bogen und Lanze. Er brauchte keine verzauberte Klinge, um kurzen Prozeß mit dem zweiten und dritten Angreifer zu machen. Er rief Oone zu, sich eine Waffe zu nehmen. Wie der Blitz schoß er zwischen den Tropfsteinsäulen umher und erledigte einen Krieger nach dem anderen. Die Zauberer-Abenteurer bewegten sich unsicher, träge, doch ergriff keiner die Flucht.

Auch Oone bewies jetzt, daß sie ebensogut wie er mit Waffen umgehen konnte. Elric bewunderte, wie geschickt und anmutig sie parierte und zustieß. Systematisch vermehrte sie den Berg der Leichen um sich, wie eine Katze in einem Rattennest.

Elric grinste ihr über die Schulter zu. »Für jemand, der noch vor kurzem die Macht der Worte über die des Schwertes stellte, schlägst du keine schlechte Klinge, Teuerste.«

»Man muß eben beides beherrschen, um die richtige Wahl treffen zu können«, rief sie zurück. Dann erledigte sie den nächsten Feind. »Ich muß zugeben, verehrter Prinz, daß es Zeiten gibt, wo ein ordentliches Stück Stahl mehr wert ist als eine geschliffene Phrase.«

Sie fochten wie alte Gefährten nebeneinander. Ihre Techniken ergänzten sich hervorragend. Sie kämpften, wie die besten Krieger, ohne Grausamkeit oder Lust am Töten. Ihnen ging es nur darum, so schnell wie möglich den Kampf zu beenden und dabei dem Feind so wenig Schmerz wie möglich zuzufügen.

Diese Feinde schienen allerdings keinen Schmerz zu spüren. Alle stießen kurz vor dem Tod den gleichen grauenvollen Schrei aus, und ihr Blut war in der Tat ein merkwürdiges Zeug.

Endlich hatten Elric und Oone es geschafft. Keuchend stützten sie sich auf die geliehenen Klingen und kämpften gegen die Übelkeit an, die so oft einem Kampf folgt.

Vor ihren Augen lösten sich die Leichen zusehens auf. Auch das Blut verflüchtigte sich. Bis auf ein paar Waffen zeugte nichts in der Höhle von dem Kampf, der hier stattgefunden hatte.

»Wohin sind sie verschwunden?«

Oone nahm eine Scheide auf und steckte ihr Schwert hinein. Trotz all ihrer Worte hatte sie nicht die Absicht, ohne Waffen weiterzugehen. Sie steckte auch noch zwei Dolche in den Gürtel. »Verschwunden? Wohin?« Sie zögerte. »Zurück in das Sammelbecken halb-lebenden Protoplasmas, aus dem sie kamen.« Sie schüttelte den Kopf. »Sie waren beinahe Trugbilder, Elric. Aber nicht ganz. Sie waren das, was die Zauberer-Abenteurer zurückließen, wie ich dir erzählte.«

»Du meinst, daß ein Teil von ihnen in unsere Welt zurückkehrte, so wie ein Teil Alnacs zurückkam?«

»Genau.« Oone holte Luft, als wolle sie gleich weitergehen.

»Warte! Vielleicht finden wir dann ja auch Alnac hier. Vielleicht lebt er noch?«

»Nein! Und wir werden ihn auch nicht suchen!« erklärte sie mit ihrer alten Bestimmtheit. Da wußte Elric, daß es sinnlos war, das Thema weiter zu verfolgen.

»Wahrscheinlich hätten wir ihn hier sowieso nicht gefunden, nicht im Land Verlorener Überzeugungen. Das ist mehr für Zauberer-Abenteurer«, sagte er leise.

»Stimmt«, pflichtete sie ihm bei.

Dann nahm Elric die Traumdiebin in die Arme. Einen kurzen Augenblick lang standen sie engumschlungen da, ehe sie sich wieder aufmachten, um nach dem Celador-Tor zu suchen.

Als Elric ihr über eine natürliche Felsbrücke über einen dunkelbraunen Fluß half, sagte sie: »Dies ist kein gewöhnliches Abenteuer für mich, Elric. Deshalb brauche ich dich dabei.«

Elric antwortete nicht, fand es aber seltsam, daß sie etwas aussprach, was seiner Meinung nach für beide selbstverständlich war.

Als die Frauen mit den Rüsselgesichtern angriffen und mit Netzen und Dornen auf sie losgingen, brauchten Elric und Oone nicht lange, um sich ihren Weg freizukämpfen und die feigen Geschöpfe in die Flucht zu jagen. Auch die fuchsähnlichen Ungeheuer, die auf ihren Hinterbeinen hüpften und Klauen wie Raubvögel hatten, konnten sie nicht lange aufhalten. Die beiden lachten sogar, nachdem sie ein Rudel Biester verscheucht hatten, die nach ihnen schnappten, aber eher wie Pferde in Hundegröße aussahen und einige Worte in menschlicher Sprache von sich gaben, ohne zu wissen, was sie bedeuteten.

Endlich erreichten sie die Grenzen von Paranor. Vor ihnen erhoben sich zwei gewaltige Türme aus behauenem Stein, mit kleinen Balkonen, Fenstern, Terrassen und Zinnen. Alles war von Efeu und Brombeeren mit hellgelben Früchten überwachsen.

»Das ist das Celador-Tor«, sagte Oone. Sie schien Hemmungen zu haben, näher heranzugehen. Eine Hand ruhte auf dem Schwertgriff, mit der anderen hielt sie Elrics Arm. Dann holte sie tief und langsam Luft. »Dahinter ist das Land der Wälder.«

»Du hast es aber "Land Vergessener Liebe" genannt«, widersprach Elric.

»Aye. Das ist der Traumdiebname.« Sie lachte, doch es klang bitter.

Elric wußte nicht, welche Gedanken ihr durch den Kopf gingen. Da er sich nicht aufdrängen wollte, blickte er von ihr zum Tor und wieder auf die Frau an seiner Seite, ohne etwas zu sagen.

Sanft berührte sie mit der Hand sein knochenbleiches Gesicht. Ihre goldene Haut strotzte vor Lebenskraft. Sie blickte ihm in die Augen. Dann seufzte sie und wandte sich ab. Sie nahm seine Hand und schritt auf das Tor zu.

Sie gingen durch das Tor zwischen den Türmen hindurch. Sofort stieg Elric der Duft von Laub und Moos in die Nase. Überall standen dichte Eichen, Ulmen und Birken. Die anderen Bäume kannte Elric nicht. Ihr Laub bildete ein dichtes Blätterdach, doch wuchs dies nicht unter dem Licht eines offenen Himmels, sondern unter der Felsendecke der Höhle aus seltsam leuchtenden Steinen. Elric hatte es für unmöglich gehalten, daß unter der Erde Bäume wachsen könnten. Daher staunte er, daß diese hier vor Kraft strotzten und so überaus normal aussahen.

Umso mehr verblüffte ihn das Geschöpf, das plötzlich aus den Bäumen hervortrat und ihnen dreist den Weg versperrte.

»Halt! Ich will wissen, was euch herführt!« Das Gesicht war von braunem Fell bedeckt, die Zähne standen weit hervor. Die langen Ohren und großen Augen ließen es wie ein übergroßes Kaninchen aussehen. Allerdings steckte es in einer verbeulten Messingrüstung und unter einem Messinghelm. Auch die Waffen, ein Schwert und ein Speer, kunstvoll und fachgerecht aus Stahl geschmiedet, steckten in Messingscheiden.

»Wir möchten nur dies Land durchqueren und wollen niemandem ein Leid zufügen. Nur unbeschadet weiterziehen«, erklärte Oone.

Der Kaninchenkrieger schüttelte den Kopf. »Das ist zu vage«, sagte er und stieß den Speer tief in den dicken Stamm einer Eiche. Der Baum schrie auf. »Das hat der mir auch gesagt. Und auch viele andere.«

»Die Bäume waren Reisende?« fragte Elric.

»Wie heißt du, Herr?«

»Ich bin Elric von Melniboné, und wie Lady Oone will ich niemanden stören. Wir sind auf dem Weg nach Imador.«

»Ich kenne keinen "Elric", auch keine "Oone". Ich bin der Graf von Magnes Doar, und mir gehört das Land hier. Ich habe es erobert. War mein angestammtes Recht. Ihr müßt zurück durchs Tor gehen.«

»Das können wir nicht«, sagte Oone. »Ein Zurückgehen würde unseren sicheren Tod bedeuten.«

»Weitergehen würde das gleiche bedeuten. Was ist? Wollt ihr auf ewig hier beim Tor Wurzeln schlagen?«

»O nein!« Oone legte die Hand aufs Schwert. »Wenn nötig, werden wir uns einen Weg durch deinen Wald schlagen. Unsere Mission ist sehr dringend und eilig. Niemand und nichts kann uns aufhalten.«

Der Kaninchenkrieger zog den Speer aus der Eiche, die daraufhin aufhörte zu schreien, und warf ihn gegen einen anderen Baum. Nun begann dieser zu schreien und zu stöhnen, bis es selbst dem Grafen von Magnes Doar zu viel wurde und er kopfschüttelnd den Speer wieder herauszog. »Ich glaube, ihr müßt gegen mich kämpfen«, sagte er.

Da hörten sie einen schrillen Schrei hinter der rechten Säule am Tor. Etwas Weißes tauchte auf. Es war wieder einer der fahlen Reiter mit ihren Rüstungen aus Knochen, Schildpatt und Perlmutt. Seine schrecklichen Augen blitzten vor Haß, als sein Pferd gegen eine Schranke schlug, die nicht dagewesen war, als Elric und Oone hereinkamen.

Dann war die Schranke weg, und der Krieger griff an.

Der Albino und die Traumdiebin machten sich kampfbereit. Doch dann stieß der Graf von Magnes Doar mit seinem Speer nach dem Reiter. Die Speerspitze prallte an der Rüstung ab, die stärker war, als sie aussah. Das Schwert ging hoch und sauste herab, beinahe verächtlich durchschnitt es den Messinghelm und drang tief ins Gehirn des Kaninchenkriegers ein. Er schwankte und stolperte nach hinten. Schwert und Speer ließ er fallen und hielt sich mit beiden Händen den Kopf. Seine braunen Augen schienen noch größer zu werden. Wimmernd drehte er sich mehrmals im Kreis, dann fiel er auf die Knie.

Elric und Oone hatten sich hinter einer der dicken Eichen verschanzt, bereit sich zu verteidigen, sobald der Reiter angriff.

Das Pferd bäumte sich auf und wieherte und schnaubte mit der gleichen sinnlosen Wut wie sein Herr. Elric schoß aus der Deckung hervor, hob den Speer auf und stach ihn gekonnt in die Lücke zwischen Brustplatte und Kinnschutz. Die Spitze bohrte sich in die Kehle des Angreifers.

Erst hörte man ein unterdrücktes Keuchen und dann das schon vertraute höhnische Lachen. Der Reiter wendete und galoppierte auf dem Weg durch den Wald davon. Er schwankte und zuckte wie im Todeskampf, blieb jedoch fest im Sattel.

Wie erstarrt blickten Elric und Oone ihm hinterher.

Elric zitterte. »Hätte ich ihn nicht selbst auf der Brücke von Sadanor sterben sehen, würde ich schwören, daß es derselbe Mann war, der mich dort angriff. Er sieht ihm verblüffend ähnlich.«

»Du hast ihn nicht sterben sehen«, widersprach Oone. »Du sahst nur, wie er von der Brücke stürzte.«

»Aber jetzt ist er tot, glaube ich. Den Streich kann er nicht überleben. Ich habe beinahe den Kopf abgetrennt.«

»Ich bezweifle es«, sagte die Traumdiebin. »Ich bin überzeugt, daß er unser mächtigster Feind ist und wir erst kurz vor der Festung der Perle richtig gegen ihn kämpfen müssen.«

»Du meinst, er schützt die Festung?«

»Das tun viele.« Sie umarmte ihn schnell. Dann bückte sie sich, um nach dem toten Grafen von Magnes Doar zu sehen. Dieser wurde jetzt immer menschenähnlicher. Schon färbte sich das Fell an den Händen und im Gesicht grau, auch sein Fleisch schien weniger zu werden. Der Messinghelm verfärbte sich zu schmutzigem Silber. Elric wandte die Augen ab. Es erinnerte ihn zu sehr an Alnacs Tod.

Auch Oone erhob sich. Tränen standen in ihren Augen.

Sie galten jedoch nicht dem Grafen. Elric nahm sie liebevoll in die Arme. Plötzlich sehnte er sich nach jemandem, an den er sich kaum erinnern konnte, jemand aus alter Zeit, aus Jugendträumen, jemand, der vielleicht nie existiert hatte.

Ihm kam es so vor, als zitterte Oone leicht, als er sie in die Arme schloß. Er gab sich Mühe, eine Erinnerung heraufzuholen, in der es ein kleines Boot gab, in dem ein blondes Mädchen schlief. Das Boot trieb ins offene Meer hinaus. Er selbst folgte in einem Ruderboot, voller Stolz fühlte er sich als Retter. Dabei war er sicher, daß er dieses Mädchen nie gekannt hatte. Aber Oone erinnerte ihn an dieses Mädchen. So mußte es als Erwachsene aussehen.

Stöhnend entwand sich Oone seinen Armen. »Ich dachte, du seist ... mir war so, als würde ich dich schon immer kennen ...« Sie schlug die Hände vors Gesicht. »Oh, dieses verdammte Land trägt seinen Namen zu recht, Elric!«

Elric konnte ihr nur beipflichten.

»Aber welche Gefahr birgt es für uns?« fragte er.

Sie schüttelte den Kopf. »Wer weiß? Viele, wenige, gar keine? Die Traumdiebe sagen, daß das Land Vergessener Liebe das ist, in dem die wichtigsten Entscheidungen getroffen werden. Entscheidungen, die von monumentaler Bedeutung sein können.«

»Demnach sollte man hier wohl keine Entscheidungen treffen?«

Sie strich ihm durch das lange Haar. »Zumindest sollten wir uns darüber klar sein, daß die Folgen sich womöglich lange nicht zeigen werden.«

Hand in Hand gingen sie weiter durch den Baumtunnel. Den toten Kaninchenkrieger ließen sie zurück. Von Zeit zu Zeit bemerkte Elric Gesichter hinter den Bäumen, die sie beobachteten. Einmal war er sicher, seinen toten Vater Sadric zu sehen, der Elrics Mutter betrauerte, den einzigen Menschen, den er je aufrichtig geliebt hatte. Er sah die Gestalt so deutlich, daß er ihn laut anrief.

»Sadric! Vater! Ist dies hier deine Vorhölle?«

Doch Oone schrie ihn an. »Nein! Sprich ihn nicht an! Hol ihn nicht zu dir! Mach ihn nicht real! Es ist eine Falle, Elric!«

»Mein Vater?«

»Hast du ihn geliebt?«

»Aye. Allerdings war es eine unglückliche Liebe.«

»Daran mußt du immer denken! Bring ihn nicht her! Es wäre unschicklich, ihn in diese Galerie von Trugbildern zu rufen.«

Elric verstand, aber er brauchte seine ganze, durch lange Zeit erworbene Selbstbeherrschung, um sich von dem Schatten seines Vaters zu befreien. »Ich wollte ihm sagen, wie sehr ich seine Trauer und sein Leid teile, Oone.« Der Albino schluchzte. Sein Körper bebte unter dem Ansturm von Gefühlen, gegen die er sich schon längst gefeit glaubte. »Ach, Oone, ich wäre gern gestorben, wenn ihm das die Gattin wiedergeschenkt hätte. Gibt es keine Möglichkeit ...«

»Solche Opfer sind sinnlos«, sagte sie und nahm sein Gesicht in beide Hände. »Besonders hier. Denk an deine Mission. Wir haben bereits drei von sieben Ländern durchquert, die zur Festung der Perle führen. Auch hier haben wir schon über die Hälfte geschafft. Das bedeutet, daß wir mehr als die meisten erreicht haben. Halt an dich, Prinz von Melniboné! Denke nur, wer und was von deinem Erfolg abhängt.«

»Aber wenn ich die Möglichkeit habe, ein vergangenes Unrecht wiedergutzumachen ...«

»Das kann nur in deinen Gefühlen geschehen. Würdest du Schatten erfinden und sie deine Träume aufführen lassen? Würde das deine Mutter und deinen Vater glücklich machen?«

Elric blickte über die Schulter zurück in den Wald. Von seinem Vater war nichts mehr zu sehen. »Er sah so echt aus. Sein Körper so fest.«

»Du mußt mir einfach glauben, daß du und ich die einzigen mit festem Körper sind im ganzen Land. Und selbst wir sind ...« Sie hielt inne und küßte ihn. »Wir wollen uns ausruhen, sei es auch nur, um psychisch neue Kräfte zu tanken.«

Oone zog Elric hinab ins weiche Laub neben dem Weg. Sie küßte ihn und streichelte ihn am ganzen Körper mit ihren weichen Händen. Da wurde sie zu all dem, was er in seiner Liebe zu Frauen verloren hatte. Er wußte, daß auch er zu all dem wurde, was sie sich bisher versagt hatte, all das, wonach sie sich bei einem Mann gesehnt hatte. Ohne Schuld oder Reue zu empfinden, war ihm klar, daß ihre Liebesvereinigung keine Vergangenheit hatte und ihre einzige Zukunft irgendwo jenseits ihrer Leben lag, jenseits eines jeden Reiches, das sie aufsuchten, und daß keiner von beiden je die Folgen erleben würde.

Trotz dieses Wissens waren sie sorglos und glücklich. Sie schenkten einander die Stärke, die sie brauchten, wollten sie ihre Mission je erfüllen und die Festung der Perle erreichen.

Kapitel 4

Das Eingreifen eines Steuermannes

Elric war selbst überrascht, daß er mit einem völlig klaren Kopf, ohne verwirrt zu sein, neben Oone durch das silbern schimmernde Tor nach Imador hineinschritt, in das Land, das die Traumdiebe geheimnisvoll Land Neuen Ehrgeizes nannten. Da stand er nun oben auf einer breiten Prachttreppe, deren Stufen leicht geschwungen hinabführten zu einer Ebene, die sich bis zum Horizont erstreckte.

In der Ferne verschwamm alles in blassem, bläulichem Dunst, den man für einen Himmel hätte halten können. Im ersten Augenblick dachte Elric, daß er mit Oone allein auf der Treppe sei, doch dann sah er die vielen Menschen auf den Stufen. Manche unterhielten sich angeregt, manche feilschten, andere wieder lagen sich in den Armen. Gruppen umringten Heilige Männer, Redner, Priesterinnen oder Märchenerzähler. Manche lauschten angestrengt, andere diskutierten wild.

Auf den Stufen herrschte ein reges Treiben. Elric sah Schlangenbeschwörer, Jongleure, Akrobaten und sogar einen Mann mit einem Tanzbären. Die Menschen hier trugen die für die Wüste typische Kleidung: weite seidene Pluderhosen in grün, blau, gold, zinnoberrot und bernsteingelb, Jacken aus Samt oder Brokat, prächtig bestickte Kappen und Turbane, Gold- und Silberschmuck mit kostbaren Edelsteinen. Zwischen reich gefüllten Körben mit Lebensmitteln, Stoffen, Lederwaren und Gefäßen aus Kupfer oder Messing tummelten sich alle möglichen Tiere.

»Wie hübsch sie sind!« bemerkte Elric. Und es stimmte, denn obwohl die Menschen verschieden groß waren und unterschiedlich aussahen, besaßen alle eine Anmut, die man nicht beschreiben konnte. Ihre Haut war frisch, die Augen glänzten. Sie bewegten sich elegant und geschmeidig, strahlten Fröhlichkeit und Humor aus. Als Elric und Oone die Stufen hinuntergingen, schenkte ihnen niemand Beachtung oder fragte sie, was sie hier wollten. Hunde, Katzen und Affen liefen frei herum. Kinder spielten die für alle Kinder typischen Spiele. Die Luft war lau. Es duftete nach Blumen, Obst und anderen Waren. »Wenn doch nur die ganze Welt so wie diese wäre!« sagte Elric und lächelte einer jungen Frau zu, die ihm ein besticktes Tuch anbot.

Oone kaufte bei einem Jungen, der zu ihr lief, Orangen. Sie gab Elric eine. »Ja, dies ist wirklich ein angenehmes Reich. Ich hatte nicht erwartet, daß es so schön ist.« Sie biß in die Orange, spuckte sie aber sogleich aus. »Überhaupt kein Geschmack!«

Elric versuchte seine Orange. Auch sie war trocken und schmeckte nach gar nichts.

Die Enttäuschung, die ihn überfiel, stand in keinerlei Verhältnis zum Anlaß. Er warf die Orange weg. Sie fiel auf die Stufe zu seinen Füßen und rollte die Treppe hinunter, bis sie außer Sicht war.

Die graugrüne Ebene schien menschenleer zu sein. Eine breite, gepflasterte Straße führte hindurch, aber trotz der vielen Menschen auf der Treppe sahen sie auf der Straße keinen einzigen Reisenden. »Merkwürdig, daß die Straße ganz leer ist«, sagte er zu Oone. »Schlafen die Leute auch auf der Treppe? Oder verschwinden sie in einem anderen Reich, wenn sie ihre Geschäfte hier erledigt haben?«

»Diese Fragen wird man uns zweifellos schon bald beantworten.«

Sie hängte sich bei ihm ein. Seit sie sich im Wald geliebt hatten, herrschte zwischen ihnen ein Gefühl der Kameradschaft, ja Freundschaft. Elric spürte keine Schuldgefühle. Er wußte in seinem Herzen, daß er niemanden betrogen hatte. Auch Oone spürte kein schlechtes Gewissen. Auf seltsame Weise hatten sie sich gegenseitig Kraft gespendet, so daß ihre vereinte Energie stärker war als die Summe von beiden. Elric hatte diese Art Freundschaft noch nie erfahren und war für sie dankbar. Er fand, er habe viel von Oone gelernt und die Traumdiebin würde ihm noch viel beibringen, was ihm helfen würde, wenn er wieder in Melniboné war und von Yyrkoon den Thron zurückforderte.

Als sie die Stufen hinabgegangen waren, kam es Elric so vor, als würden die Gewänder, Juwelen und Waffen zunehmend prächtiger und exotischer, die Menschen immer größer und noch schöner.

Neugierig war er stehengeblieben und hatte einem Märchenerzähler zugehört, dem die Umstehenden wie gebannt lauschten. Doch leider hatte der Mann in einer ihm fremden Sprache gesprochen - hoch und leiernd. Dann hatten Oone und er noch bei einer Perlenverkäuferin angehalten. Elric hatte die Frau höflich gefragt, ob die Menschen auf den Stufen alle zum selben Volk gehörten.

Die Frau hatte die Stirn gerunzelt und den Kopf geschüttelt. Sie hatte in einer wieder anderen Sprache geantwortet, die nur wenige Worte zu haben schien, da sie viele wiederholte. Seine Frage wurde erst beantwortet, als sie von einem Sorbetverkäufer angehalten wurden. Der Junge verstand ihn. Er mußte zwar etwas überlegen, als übersetze er die Worte im Kopf. Doch dann sagte er: »Aye. Wir sind das Volk der Stufen. Jeder hat hier seinen Platz, der eine unter dem anderen.«

»Und je tiefer man steigt, desto reicher und bedeutender wird man, oder?« fragte Oone.

Der Junge war erstaunt über diese Frage. »Jeder hat hier seinen Platz«, wiederholte er. Dann lief er schnell nach oben, als habe die Frage ihm Angst eingejagt. Die Zahl der Menschen nahm aber nach unten zur Ebene hin deutlich ab. »Ist dies alles nur eine Illusion?« fragte er Oone. »Irgendwie kommt es mir wie ein Traum vor.«

»Es ist unser Gefühl für das, was sein sollte, was hier stört«, erklärte sie. »Das färbt unsere Wahrnehmung, glaube ich.«

»Dann ist es keine Illusion?«

»Nicht genau, was du eine Illusion nennen würdest.« Sie suchte nach den richtigen Worten, schüttelte dann aber den Kopf. »Je mehr es uns wie eine Illusion vorkommt, desto mehr wird es zu einer. Ergibt das Sinn?«

»Ich glaube schon.«

Schließlich hatten sie die untersten Stufen erreicht. Da sahen sie, wie ein Reiter über die Ebene auf sie zuritt. Eine riesige Staubwolke folgte ihm.

Die Menschen auf der Treppe schrien auf. Elric blickte sich um und sah, wie alle die Stufen hinaufliefen. Am liebsten wäre er auch mitgelaufen. Doch Oone hielt ihn zurück. »Denk dran! Wir können nicht zurück! Wir müssen sehen, wie wir mit der Gefahr fertig werden.«

Die Gestalt des Reiters war jetzt zunehmend besser zu erkennen. Entweder war es derselbe Krieger mit der Rüstung aus Elfenbein, Schildpatt und Perlmutt oder er glich ihm aufs Haar. Dieser trug eine weiße Lanze, deren Spitze aus einem scharfen Knochen bestand und direkt auf Elrics Herz gerichtet war.

Der Albino sprang vor, um den Gegner durch eine Finte zu verwirren. Er war schon beinahe unter den Hufen des Pferdes, als er sein Schwert blitzschnell hochriß und nach der Lanze schlug. Der Aufprall warf ihn beiseite. Doch in dem Moment war Oone schon da. Sie reagierte, als verfüge sie über außergewöhnliche telepathische Fähigkeiten oder als ob sie beide vom gleichen Gehirn gelenkt würden. Oone sprang vor und stieß genau unter den erhobenen linken Arm des Reiters auf das Herz ihres Angreifers zu.

Doch dieser wehrte den Schlag mit der behandschuhten Rechten ab und trat mit dem Fuß nach ihr. Jetzt sah Elric zum ersten Mal das Gesicht des Gegners. Es war hager und blutlos. Die Augen wirkten wie die eines schon lange toten Fisches, und das schmallippige Maul war zu einer höhnischen Grimasse verzogen. Aber dennoch ähnelte er, wie Elric zu seinem Entsetzen feststellen mußte, Alnac Kreb! Die Lanze sauste herab und fegte Oone zu Boden.

Noch ehe die Lanze wieder oben war, schlug Elric mit dem Schwert gegen den Sattelgurt des Pferdes. Diesen alten Trick hatte er von vilmirischen Banditen gelernt. Doch diesmal gelang er ihm nicht. Die Beinschiene war im Weg. Dem nächsten Lanzenstoß wich er geschickt aus, wodurch Oone freie Bahn hatte.

Obgleich Elric und Oone wie eine Person kämpften, schien ihr Feind allwissend zu sein. Er ahnte jede ihrer Bewegungen im Voraus.

Elric fing langsam an zu glauben, daß der Reiter ein durch und durch übernatürliches Wesen sei. Verzweifelt sandte er seine Gedanken in jenseitige Reiche und suchte dort nach Hilfe. Doch es war vergeblich! Es hatte den Eindruck, als seien die Reiche verlassen und über Nacht alle Elementargeister, Dämonen und Geister daraus in die Vorhölle verbannt. Arioch würde ihm nicht helfen können! Hier war seine ganze Zauberkunst nutzlos.

Oone stieß einen lauten Schrei aus. Sie war gegen die unterste Stufe geschleudert worden. Trotz allem Bemühen kam sie nicht wieder auf die Füße. Sie war wie gelähmt. Die Glieder versagten ihr den Dienst.

Da lachte der Reiter wieder höhnisch und bereitete den Todesstoß vor.

Elric stürmte mit dem alten Kriegsschrei auf den Feind los, um ihn abzulenken. Dem Albino blieb fast das Herz stehen bei dem Gedanken, der Frau, für die er nicht nur kameradschaftliche Freundschaft, sondern auch tiefe Liebe empfand, könnte ein Leid geschehen. Er war bereit, für ihre Rettung sein Leben hinzugeben.

»Arioch! Arioch! Blut und Seelen!«

Aber er hatte kein Runenschwert, das ihm half. Nur seinen Verstand und sein Können.

»Alnac Kreb! Ist das alles, was von dir geblieben ist?«

Fast unwirsch schleuderte der Reiter die Lanze nach dem Albino. Das war seine Antwort.

Darauf war Elric nicht vorbereitet. Er wollte sich beiseite werfen, doch der Lanzenschaft traf seine Schulter und warf ihn in den Staub. Dabei fiel ihm auch noch das Schwert aus der Hand. Auf allen vieren kroch er darauf zu, als er sah, wie der Reiter sein Langschwert zückte und auf die hilflose Oone zuritt. Elric richtete sich auf und warf mit letzter Verzweiflung den Dolch. Er hatte so genau gezielt, daß die Klinge zwischen die Plättchen der Rüstung dem Reiter in den Rücken drang. Das schon gezückte Schwert fiel zu Boden.

Jetzt hatte Elric sein Schwert aufgehoben. Doch zu seinem Entsetzen sah er, wie der Reiter weiter auf Oone zustürmte. Die Wunde schien ihm überhaupt nichts auszumachen.

»Alnac?«

Erneut versuchte Elric den Teil zu erreichen, der noch von Alnac Kreb übrig war. Doch der Reiter beachtete ihn nicht im geringsten. Sein höhnisches Gelächter erdröhnte. Das Pferd schnaubte und stieg hoch. Seine Hufe zielten auf die Frau, die sich verzweifelt auf den Stufen wand.

Ohne sich seiner eigenen Bewegung bewußt zu sein, war Elric plötzlich hinter dem Reiter und sprang ihn an. Er krallte sich am Rücken fest und zerrte mit aller Kraft, um ihn vom Pferd zu reißen. Grollend drehte dieser sich um und führte einen Schlag gegen den Albino. Doch dieser parierte die surrende Klinge und packte den Feind. Diesmal schaffte er es, ihn aus dem Sattel zu heben. Beide fielen dicht neben Oone zu Boden. Elrics Schwerthand wurde unter dem gepanzerten Rücken des Gegners eingeklemmt. Es gelang ihm jedoch, mit der Linken den Dolch zu packen. Schon wollte er die Spitze in eines der widerlichen toten Augen stoßen, als sich die Finger des Mannes wie eine Klammer um sein Handgelenk schlossen.

»Du mußt erst mich besiegen, bevor du ihr etwas antun kannst!« Elrics sonst so melodische Stimme klang heiser vor Haß. Doch der Krieger lachte wieder nur. Alnacs Geist schwand aus seinen Augen.

Sie kämpften verbissen, ohne daß einer Vorteile erringen konnte. Elric hörte sein eigenes Keuchen und das Grunzen des Kriegers, das Wiehern des Pferdes und das Stöhnen Oones, die immer noch versuchte, aufzustehen.

»Perlkrieger!«

Es war eine fremde Stimme. Nicht Oones, aber die einer Frau. Sie klang sehr gebieterisch.

»Perlkrieger! Du darfst diesen Reisenden nichts mehr zuleide tun!«

Der Krieger knurrte, aber er ignorierte die Stimme. Seine Zähne schnappten nach Elrics Kehle. Er wollte den Dolch auf das Herz des Albinos drehen. Von seinen Lippen tropfte Speichel - weiße Schaumblasen umrahmten seinen Mund.

»Perlkrieger!«

Plötzlich begann der Krieger zu sprechen. Er flüsterte Elric ins Ohr, als sei dieser ein Mitverschwörer. »Hör nicht auf sie! Ich kann dir helfen. Warum kommst du nicht mit mir und erforschst die Große Steppe, wo es viel Beute gibt?

Dort gibt es auch Melonen, die wie die köstlichsten Kirschen schmecken. Ich kann dir überaus prächtige Gewänder geben. Hör nicht auf sie! Hör nicht auf sie! Ja, ich bin Alnac, dein Freund.«

Elric widerte das wahnwitzige Gestammel noch mehr an als das schreckliche Aussehen und die Grausamkeit dieses Wesens.

»Denk an all die Macht dort. Sie haben Angst vor dir. Sie haben Angst vor mir. Elric, ich kenne dich. Wir wollen doch keine Rivalen sein. Vereint können wir siegen. Ich bin nicht frei, aber du könntest für uns beide herumreisen. Ich bin nicht frei, aber du würdest nie die Verantwortung tragen. Ich bin nicht frei, aber ich habe jede Menge Sklaven zu meiner Verfügung. Sie gehören dir, Elric. Ich biete dir neuen Reichtum und neue Weltanschauungen, neue Wege, dir jeden Wunsch zu erfüllen. Ich fürchte dich, und du fürchtest mich. Deshalb binden wir uns, einer an den anderen. Das ist das einzige Band, das je etwas zu bedeuten hat. Alle träumen von dir. Selbst die, die nicht träumen. Du bist der einzige Feind ...«

»Perlkrieger!«

Die Rüstung aus Elfenbein, Schildpatt und Perlmutt rasselte, als sich der Krieger mit der aussätzigen Haut von Elric löste. »Gemeinsam können wir sie besiegen«, flüsterte er noch. »Keine Macht könnte uns widerstehen. Ich verleihe dir meine Kampfkraft.«

Elric war ganz übel, als er sich mühsam hochrappelte. Oone saß auf der Stufe und rieb sich die Glieder, um wieder Leben in sie zu bringen. Er folgte ihrem Blick.

Vor ihnen stand eine Frau. Sie war größer als Oone und Elric, und trug einen Schleier und eine Kapuze. Ihre Augen musterten ihn und Oone, dann hefteten sie sich auf den, den sie Perlkrieger genannt hatte. Sie hob den Stab, den sie in der rechten Hand hielt, und stieß ihn auf den Boden.

»Perlkrieger! Du hast mir zu gehorchen!«

Der Perlkrieger schäumte vor Wut. »Ich will aber nicht!«

rief er und wischte über seinen Brustpanzer. »Du machst mich wütend, Lady Zephir.«

»Dies sind meine Schützlinge. Reite hinweg, Perlkrieger. Töte woanders. Töte die wahren Feinde der Perle!«

»Ich lasse mich nicht von dir herumkommandieren!« Er schmollte wie ein kleines Kind. »Alle sind Feinde der Perle! Auch du, Lady Zephir.«

»Du bist ein albernes Geschöpf! Hinweg mit dir!« Sie hob den Stab und deutete in die Ferne, wo sich im Dunst hinter der Treppe ein schier unendlich hohes Gebirge zu erstrecken schien.

Warnend sagte er: »Du machst mich wütend, Lady Zephir. Ich bin der Perlkrieger. Ich habe die Stärke der Festung.« Er wandte sich an Elric, wie zu seinem Kumpan. »Verbünde dich mit mir. Dann bringen wir sie gleich um. Dann werden wir herrschen - du in deiner Freiheit und ich in meiner Sklaverei. Über all dies hier und noch andere Reiche, die die Traumdiebe nicht kennen. Dort sind wir auf ewig in Sicherheit. Sei mein. Wir heiraten. Ja, ja, ja ...«

Elric schauderte. Er drehte dem Perlkrieger den Rükken zu und ging zu Oone, um ihr aufzuhelfen.

Oone konnte zwar die Glieder wieder bewegen, war aber immer noch benommen. Sie blickte die Stufen hinauf, die hoch oben verschwanden. Nicht einer der vielen Menschen, die sich vor kurzem dort aufgehalten hatten, war mehr zu sehen.

Beunruhigt schaute Elric die Fremde an. Ihre Gewänder waren in verschiedenen Blauschattierungen gehalten, mit Silberfäden durchwirkt und mit grünen, goldbestickten Borten umsäumt. Würdevoll, aber zugleich amüsiert, erwiderte sie seinen Blick. Der Perlkrieger trat beiseite und funkelte Lady Zephir wütend an, um gleich danach Elric bösartig, verschwörerisch zuzulächeln.

»Wohin sind all die Menschen auf der Treppe gegangen?« fragte Elric.

»Sie sind nur nach Hause zurückgekehrt«, antwortete

Lady Zephir. Ihre Stimme klang jetzt warm und voll, behielt jedoch auch den gebieterischen Ton bei, mit dem sie dem Perlkrieger befohlen hatte, von Elric abzulassen. »Ich bin Lady Zephir und heiße euch beide in diesem Land willkommen.«

»Wir sind dir für deine Hilfe sehr dankbar, Mylady«, sagte Oone. Ihr Ton klang trotz allem etwas mißtrauisch. »Bist du die Herrscherin dieses Landes?«

»Ich bin lediglich eine Führerin und ein Steuermann.«

»Dieses wahnsinnige Wesen beugt sich aber deinem Befehl.« Oone stand auf und rieb sich Arme und Beine. Sie schaute zum Perlkrieger hinüber, der höhnisch grinste. Als Lady Zephir den Kopf in seine Richtung wandte, wurde er merklich unruhig.

»Er ist unvollständig«, sagte Lady Zephir abweisend. »Er bewacht die Perle. Aber seine Intelligenz ist nicht von körperlicher Art, daß er seine Aufgabe nicht richtig versteht, auch nicht weiß, wer sein Freund oder Feind ist. Das arme, verunstaltete Ding kann nur äußerst begrenzt Entscheidungen treffen. Diejenigen, die ihn mit dieser Aufgabe betrauten, hatten selbst nur eine schwache Ahnung, was für eine Art Krieger sie dafür benötigen würden.«

»Schlecht! Ich will nicht!« Der Perlkrieger kicherte. »Nie! Es geht um's warum! Um's warum!«

»Hinweg!« rief Lady Zephir und drohte ihm mit dem Stab. Ihre Augen funkelten ihn über dem Gesichtsschleier an. »Diese beiden gehen dich nichts an!«

»Sterben ist nicht klug, Mylady«, sagte der Perlkrieger und hob mit trotziger Arroganz den Kopf. »Hüte dich vor deinem eigenen Verderben! Wir lösen uns alle auf, wenn dieser die Lösung findet.«

»Geh endlich, du dummes Ding!« Sie deutete auf das Pferd. »Und laß die Lanze hier. Du bist zerstörerisch, gefühllos und einfach grotesk.«

»Täusche ich mich, oder ist das alles dummes Zeug, was er von sich gibt?« fragte Elric.

»Möglich«, murmelte Oone. »Aber es ist möglich, daß eher er mehr die Wahrheit spricht, als jene, die uns beschützen wollen.«

»Es wird Etwas kommen und diesem Etwas muß man Widerstand leisten«, sagte der Perlkrieger. Nach diesen dunklen Andeutungen stieg er auf und ritt zu der Stelle, wo die Lanze lag, nachdem er sie gegen Elric geschleudert hatte. »Nur deshalb gibt es uns.«

»Hinweg! Hinweg!«

Er beugte sich aus dem Sattel und griff nach der Lanze.

»Nein!« sagte Lady Zephir mit einer Bestimmtheit, als spräche sie mit einem Kleinkind. »Ich habe dir gesagt, daß du das liegen lassen sollst. Perlkrieger, schau, was du angerichtet hast! Ich verbiete dir, diese Menschen jemals wieder anzugreifen.«

»Also jetzt kein Bündnis! Jetzt nicht! Aber bald wird diese Freiheit ausgetauscht werden, und alle kommen zusammen!« Noch ein widerlich höhnisches Kichern, dann gab er dem Pferd die Sporen und galoppierte zurück in die Richtung, aus der er gekommen war.

»Dann wird es Fesseln geben! O ja!«

»Ergeben seine Worte für dich Sinn, Lady Zephir?« fragte Elric höflich, nachdem der Krieger verschwunden war.

»Manche«, antwortete sie. Elric war nicht sicher, ob sie hinter ihrem Schleier lächelte. »Es ist nicht seine Schuld, daß sein Gehirn verformt ist. Es gibt in dieser Welt nur wenig Krieger, müßt ihr wissen. Er ist vielleicht der beste.«

»Der beste?«

Oones zynische Frage blieb unbeantwortet. Lady Zephir winkte ihnen mit ihrer schlanken Hand, an deren Finger herrliche Juwelen blitzten. »Ich bin hier als Steuermann. Ich kann euch zu wunderbaren Inseln übersetzen, wo Liebende für alle Zeit glücklich sind. Ich habe einen Platz, der ganz verborgen und sicher ist. Soll ich euch dorthin bringen?«

Elric schaute zu Oone, ob sie Lady Zephirs Einladung

annehmen wollte. In diesem Moment hatte er den Zweck ihres Hierseins vergessen. Er dachte nur, wie herrlich es sein würde, mit Oone etwas Zeit an einem so idyllischen Ort zu verbringen.

»Hier ist doch Imador, oder irre ich mich, Lady Zephir?«

»Es ist das Land, das die Traumdiebe Imador nennen, aye. Wir benutzen diesen Namen aber nicht.« Lady Zephir schien etwas verärgert zu sein.

»Wir danken nochmals für deine Hilfe, Mylady«, sagte Elric. Er fand Oones Worte zu barsch und wollte sich für sie entschuldigen. »Ich bin Elric von Melniboné, und dies ist Lady Oone von der Zunft der Traumdiebe. Wir suchen die Festung der Perle, mußt du wissen.«

»Aye. Diese Straße kann euch direkt zur Festung der Perle führen, aber vielleicht ist das nicht der beste Weg. Ich werde euch führen, welchen Weg auch immer ihr nehmen wollt.« Sie klang geistesabwesend, beinahe so, als sei sie schon halb eingeschlafen. Ihr Tonfall war träumerisch. Elric vermutete, sie sei beleidigt.

»Wir verdanken dir viel, Lady Zephir. Dein Rat ist uns sehr wertvoll. Was schlägst du vor?«

»Nun, daß du zuerst eine Armee aufstellst. Die ist nötig für eure Sicherheit. Die Verteidigungsanlagen der Festung der Perle sind schrecklich. Aber auch schon vorher ist es sehr gefährlich. Ihr seid beide tapfer. Viele Wege führen zum Erfolg. Am Ende vieler Wege wartet der Tod. Darüber seid ihr euch aber sicher im klaren ...«

»Wo können wir eine solche Armee ausheben?« Elric ignorierte Oones warnenden Blick. Er fand, daß sie störrisch war und ihr Mißtrauen dieser würdevollen Dame gegenüber nicht gerechtfertigt war.

»Nicht weit von hier liegt ein Ozean. Darin gibt es eine Insel. Die Bewohner dieser Insel sehnen sich nach Kampf. Sie folgen jedem, der ihnen Gefahr verspricht. Wollt ihr dorthin? Es ist sehr schön dort. Wärme und sichere Mauern. Gärten und viel zu essen.«

»Deine Worte klingen sehr vernünftig«, sagte Elric. »Es wäre bestimmt nicht schlecht, eine Pause einzulegen und diese Soldaten zu sammeln. Außerdem bot mir der Perlkrieger ein Bündnis an. Wird er uns helfen? Kann man ihm trauen?«

»Für das, was du vor hast, ja. Ich glaube schon.« Sie runzelte die Stirn. »Doch ja, das denke ich.«

»Nein, Lady Zephir!« Oone sprach mit großem Nachdruck. »Wir wären dir dankbar, wenn du uns zum Falador-Tor führen könntest. Kennst du es?«

»Ich kenne den Ort, den du Falador-Tor nennst, junge Frau. Und ich werde alles tun, um eure Fragen oder Wünsche zu erfüllen.«

»Wie lautet euer Name für dieses Land?«

Lady Zephir schien diese Frage zu verwirren. »Wir haben keinen. Diesen Ort gibt es einfach. Das Land ist hier. Ich kann euch hindurchgeleiten.«

»Ich glaube dir, Mylady.« Oones Stimme wurde weicher. Sie nahm Elrics Arm. »Wir Traumdiebe nennen es das Land Neuen Ehrgeizes. Aber neuer Ehrgeiz kann in die Irre führen. Wir erfinden ihn, wenn es zu hart zu sein scheint, den alten Ehrgeiz zu erfüllen, stimmt's?«

Elric verstand. Er kam sich töricht vor. »Schlägst du einen Umweg vor, Lady Zephir?«

»Oh nein!« Die verschleierte Frau schüttelte den Kopf. Ihre Bewegungen waren überaus anmutig, obwohl die Direktheit seiner Frage sie vielleicht verletzte. »Ein frisches, neues Ziel ist manchmal vorzuziehen, wenn die Straße unwegsam wird.«

»Aber die Straße ist nicht unwegsam, Lady Zephir«, hielt Oone dagegen. »Bis jetzt noch nicht.«

»Das stimmt.« Lady Zephir neigte etwas den Kopf. »Ich werde euch die ganze Wahrheit sagen, jeden Aspekt.«

»Wir werden den Aspekt nehmen, bei dem wir am sichersten sind«, fuhr Oone fort. »Wir sind dir für deine Hilfe wirklich sehr dankbar.«

»Die Entscheidung liegt ganz bei euch, Lady Oone. Kommt!« Sie drehte sich, wobei ihre Gewänder sie wie Wolken bei einem Windstoß umflatterten. Dann führte sie Elric und Oone von der Treppe zu einer Talmulde. Als sie näherkamen, konnten sie einen flachen Fluß erkennen. Am Ufer war ein Boot vertäut. Der vergoldete Bug war nach oben geschwungen, ähnlich Oones Traumstab. Die Seiten waren mit feinem Gold-, Silber- und Bronzeblech beschlagen. Reling und Mast hatten glänzende Messingbeschläge. An der Rahnock war ein Segel aufgezogen, blau mit Silberfäden wie das Gewand von Lady Zephir. Von einer Besatzung war nichts zu entdecken. Lady Zephir deutete mit dem Stab. »Hier ist das Boot, mit dem wir das Tor finden werden, das ihr sucht. Ich bin berufen, Lady Oone und Prinz Elric, euch zu beschützen. Fürchtet euch nicht vor mir.«

»Das tun wir nicht, Lady Zephir«, sagte Oone und meinte es aufrichtig. Ihre Stimme klang sanft. Elric war über ihr Benehmen erstaunt, vertraute ihr aber, daß sie die Situation richtig einschätzte.

»Was meint sie?« fragte er Oone, als Lady Zephir zum Boot hinabstieg.

»Ich glaube, es bedeutet, daß wir der Festung der Perle schon sehr nahe sind«, erklärte Oone. »Sie will uns helfen, weiß aber nicht genau, wie sie das am besten tun kann.«

»Du traust ihr?«

»Wenn wir uns selbst trauen, können wir ihr auch trauen. Wir müssen ihr nur die richtigen Fragen stellen.«

»Oone, ich traue dir, daß du recht hast, wenn du ihr traust.« Elric lächelte.

Sie kletterten in das prächtige Boot, das sanft auf dem dunklen Wasser schaukelte. Elric hielt den Fluß jetzt für einen künstlich angelegten Kanal, der erst schnurgerade verlief, dann aber nach etwa einer Meile eine Biegung machte. Weiter konnte er nicht sehen. Der Albino schaute nach oben. Er war sich immer noch nicht sicher, ob er dort einen fremdartigen Himmel oder die Decke der größten aller bisherigen Höhlen sah. Als sein Blick auf die Treppe in einiger Entfernung fiel, mußte er wieder an die Bewohner denken. Was war mit ihnen geschehen, als sie vor dem Angriff des Perlkriegers flohen?

Lady Zephir nahm das große Steuerruder. Mit einem einzigen Ruck lenkte sie das Boot in die Mitte des Wasserwegs. Sobald sie die Talmude hinter sich gelassen hatten, schweifte der Blick ungehindert über die graugrüne Steppe zu beiden Seiten. Weiter vorn wurde es grüner. Dort mußten Bäume stehen. Dahinter zeichneten sich verschwommen Berge ab. Das Licht erinnerte Elric an einen Spätnachmittag im September. Er konnte beinahe die frühherbstlichen Rosen und das sich langsam färbende Laub der Obstgärten in Imrryr riechen. Als er so vorne im Boot saß und Oone ihren Kopf an seine Schulter legte, seufzte er vor tiefer Freude. Er genoß diesen Augenblick unsäglich. »Wenn der Rest unserer Suche so wie jetzt verläuft, würde ich dich liebend gern auf vielen solcher Abenteuerfahrten begleiten, Lady Oone.«

Auch die Traumdiebin war guter Stimmung. »Aye. Dann würden alle gern Traumdiebe sein.«

Das Boot fuhr um eine Biegung, und sie wurden aufgeschreckt, als sie an beiden Ufern Gestalten stehen sahen. Mißtrauisch musterten Elric und Oone diese traurigen, schweigenden Menschen in weißen und gelben Gewändern, die der vorbeiziehenden Barke mit tränennassen Augen nachschauten, als wäre es ein Totenschiff. Elric war sicher, daß sie nicht um ihn oder Oone trauerten. Er rief sie an. Doch sie schienen ihn nicht zu hören. Urplötzlich waren sie verschwunden. Kurz darauf änderte sich die Landschaft. Auf sanften Terrassen wuchsen Weinstöcke, Feigen und Mandeln. Die Luft war lau. Es roch nach Ernte. Ein kleines fuchsähnliches Tier lief eine Zeitlang neben dem Boot am Ufer her, ehe es wieder ins Gebüsch huschte. Etwas später krochen nackte Männer mit brauner Haut auf allen vieren herum. Doch auch sie verzogen sich bald, offenbar gelangweilt, ins Unterholz. Der Kanal wurde immer kurvenreicher. Lady Zephir mußte ihr ganzes Gewicht in das Ruder legen, um das Boot auf Kurs zu halten.

»Warum hat man den Kanal so angelegt?« fragte Elric sie, als sie auf einem geraden Abschnitt fuhren.

»Was über uns war, ist jetzt vor uns, und was unter uns war, liegt jetzt hinter uns«, antwortete sie. »So ist es hier. Ich bin der Steuermann, und ich weiß das. Aber dort vorn, wo es dunkler wird, ist der Wasserweg unbiegsam. Ich glaube, das dient zum besseren Verständnis.«

Ihre Worte waren beinahe so verwirrend wie die des Perlkriegers. Elric versuchte, hinter den Sinn zu kommen, indem er weitere Fragen stellte. »Der Fluß soll helfen, daß wir besser verstehen. Aber was, Lady Zephir?«

»Ihre Art - seine Art - was euch noch bevorsteht - da, schaut!«

Der Fluß weitete sich plötzlich und wurde zu einem See. Am Ufer wuchs jetzt Schilf. Silberreiher schwangen ihre Flügel vor dem weichen Himmel.

»Es ist gar nicht mehr weit zu der Insel, von der ich sprach«, sagte Lady Zephir. »Ich habe Angst um euch.«

»Nein!« sagte Oone freundlich aber bestimmt. »Steuere das Boot über den See zum Falador-Tor. Ich danke dir.«

»Kein Dank ...« Lady Zephir schüttelte den Kopf. »Ich möchte nicht, daß ihr sterbt.«

»Wir werden nicht sterben. Wir sind gekommen, um sie zu retten.«

»Sie hat Angst.«

»Das wissen wir.«

»Die anderen behaupteten auch, sie wollten sie retten. Aber sie machten - sie machten alles dunkel, und sie war gefangen ...«

»Das wissen wir«, sagte Oone. Sie stand auf und legte beruhigend die Hand auf den Arm der verschleierten Frau, die mit sicherer Hand das Boot auf den See hinauslenkte.

Elric fragte: »Sprichst du von dem Heiligen Mädchen und den Zauberer-Abenteurern? Was hält das Mädchen gefangen, Lady Zephir? Wir können wir Varadia von den Fesseln befreien und sie ihrem Vater und ihrem Volk zurückgeben?«

»Oh, das ist eine Lüge!« Lady Zephir schrie beinahe. Sie zeigte auf ein Kind, das direkt auf das Boot zuschwamm. Aber die Haut des Jungen glänzte metallisch, wie Silber. Seine Silberaugen flehten um Hilfe. Doch dann grinste das Kind höhnisch, riß sich selbst den Kopf ab und tauchte weg. »Wir sind dem Falador-Tor sehr nahe«, sagt Oone grimmig.

»Die, welche sie gern besäßen, bewachen sie«, erklärte Lady Zephir unvermittelt. »Aber sie gehört ihnen nicht.«

»Ich weiß«, sagte Oone. Ihr Blick war starr nach vorn gerichtet. Über dem See lag ein Dunstschleier, so wie er sich an einem kühlen Herbstmorgen über einer Wasserfläche bildet. Alles wirkte ruhig und ungemein friedlich. Umso mißtrauischer wurde Oone. Elric warf einen Blick auf Lady Zephir. Doch die Augen der Frau am Steuerruder waren ausdruckslos und gaben keinen Hinweis, welche Gefahren ihnen bald bevorstehen könnten.

Das Boot drehte etwas. Durch den Dunst konnte man Land erkennen. Hohe Bäume erhoben sich über Felsblökken. Weiße Säulen aus Kalkstein schimmerten in dem sanften Licht. Elric sah über kleinen Buchten Grashügel. Hatte Lady Zephir sie vielleicht doch zu der Insel gebracht? Gerade wollte er fragen, da sah er ein riesiges Steinportal mit wunderbaren Mosaiken und Skulpturen, das so aussah, als sei es uralt.

»Das Falador-Tor«, erklärte Lady Zephir. Ihr Stimme klang besorgt.

Dann öffnete sich das Tor. Ein grauenvoller Wind strömte ihnen entgegen. Er zerrte an ihren Haaren und Kleidern, peitschte ihnen ins Gesicht und dröhnte und schrie in ihren Ohren. Das Boot schaukelt derart, daß Elric befürchtete, es würde gleich kentern. Er kämpfte sich zum

Heck vor, um Lady Zephir am Ruder zu helfen. Der Schleier war von ihrem Gesicht gerissen. Sie war keine junge Frau, sah aber dem kleinen Mädchen, das sie im Bronzezelt zurückgelassen hatten, erstaunlich ähnlich. Ja, die Ähnlichkeit mit dem Heiligen Mädchen der Bauradim war unverkennbar. Elric übernahm das Steuerruder, damit Lady Zephir ihren Schleier befestigen konnte. Plötzlich fiel ihm ein, daß niemand je Varadias Mutter erwähnt hatte.

Oone holte das Segel ein. Der Wind war abgeflaut, so daß sie langsam auf den düsteren, seltsam riechenden Eingang zufahren konnten, der vor ihnen gähnte, nachdem die Mosaiktüren weggeblasen waren.

Da tauchten drei Pferde am Portal auf. Hufe schlugen durch die Luft. Schweife peitschten. Dann galoppierten sie über das Wasser auf das Boot zu. Wie der Blitz waren sie vorbeigesprengt und verschwanden im Dunstschleier. Keines der Tiere hatte einen Kopf besessen.

Der Schrecken fuhr Elric in die Glieder. Aber es war ein Schrecken, der ihm vertraut war. Innerhalb von Sekunden hatte er sich wieder im Griff. Er wußte, daß er drauf und dran war, ein Land - ganz gleich wie es auch hieß - zu betreten, das vom Chaos regiert wurde.

Erst als das Boot unter einem Felsvorsprung dahinglitt und in die Grotte fuhr, kam ihm zum Bewußtsein, daß er über keinen seiner bewährten Zauber mehr verfügte. Ihm standen auch keine seiner Verbündeten zur Seite, nicht einmal sein höllischer Schutzpatron. Ihm blieben nur Erfahrung, Mut und seine natürlichen Fähigkeiten. In diesem Augenblick bezweifelte er stark, daß diese ausreichen würden.

Kapitel 5

Die Traurigkeit einer Königin, die nicht herrschen kann

Die mächtige Barriere aus Obsidiangestein wurde plötzlich lebendig. Eine grünliche Glasmasse schob sich ins Wasser, das zischte und zu stinken begann. Dicke Dampfsäulen stiegen auf. Nachdem sie sich aufgelöst hatten, sah man einen weiteren Fluß. Er führte durch eine enge, hohe Schlucht, deren Wände aus natürlichem Fels zu sein schienen. Elrics Gedanken waren ganz auf die Interpretation seiner Umgebung gerichtet. Er überlegte, ob dieser Fluß nicht derselbe war, den sie schon einmal überquert hatten, als er mit dem Perlkrieger auf der Brücke gekämpft hatte.

Dann griffen die tosenden Wassermassen zu. Das Boot, das so stabil gewirkt hatte, wurde wie eine Nußschale mitgerissen. Es ging nach unten, immer tiefer, bis Elric dachte, sie müßten bald den Mittelpunkt der Welt erreichen.

Mit vereinten Kräften halfen Oone und Elric Lady Zephir, das Ruder zu halten. Doch plötzlich endete der Fluß ohne Vorwarnung vor ihnen, und sie stürzten einen Wasserfall hinunter. Ehe sie wußten, wie ihnen geschah, landete das Boot in ruhigem Gewässer und schwamm wie ein Brotkanten auf einem Teich. Der Himmel über ihnen hatte die Farbe angelaufenen Zinns. Geschöpfe mit Flügeln wie aus Leder flogen durch die Luft und verständigten sich mit schrillen Schreien. Palmen reckten ihre kaum noch grün zu nennenden Blätter empor und warteten auf eine Sonne, die niemals aufging. Über allem lag ein fauliger Geruch. Das Rauschen des Wasserfalls, das Geschrei der fliegenden Wesen über den Felsen und das Rascheln der Palmen waren die einzigen Geräusche.

Es war warm, und doch lief es Elric kalt über den Rükken. Auch Oone schlug den Kragen ihrer Jacke hoch. Lady Zephir zog ihre Gewänder enger.

»Kennst du dich in diesem Land aus, Oone?« fragte Elric. »Ich weiß, daß du schon hier warst, aber du scheinst ebenso überrascht zu sein wie ich.«

»Es gibt immer neue Aspekte. Das gehört zur Natur dieses Reiches. Vielleicht kann uns Lady Zephir mehr sagen.« Höflich wandte sich Oone an die Frau am Ruder.

Lady Zephir hatte den Schleier vor ihrem Gesicht festgebunden. Offenbar war sie unglücklich, daß Elric ihr Gesicht erblickt hatte. »Ich bin die Königin dieses Landes«, erklärte sie, ohne Stolz oder andere Gefühle zu zeigen.

»Dann hast du Untertanen, die uns helfen könnten?«

»Ich bin zwar Königin, doch ohne jede Macht über das Land. Es gibt mir nur Schutz. Ihr nennt es Falador.«

»Ist hier auch alles verrückt?«

»Es weiß sich gut zu verteidigen.«

»Sie halten das fern, was vielleicht gern hinauswill«, sagte Oone so vor sich hin. »Hast du Angst vor denen, die Falador schützen, Lady Zephir?«

»Ich bin jetzt Königin Zephir!« Elric wußte nicht, ob die

Frau, die nun hochaufgerichtet am Ruder stand, sie voller Stolz verbesserte oder ihnen nur spottete. »Ich bin geschützt, ihr aber nicht. Und ich bin nicht in der Lage, euch Schutz zu gewähren.«

Die Barke trieb langsam auf dem Wasser dahin. Von den Felsen am Ufer lösten sich Schleimfetzen und bewegten sich durchs Wasser, als seien sie lebendig. Es gab noch andere Schemen, die dort herumschwammen und Elric beunruhigten. Am liebsten hätte er sein Schwert gezogen. Doch das erschien ihm unziemlich.

»Was müssen wir hier fürchten?« fragte er die Königin.

Sie trieben unter einem großen Felsvorsprung dahin, auf dem ein Reiter Stellung bezogen hatte. Der Perlkrieger! Mit der üblichen Mischung aus Hohn und Stumpfsinn starrte er herab. Dann hob er einen langen Stock, an den er das spitze, gedrehte Horn eines Tieres gebunden hatte.

Königin Zephir drohte ihm mit der Hand. »Perlkrieger soll das nicht tun! Perlkrieger muß auch hier gehorchen.«

Der Reiter stieß sein grausiges Lachen aus, drehte sein Pferd um und war verschwunden.

»Wird er uns angreifen?« fragte Oone die Königin.

Diese konzentrierte sich ganz auf das Ruder, um das Boot in einen Seitenarm zu steuern. Vielleicht wollte sie jeden Konflikt vermeiden. »Das ist ihm nicht gestattet«, sagte sie.

Das Boot hatte jetzt den schmalen Nebenarm erreicht. Hier war das Wasser rubinrot, und an den Ufern glänzten braune Moospolster. Sanft stieg das Gelände zu den Felswänden an. Elric war überzeugt, daß ihn uralte Gesichter aus dem Moos und den Klippen anstarrten; aber er fühlte sich nicht bedroht. Der rote Wasserlauf sah wie Wein aus, über allem lag eine berauschende Süße. Kannte Königin Zephir alle geheimen, lieblichen Orte dieser Welt, und führte sie ihn und Oone hierher, um allen Gefahren dieser Welt auszuweichen?

»Hier hat mein Freund Edif Einfluß«, erklärte sie. »Er

ist ein Herrscher, dessen Hauptinteresse der Poesie gilt. Wird es jetzt sein? Ich weiß es nicht.«

Inzwischen hatten sie sich an die manchmal rätselhafte Ausdrucksweise der Königin gewöhnt. Allerdings hatten sie keine Ahnung, wer dieser Edif war, durch dessen Land sie gefahren waren. Jetzt bildeten Wüstenstreifen die Ufer. In der Ferne standen Palmen wie bei einer Oase. Doch es kam keine Oase.

Bald hatte der Himmel wieder die Farbe verdorbener Leber, die Felswände ragten steil am Ufer empor. Über allem lag ein widerwärtiger, süßlicher Geruch, der Elric an das Vorzimmer im Palast eines dekadenten Königs erinnerte, wo wohlriechendes Parfüm verbraucht wurde, wo es schal roch und wo Speisen, die einem den Mund wäßrig gemacht hatten, halb verdorben herumstanden; wo die Blumen nicht länger das Auge entzückten, sondern in ihrer Welkheit nur noch an den Tod erinnerten.

In den Steilklippen der Ufer gab es große Höhlen, in denen das Wasser gurgelte. Königin Zephir schien darüber besorgt zu sein und hielt die Barke in der Mitte des Flusses. Elric sah Schatten, die sich in diesen Höhlen über und unter der Wasseroberfläche bewegten. Rote Mäuler gingen auf und zu, blasse starre Augen glotzten ihn an. Sie wirkten wie Geschöpfe des Chaos, und der Albino wünschte sich sehr, sein Runenschwert zu haben, nebst seinem höllischen Schutzpatron und dem Vorrat an Zaubersprüchen.

Elric war keineswegs überrascht, als aus einer Höhle eine Stimme erklang.

»Ich bin Balis Jamon, Lord des Blutes, und wünsche, daß man mir Nieren reicht.«

»Wir fahren weiter«, rief Königin Zephir als Antwort. »Ich hege nicht die Absicht, dir jetzt oder später als Nahrung zu dienen.«

»Die Nieren dieser beiden! Sofort!« verlangte die Stimme ungerührt. »Ich habe schon seit Tagen keine ordentliche Mahlzeit mehr gehabt. Die Nieren! Die Nieren!«

Elric zog Schwert und Dolch, Oone ebenfalls.

»Meine wirst du nicht bekommen!« rief der Albino.

»Meine auch nicht«, erklärte Oone und spähte nach dem Ursprung der Stimme. Bei den vielen Höhlen war nicht sicher, in welcher sich der Sprecher aufhielt.

»Ich bin Balis Jamon, Lord des Blutes! Ihr habt in meinem Land Zoll zu entrichten! Zwei Nieren für mich!«

»Wie wär's, wenn ich stattdessen deine nehme?« rief Elric höhnisch.

»Komm doch!«

In einer Höhle bewegte sich etwas. Wasser brodelte und schäumte. Dann watete ein widerwärtiges Etwas zur Flußmitte. Auf dem massigen Körper hatten sich halbverfaulte Pflanzen mit verwelkten Blüten angesiedelt. Den Kopf mit der Schnauze und dem einen Horn hatte das Ungeheuer hocherhoben und funkelte Elric aus winzigen schwarzen Augen an. Die abgebrochenen Fangzähne waren gelb und schwarz. Mit seiner roten Zunge holte es sich kleine Fetzen verfaulten Fleisches heraus, und spie sie ins Wasser. Das Biest preßte seine gewaltige Pranke auf die Brust. Als es die Pranke senkte, sah man ein großes dunkles Loch, wo das Herz hätte sein müssen.

»Ich bin Balis Jamon, Lord des Blutes. Seht welche Mengen ich brauche, um zu leben. Habt Erbarmen, ihr Winzlinge. Eine Niere oder zwei, dann lasse ich euch passieren. Ich habe diese Löcher in meinem Leib, ihr aber seid vollständig. Seid gerecht und teilt mit mir.«

»Hiermit werde ich dir Gerechtigkeit erweisen, Lord Balis«, rief Elric und schwang sein Schwert, das ihm aber im Vergleich zur Größe des Ungeheuers winzig vorkam.

»Niemals wirst du vollständig sein, Balis Jamon«, rief Königin Zephir. »Nicht ehe du mehr Erbarmen gelernt hast.«

»Ich will fair sein. Eine Niere genügt.« Eine Pranke griff nach Elric, der zwar zuschlug, aber nicht traf. Der nächste Schwertstreich erreichte zwar das Ungeheuer, doch zeigte sich kaum ein Kratzer auf der Haut. Dann wollte das Biest Elric das Schwert entreißen; aber Elric konnte es gerade noch in letzter Sekunde zurückziehen. Enttäuscht und voller Selbstmitleid grunzte Balis Jamin laut. Dann streckte er dem Albino beide Pranken entgegen.

»Halt! Hier ist deine Niere!« Oone hielt einen tropfenden Klumpen in der Hand. »Hier hast du, was du wolltest, Balis Jamon. Nun laß uns passieren. Wir sind auf dein Verlangen eingegangen.«

»Einverstanden.« Offensichtlich besänftigt, drehte sich das Monster um und stopfte das, was Oone ihm gereicht hatte, in das Loch in der Brust. »Gut! Fahrt weiter!« Dann watete es stumpfsinnig zurück zur Höhle, Ehre und Hunger waren gestillt.

Elric war froh, daß Oone ihm das Leben gerettet hatte. Neugierig fragte er: »Was hast du ihm gegeben, Oone?«

Sie lächelte. »Eine große Bohne. Ein paar Sachen habe ich noch in meinem Beutel. Die Bohne ähnelt einer Niere, vor allem, wenn man sie ins Wasser hält. Ich bezweifle, ob er den Unterschied merkt. Er scheint ein ziemlich simples Geschöpf zu sein.«

Königin Zephir hatte die Augen himmelwärts gewendet, als sie das Boot an den Höhlen vorbeisteuerte. Der Fluß verbreiterte sich, am Ufer hoben die trinkenden Wasserbüffel die Köpfe und schauten sie mit wachsamer Neugier an.

Auch Elric folgte dem Blick der Frau am Ruder, sah aber nur den üblichen bleifarbenen Himmel. Er steckte das Schwert in die Scheide. »Diese Geschöpfe des Chaos scheinen mir nicht so intelligent zu sein wie andere, denen ich schon begegnete.«

»Aye.« Oone stimmte ihm bei. »Das ist auch gut möglich, schließlich-«

In diesem Augenblick wurde das Boot hochgehoben. Elric glaubte, Lord Balis sei zurückgekommen, um sich für den Betrug zu rächen. Aber sie schienen auf einer großen

Woge zu reiten. Auf den schleimigen Uferfelsen und den Klippen tauchten Gestalten auf. Sie waren körperlich so verunstaltet, daß Elric an die Bettler von Nadsokor erinnert wurde, die ebenfalls in Lumpen herumliefen und durch Selbstverstümmelung und Krankheiten, durch Vernachlässigung und alte Verletzungen einen abstoßenden Anblick boten. Sie waren schmutzig. Sie stöhnten und leckten sich gierig die Lippen, als sie das Boot sahen.

Da wünschte Elric sich mehr als zuvor, er hätte Sturmbringer an seiner Seite. Das Runenschwert und ein wenig Hilfe von den Elementargeistern hätten diesen Pöbel im Nu davongetrieben. Doch ihm standen nur die Klingen zur Verfügung, die er von den Abenteurer-Zauberern erbeutet hatte. Nur auf diese konnte er sich stützen und auf Oone, mit der er sich so hervorragend im Kampf ergänzte. Plötzlich lief ein Zittern durch die Barke. So überraschend wie die Woge gekommen war, verebbte sie. Doch jetzt waren sie auf einer Klippe gestrandet und saßen fest, während die widerlichen Gestalten keuchend, grunzend und schnüffelnd gierig ihre Beute umringten.

Elric verschwendete keine Zeit, sondern sprang vom Bug hinunter und schlug den beiden, die nach ihm griffen, die Köpfe ab. Die Klinge war dazu noch scharf genug. Zähnefletschend stand er über den Kadavern, wie der Wolf, nach dem man ihn auch schon benannt hatte. »Ich kriege euch alle!« rief er mit der aufreizenden Art, sich ins Getümmel zu werfen, die er bei den Piraten in der Straße von Vilmir gelernt hatte. Wieder sprang er vor und stieß zu. Diesmal durchbohrte er einem der Chaos-Geschöpfe die Brust. »Ich werde nicht eher zufrieden sein, bis ich jeden einzelnen von euch getötet habe!«

Das hatten die Ungeheuer nicht erwartet. Sie glotzten sich gegenseitig an, drehten die Waffen unschlüssig in den Händen und zupften an ihren Lumpen und Gliedmaßen.

Jetzt war Oone an Elrics Seite. »Ich will meinen Anteil, Elric. Laß mir ein paar übrig!« rief sie. Dann machte sie eines der Affengesichter nieder, das eine wunderschön gearbeitete, juwelenbesetzte Axt trug, eindeutig ein Beutestück von einem früheren Opfer.

Königin Zephir rief von hinten: »Sie haben euch nicht angegriffen. Sie drohen nur. Müßt ihr das wirklich tun?«

»Es bleibt uns keine andere Wahl, Königin Zephir«, antwortete Elric über die Schulter und stürzte sich auf die nächsten halbmenschlichen Ungeheuer.

»Nein, nein! Das ist keine Heldentat. Was kann ein Wächter tun, der kein Held mehr ist?«

Diese Worte waren sogar für Oone unverständlich. Sie schüttelte den Kopf, als Elric sie fragend ansah.

Inzwischen hatten die widerwärtigen Biester Mut geschöpft. Schnüffelnd schoben sie sich näher und leckten sich den Speichel von den schlaffen Lefzen. Aus glühenden, schmutzigen, blutunterlaufenen und eiterverkrusteten Augen funkelten sie Elric und Oone haßerfüllt an.

Elrics Klinge war jetzt stumpf geworden. Dennoch gelang es ihm, einen Schädel zu spalten. Er stand Rücken an Rücken mit Oone. Auf der einen Seite schützte sie das Boot, das die Ungeheuer offensichtlich nicht zu berühren wagten. Königin Zephir weinte vor Verzweiflung, hatte aber keine Gewalt über die Chaos-Kreaturen. »Nein, nein! Das hilft ihr nicht zu schlafen. Nein! Nein! Sie braucht sie, das weiß ich genau!«

In diesem Augenblick hörte Elric Hufschlag und sah über den Köpfen der immer näher kommenden Feinde die weiße Rüstung des Perlkriegers.

»Dies sind seine Geschöpfe!« rief Elric und verstand auf einmal. »Dies ist seine Armee. Er will sich rächen!«

»Nein!« Die Stimme der Königin klang wie aus weiter Ferne. »Dies kann nichts nützen! Es ist deine Armee. Sie werden loyal sein. Ja.«

Als Elric sie hörte, schoß ihm plötzlich ein Gedanke durch den Kopf. War sie vielleicht kein Mensch? Waren alle diese Wesen lediglich Gestaltwandler und hatten sich als Menschen getarnt? Das würde ihre seltsame Denkweise erklären, die eigenartige Logik und die ungewöhnliche Redeweise.

Doch jetzt blieb keine Zeit mehr, darüber weiter nachzudenken. Die Ungeheuer waren ihm und Oone so nahe gekommen, daß sie kaum noch ihre Klingen schwingen konnten. Stinkendes und klebriges Blut spritzte auf Klingen und Arme, so daß es sie im Hals würgte. Der Gestank würde sie niederstrecken, ehe die Waffen sie töteten.

Es war klar, daß sie dem Mob nicht standhalten konnten. Elric war verbittert. Jetzt waren sie so nahe ans Ziel ihrer Suche gekommen und sollten nun von diesen Bewohnern des Chaos vernichtet werden.

Dann sanken mehrere Feinde zu seinen Füßen nieder, die er nicht getötet hatte. Auch Oone war von dieser Wendung überrascht.

Sie schauten auf und konnten nicht verstehen, was sich da abspielte.

Der Perlkrieger ritt durch die Menge, teilte Hiebe nach beiden Seiten aus, stach mit seinem behelfsmäßigen Speer zu, schlitzte Bäuche auf und krähte fröhlich über jedes Leben, das er vernichtete. Seine schrecklichen Augen leuchteten vor Freude. Sogar sein Pferd trampelte alles nieder und biß zu.

»So ist es richtig!« Königin Zephir klatschte in die Hände. »So muß es gemacht werden! Das sichert euch Ehre!«

Mit der Hilfe des Perlkriegers gelang es Elric und Oone, die widerlichen Geschöpfe abzuwehren.

Schon bald liefen sie auf den Rand der Klippe zu und sprangen lieber in den Abgrund, als sich vom silbernen Schwert des Perlkriegers aufschlitzen zu lassen oder durch seinen Speer zu sterben.

Mit lautem höhnischem Lachen trieb er die letzten in den Untergang. Er schrie ihnen seinen Hohn und seine Verachtung nach: »Häßliche Biester! Weg! Weg! In den Tod mit euch! Das ist euer Schicksal! Der Tod! Ja!«

Keuchend lehnten sich Elric und Oone gegen die Barke.

»Ich bin dir dankbar, Perlkrieger«, sagte der Albino, als der Reiter in schimmernder Rüstung näherkam. »Du hast uns das Leben gerettet.«

»Ja.« Ernst nickte der Reiter. Seine Augen waren ungewohnt nachdenklich. »Das stimmt. Jetzt sind wir ebenbürtig. Dann werden wir die Wahrheit erfahren. Ich bin nicht so frei wie du. Glaubst du mir?« Diese Worte waren an Oone gerichtet.

Sie nickte. »Ich glaube dir, Perlkrieger. Auch ich bin dir dankbar, daß du uns geholfen hast.«

»Ich bin der Beschützer. Dies mußte getan werden. Ihr geht weiter? Ich war euer Freund.«

Oone blickte zurück zu Königin Zephir, die nickte. Sie hielt die Arme wie im Gebet mit einer Opfergabe ausgestreckt.

»Hier bin ich nicht euer Feind!« sagte der Perlkrieger, als wolle er leicht Schwachsinnigen etwas erklären. »Wäre ich komplett, wären wir drei ein Dreigestirn der Größe! Aye! Du weißt es genau! Mir fehlt die Person. Diese Worte sind die ihren, verstehst du. Ich glaube.«

Nach diesen letzten besonders rätselhaften Worten machte er kehrt und verschwand, über die grasbewachsenen Kalksteine galoppierend.

»Vielleicht sind es zu viele Verteidiger, und nicht genug Beschützer«, meinte Oone ebenso rätselhaft. Doch ehe Elric sie fragen konnte, hatte sie sich bereits an Königin Zephir gewandt. »Mylady, hast du den Perlkrieger zu Hilfe gerufen?«

»Sie rief ihn für euch, glaube ich.« Königin Zephir schien wie in Trance zu sein. Es war seltsam, sie von sich in der dritten Person sprechen zu hören. Elric überlegte, ob dies hier wohl Sitte sei. Und wieder kam ihm der Gedanke, alle Bewohner dieses Reiches wären womöglich keine richtigen Menschen, sondern hätten nur eine menschliche Gestalt angenommen.

So lagen sie nun gestrandet hoch über dem Fluß. Elric ging hinüber zum Abgrund und blickte hinab. Einige Leichen hingen in den Felsen, andere trieben stromabwärts. Er war froh, daß sie nicht mit dem Boot zwischen all den Leichen fahren mußten.

»Und wie kommen wir jetzt weiter?« fragte er Oone. Vor seinen Augen erschien die Vision: er und Oone im Bronzezelt, das Mädchen dazwischen, alle drei im Sterben. Er spürte ein Verlangen, als würde die Droge ihn an seine Sucht erinnern. Er erinnerte sich an Anigh in Quarzhasaat und an seine Verlobte Cymoril, die in Imrryr auf ihn wartete. War es richtig gewesen, Yyrkoon an seiner Stelle regieren zu lassen? Alle seine Entscheidungen kamen ihm in diesem Augenblick töricht vor. Seine Selbstachtung, die nie sehr hoch gewesen war, stand jetzt auf dem absoluten Tiefpunkt. Seine mangelnde Voraussicht, seine Fehlschläge, seine Torheiten führten ihm nicht nur seine körperlichen Gebrechen vor Augen, sondern auch, daß ihm jeglicher gesunde Menschenverstand fehlte.

»Es liegt in der Natur des Helden«, sagte Königin Zephir plötzlich ohne jeglichen Zusammenhang. Dann betrachtete sie die beiden mit mütterlichen, liebevollen Augen. »Ihr seid in Sicherheit.«

»Ich spüre eine gewisse Dringlichkeit«, sagte Oone. »Du auch?«

»Aye. Sind Gefahren in dem Reich, das wir verließen?«

»Vielleicht. Königin Zephir, sind wir weit entfernt vom Namenlosen Tor? Wie kommen wir weiter?«

»Mit Hilfe der Nachtfaltergespanne«, erklärte sie. »Das Wasser steigt hier immer, und ich habe meine Nachtfalter. Wir brauchen nur auf sie zu warten. Sie sind auf dem Wege.« Ihre Stimme klang völlig sachlich. »Es hätte dieser Pöbel sein können, der dir gehörte. Das ist alles. Aber ich kann nicht alles voraussehen. Jede neue Falle ist für mich ebenso geheimnisvoll wie für euch. Ich kann steuern, während du steuerst. Dies gehört zusammen, verstehst du.«

Am Horizont tanzten und blitzten bunte Lichter wie Nordlichter in allen Farben des Spektrums. Königin Zephir seufzte bei ihrem Anblick erleichtert auf.

»Gut. Gut. Das ist nicht spät! Nur das andere.«

Die Farben bedeckten jetzt den Himmel. Elric erkannte, daß es riesige, durchsichtige Flügel waren, die schlanke Körper trugen. Es waren schmetterlingsartige Wesen von enormer Größe. Ohne zu zögern, ließen sie sich herab und hüllten nicht nur die Barke, sondern auch die drei ein.

»Ins Boot!« rief Königin Zephir. »Schnell. Wir fliegen.«

Sie gehorchten. Sofort erhob sich das Boot in die Luft, offenbar wurde es auf dem Rücken der Riesenfaltern getragen. Sie flogen eine Zeitlang über die Schlucht dahin, ehe sie in die Tiefe gingen.

»Ich habe geschaut; aber da war nichts«, erklärte die Königin Elric und Oone. »Nun kann es weitergehen.«

Erstaunlich sanft hatten die Nachtfalter das Boot auf dem Fluß niedergesetzt, ehe sie sich erhoben und die gesamte düstere Schlucht in strahlende bunte Farben tauchten, ehe sie verschwanden. Elric rieb sich die Stirn. »Dies ist wahrlich das Land des Wahnsinns«, sagte er. »Ich glaube, Oone, ich bin es, der wahnsinnig ist.«

»Du verlierst den Glauben an dich selbst, Elric«, wies sie ihn zurecht. »Das ist die besondere Falle in diesem Land. Du kommst zur Überzeugung, daß du nicht mehr richtig denken kannst. Aber gib nicht auf! Wir haben schon in Falador unseren Verstand behalten. Jetzt kann es nicht mehr weit sein, bis wir ans letzte Tor gelangen.«

»Und was ist dort? Vielleicht der Gipfel der Vernunft?« fragte er zynisch. Wieder überfiel ihn diese seltsame Erschöpfung. Körperlich war er wohl in der Lage, weiterzugehen, aber Verstand und Begeisterung waren ausgelaugt.

»Ich habe nicht die geringste Ahnung, was uns in dem Namenlosen Land erwartet«, sagte sie. »Traumdiebe haben über das, was hinter dem siebten Tor geschieht, nur geringe Macht.«

»Deine beträchtliche Macht hier hat mich sehr beeindruckt!« Er wollte sie aber nicht verletzen, deshalb lächelte er, um ihr zu zeigen, daß er scherzte.

Da hörten sie vor sich ein Geheul, so schrecklich, daß sogar Königin Zephir sich die Ohren zuhielt. Es klang, als bellte ein Riesenhund. Durch das Echo in der Schlucht verstärkt, war es so laut, daß sie Angst hatten, die Felsen würden sich lösen und herunterstürzen. Nach der nächsten Biegung sahen sie das Ungeheuer. Es glich einem riesigen Wolf, der mit hochgerecktem Kopf heulte. Das Wasser brach sich an seinen Läufen und schäumte gegen den Bauch. Sobald es das Boot erblickte, verschwand es. Sie hörten nur noch das Echo seines Geheuls. Jetzt nahm die Strömung zu. Königin Zephir hatte die Hände vom Ruder genommen, um sich die Ohren zuzuhalten. Das Boot prallte gegen einen Felsen. Sie versuchte nicht, den Kurs zu halten. Elric griff nach dem Ruder; aber trotz seiner Stärke konnte er das Boot nicht halten. Schließlich gab er auf.

Sie trieben auf dem Fluß dahin, hinein in eine Schlucht, die so tief und eng war, daß das Licht kaum bis unten drang. Überall grinsten sie Gesichter an. Hände griffen nach ihnen. Elric war überzeugt, daß jedes sterbliche Wesen, das je gestorben war, hierher gekommen war, um ihn heimzusuchen. In den düsteren Felsen erblickte er mehrmals sein eigenes Gesicht, und auch die von Cymoril und Yyrkoon. Alte Kämpfe wurden vor seinen Augen ausgetragen. Und alte, quälende Gefühle stürmten erneut auf ihn ein. Er spürte den Verlust von allen, die er je geliebt hatte, die Verzweiflung des Todes und der Verlassenheit. Bald mischte sich seine Stimme in das allgemeine Murmeln, und er heulte so laut wie der Wolf. Da packte ihn Oone am Arm und schrie ihn an. Dies riß ihn aus dem Wahnsinn, der ihn beinahe übermannt hätte.

»Elric! Das letzte Tor! Wir sind fast am Ziel! Halt aus. Du warst bis jetzt so tapfer und einfallsreich! Jetzt wird noch mehr von dir verlangt werden! Mach dich bereit!«

Elric mußte lachen. Er lachte über sein eigenes Schicksal und über das des Heiligen Kindes, über Anighs Schicksal und über Oones. Er lachte bei dem Gedanken, daß Cymoril auf ihn wartete und nicht wußte, ob er noch am Leben war oder schon tot, ob er Sklave oder frei war.

Als Oone ihn erneut anschrie, lachte er ihr ins Gesicht.

»Elric, du wirst uns alle verraten!«

Er unterbrach das Lachen, um ruhig, beinahe triumphierend zu erklären: »Aye, meine Liebe, so ist es! Ich verrate euch alle! Hast du mich verstanden? Es ist meine Bestimmung, alle zu verraten.«

»Mich wirst du nicht verraten!« Sie schlug ihm ins Gesicht, boxte ihm in die Rippen und trat ihm gegen das Schienbein. »Mich wirst du nicht verraten und das Heilige Mädchen auch nicht!«

Er spürte heftige Schmerzen, nicht von Oones Angriff, sondern von seinem Gehirn. Er schrie auf und begann zu schluchzen. »Sag Oone, was geschieht mit mir?«

»Wir sind in Falador«, erklärte sie. »Hast du dich wieder gefangen, Elric?«

Immer noch grinsten ihn die Gesichter aus den Felsen an. Immer noch war die Luft voll von allem, was er fürchtete, was er an sich haßte.

Er zitterte am ganzen Leib und konnte Oone nicht in die Augen blicken. Da merkte er, daß er weinte. »Ich bin Elric, der letzte des königlichen Geblüts von Melniboné«, sagte er. »Ich habe so viele Schrecken gesehen und den Herzögen der Hölle gedient. Warum sollte ich mich jetzt fürchten?«

Oone antwortete nicht. Er hatte es auch nicht erwartet.

Das Boot tanzte auf dem Wasser auf und nieder.

Plötzlich war Elric ganz ruhig. Liebevoll ergriff er Oones Hand. »Ich glaube, jetzt bin ich wieder ich selbst.«

»Dort ist der Eingang«, sagte Königin Zephir, und deutete mit dem Zeigefinger nach vorn.

»Dort ist das Land, das du Namenloses Land nennst«, erklärte sie. Jetzt sprach sie nicht mehr in Rätseln wie bisher. »Dort werdet ihr die Festung der Perle finden. Sie kann euch nicht willkommen heißen.«

»Wer?« fragte Elric. Der Fluß war jetzt ganz ruhig. Sie trieben auf ein großes Alabastertor zu, das von Blättern und Büschen gesäumt war. »Das Heilige Mädchen?«

»Sie kann gerettet werden«, erklärte Königin Zephir. »Nur von euch beiden. Ich habe ihr geholfen, hier zu bleiben und auf Rettung zu warten. Aber das war auch alles. Mehr kann ich nicht tun. Ich habe nämlich Angst.«

»Die haben wir alle, Mylady«, versicherte ihr Elric.

Jetzt wurde das Boot von einer anderen Strömung ergriffen und trieb noch langsamer dahin, als zaudere es, das letzte Tor der Traumreiche zu durchfahren.

»Aber ich bin keine Hilfe«, sagte die Königin. »Vielleicht gehöre ich sogar zu den Verschwörern. Es waren diese Männer. Sie kamen. Dann kamen noch mehr. Danach gab es nur noch Rückzug. Ich wünschte, ich wüßte diese Worte. Dann würdet ihr verstehen. Ach, es ist so schwer hier.«

Elric blickte in ihre tieftraurigen Augen, und es wurde ihm klar, daß sie in dieser Welt viel mehr gefangen war als er und Oone. Ihm kam es so vor, als verzehre sie sich danach, aus dieser Welt zu fliehen, würde aber von der Liebe und Fürsorge für das Heilige Mädchen gehalten. Aber sie war doch mit Sicherheit schon lange hier gewesen, ehe Varadia gekommen war?

Nun glitt das Boot unter dem Alabastertorbogen hindurch. Die Luft war leicht salzig und angenehm frisch, als würden sie sich dem Meer nähern.

Elric mußte die Frage stellen, die sich ihm aufdrängte. »Königin Zephir, seid ihr Varadias Mutter?«

Der Schmerz in ihren Augen wurde noch größer. Dann wandte die verschleierte Frau den Kopf beiseite. Ihre Stimme war ein einziger Schmerzensschrei. Betroffen vernahm er die Antwort.

»Oh, wer kann das wissen?«, sagte sie weinend. »Wer kann das wissen?«

DRITTES BUCH

Gibt es den tapfren Lord, geboren vom Geschick,
Der alte Waffen führt und neues Land erwirbt mit Glück,
Der niederreißt die Mauern, von der Zeit geheiligt,
Der alte Tempel entlarvt als Lügen und beseitigt,
Der willens ist, zu opfern seinen Stolz und seine Liebe,
Ja selbst sein eigen Traum, sein Volk, Historie,
Der seinem Frieden vorzieht harten Kampf und Glorie,
Um dann am Ende elend dazuliegen
Als Leichnam, selbst verschmäht von Fliegen?

Die Chronik des Schwarzen Schwertes

Kapitel 1

Am Hof der Perle

Beim Anblick der Landschaft überfiel Elric abermals jenes seltsame Gefühl des Wiedererkennens, obgleich er sich nicht entsinnen konnte, jemals eine ähnliche Landschaft gesehen zu haben. Blaßblauer Nebel erhob sich über Zypressen, Dattelpalmen, Orangenbäumen und Pappeln, deren Grün ebenfalls blaß war. Auf den sich weit dahinziehenden Wiesen leuchteten gelegentlich weiße Findlinge, in der Ferne sah man schneebedeckte Berggipfel. Das Ganze glich einem Gemälde, bei dem der Künstler zarte Aquarellfarben und feine Pinsel verwendet hatte. Diese Vision des Paradieses traf Elric nach dem Grauen Faladors völlig unvorbereitet.

Königin Zephir schwieg, seit sie Elrics Frage beantwortet hatte, und zwischen den dreien hatte sich eine seltsam bedrückte Stimmung entwickelt, die allerdings Elrics Entzücken über die Welt, in die sie jetzt gekommen waren, nicht zu dämpfen vermochte. Der Himmel - wenn es ein Himmel war - hing voller perlmuttfarbener Wolken, die am Rand leicht rosig und goldgelb schimmerten. Aus dem flachen Dach eines Hauses stieg eine kleine weiße Rauchfahne. Ihre Barke lag in einem flachen, glitzernden Teich. Königin Zephir bedeutete Elric und Oone auszusteigen.

»Kommst du mit uns zur Festung?« fragte Oone.

»Sie weiß es nicht. Ich weiß nicht, ob es gestattet ist«, antwortete die Königin. Ihre Augen über dem Schleier lagen im Schatten der Kapuze.

»Dann sage ich dir jetzt Lebewohl.« Elric verneigte sich und küßte die zarte Frauenhand. »Ich danke dir für deine Hilfe, Königin Zephir, und hoffe, daß du mir mein häufig schlechtes Benehmen verzeihst.«

»Verzeihen, ja.« Elric schaute auf und hatte den Eindruck, daß die Königin lächelte.

»Auch ich danke dir.« Oones Ton war beinahe vertraulich, als teilten die beiden ein Geheimnis. »Weißt du, wie wir die Festung der Perle finden können?«

»Dort wird man es wissen.« Die Königin deutete zu dem Haus hinüber. »Lebewohl, wie du sagst. Du kannst sie retten. Nur du.«

»Auch ich danke dir für dein Vertrauen«, sagte Elric. Beinahe übermütig sprang er an Land und folgte Oone durch die Wiesen zu dem kleinen Haus. »Welch eine Wohltat, meine Liebe! Was für ein Gegensatz zum Land des Wahnsinns!«

»Aye«, erwiderte sie zurückhaltend und legte die Hand auf ihr Schwert. »Doch bedenke, Prinz Elric, daß Wahnsinn in allen Welten unterschiedliche Formen annimmt.«

Doch der Albino ließ sich von ihrer Warnung nicht die Freude verderben. Er war entschlossen, seine Energien so weit wie nur möglich aufzuladen, um für das vorbereitet zu sein, was vor ihnen lag.

Oone war zuerst an der Tür des weißen Bauernhauses. Zwei Hühner scharrten davor im Sand, ein alter Hund war an ein Faß angebunden und musterte sie freundlich. Auf dem Türsturz leckten sich zwei Katzen das silbrige Fell. Oone klopfte, und die Tür öffnete sich. Ein großer, gutaussehender junger Mann stand vor ihnen. Er trug einen alten Turban und einen hellbraunen Burnus mit langen Ärmeln. Offenbar freute er sich über ihren Besuch.

»Seid gegrüßt«, sagte er. »Ich bin Chamog Borm, zur Zeit im Exil. Seid ihr mit guten Nachrichten vom Hof gekommen?«

»Ich fürchte, wir haben überhaupt keine Nachrichten«, erwiderte Oone. »Wir sind Reisende und wollen zu der Festung der Perle. Ist es noch weit?«

»Im Herzen und Zentrum dieser Berge.« Er deutete zu den weißen Gipfeln hinüber. »Darf ich euch vielleicht eine Erfrischung anbieten?«

Der Name, den der junge Mann genannt hatte, sowie sein ungewöhnliches Aussehen kamen Elric irgendwie bekannt vor. Vergeblich zerbrach er sich den Kopf darüber, wußte aber genau, daß er den Namen erst kürzlich gehört hatte.

Im kühlen Inneren des Hauses bereitete Chamog Borm einen Kräutertee. Er schien auf seine hausfraulichen Fähigkeiten stolz zu sein. Außer Frage war er kein einfacher Bauer. In einer Ecke des Raumes lag eine kostbare Rüstung, deren Stahl mit Gold und Silber verziert war. Dazu ein Helm, gekrönt von kämpfenden Schlangen und Falken, außerdem Speere, ein langes Krummschwert, Dolche und noch andere Waffen und Ausrüstung aller Art.

»Du bist also ein Krieger«, sagte Elric und nippte an dem heißen Gebräu. »Deine Rüstung ist überaus schön.«

»Ich war ein Held«, sagte Chamog Borm traurig, »bis man mich vom Hof der Perle verwies.«

»Verwies?« fragte Oone. »Was warf man dir vor?«

Chamog Borg senkte die Augen. »Ich wurde der Feigheit angeklagt. Doch ich halte mich nicht für schuldig. Man hat mich verzaubert.«

Da fiel Elric ein, wo er den Namen gehört hatte! Nach seiner Ankunft in Quarzhasaat war er im Fieberwahn umhergeirrt und hatte den Geschichtenerzählern auf den Marktplätzen zugehört. Zumindest drei Geschichten hatte er über einen legendären Helden namens Chamog Borm gehört, den letzten tapferen Ritter des Reiches. Überall wurde der Name verehrt, selbst in den Lagern der Nomaden. Doch war Elric überzeugt, daß Chamog Borm - falls überhaupt - vor mindestens tausend Jahren gelebt haben mußte!

»Was war der Anlaß der Klage gegen dich?« fragte er.

»Es ist mir nicht gelungen, die Perle zu retten, die nun mit einem Zauberbann belegt ist und uns alle immerwährend leiden läßt.«

»Was war das für ein Zauber?« fragte Oone begierig.

»Unser Monarch und viele seiner Vasallen konnten die Festung nicht mehr verlassen. Ich sollte sie befreien. Stattdessen beschwor ich jedoch einen noch schlimmeren Zauber herauf. Meine Bestrafung ist das Gegenteil ihres Schicksals. Sie dürfen nicht heraus, ich nicht zurück.« Während er sprach, wurde er zusehens trauriger.

Elric war immer noch so verblüfft, mit einem Helden zu reden, der schon Jahrhunderte tot sein müßte, daß er nur wenig sagen konnte. Aber Oone schien alles völlig zu verstehen und nickte mitleidig mit dem Kopf.

»Kann man dort die Perle finden?« erkundigte sich Elric und dachte dabei an den Handel, den er mit Lord Gho geschlossen hatte, an die Anigh drohende Folter, an seinen sicheren Tod und an Oones Prophezeihungen.

»Natürlich!« Chamog Borm war überrascht. »Manche glauben, sie regiert den gesamten Hof, vielleicht sogar die ganze Welt.«

»War das immer so?« fragte Oone.

»Ich sagte euch doch, daß dem nicht so war!« Er blickte

die beiden an, als seien sie schwachsinnig. Dann aber senkte er die Augen bei dem Gedanken an seine eigene Entehrung und Erniedrigung.

»Wir hoffen, sie zu befreien«, erklärte Oone. »Kommst du mit uns und hilfst uns?«

»Ich kann nicht helfen. Sie vertraut mir nicht mehr. Ich bin verbannt«, erwiderte er niedergeschlagen. »Doch könnt ihr meine Rüstungen und meine Waffen haben, damit zumindest ein Teil von mir für sie kämpft.«

»Wir danken dir«, sagte Oone. »Das ist sehr großherzig von dir.«

Chamog Borm wurde munterer, als er ihnen bei der Auswahl half. Elric stellte fest, daß Brustplatte und Beinschienen ihm haargenau paßten, ebenso wie der Helm. Auch für Oone fand sich eine passende kleinere Rüstung, bei der lediglich die Riemen etwas enger geschnürt werden mußten. In ihren neuen Rüstungen sahen die beiden fast identisch aus. Elric spürte eine tiefe Genugtuung im Inneren, die er sich nicht erklären konnte, die ihm jedoch ein gutes Gefühl einflößte. In der Rüstung fühlte er sich nicht nur sicher, sondern er war sich wieder seiner eigenen Stärke bewußt, einer Stärke, die er bis zum allerletzten Tropfen brauchen würde, wenn es zum entscheidenden Kampf kam. Oone hatte ihn vor den heimtückischeren Gefahren in der Festung der Perle gewarnt.

Chamog Borm beschenkte sie noch reicher. Aus dem Stall hinter dem Haus führte er zwei graue Pferde. »Das sind Taron und Tadia, Bruder und Schwester, Zwillingsfohlen. Sie waren noch nie getrennt. Einst ritt ich mit ihnen in die Schlacht, und einst zogen wir gegen das Strahlende Reich. Jetzt wird der letzte Herrscher von Melniboné an meiner Stelle hinausreiten, mein Schicksal zu erfüllen und die Belagerung der Festung der Perle zu beenden.«

»Du kennst mich?« Forschend musterte Elric den jungen Recken, doch in dessen klaren Augen war nichts von Irreführung oder gar Spott zu lesen.

»Ein Held erkennt einen anderen, Prinz Elric.« Chamog Borm umfaßte Elrics Unterarm mit der freundschaftlichen Geste, wie sie unter den Wüstensöhnen üblich ist. »Mögest du alles erreichen, was du erreichen willst, und mögest du es mit Ehre tun. Auch du, Lady Oone. Dein Mut ist von allen der größte. Lebt wohl!«

Vom Dach seines Hauses blickte der Verbannte ihnen nach, bis sie außer Sicht waren. Sie waren jetzt so nahe an die Berge geritten, daß diese sie förmlich einschlossen. Vor ihnen erstreckte sich eine breite, weiße Straße. Das Licht entsprach dem eines sommerlichen Spätnachmittags, obwohl Elric immer noch nicht sicher war, ob der Himmel über ihnen wirklich ein Himmel war oder das hohe Dach einer riesigen Höhle; denn die Sonne war nirgendwo zu sehen. War das Traumreich eine endlose Reihe solcher Höhlen oder hatten die Traumdiebe die gesamte Welt kartographiert? Konnten sie Gebirge durchqueren und die namenlosen Länder dahinter, dann wiederum durch die sieben Tore fahren und schließlich zurück ins Land Gemeinsamer Träume gelangen? Würde Jaspar Colinadous dort auf sie warten, wo sie ihn verlassen hatten?

Wie sich herausstellte, war die Straße aus poliertem Marmor; aber die Pferde waren so hervorragend beschlagen, daß sie nicht ein einziges Mal ausrutschten. Der laute Hall ihres Hufschlags brach sich an den Wänden des Passes. Herden von Gazellen und wilden Schafen hörten auf zu äsen und blickten erstaunt auf die beiden silbernen Reiter auf ihren silbernen Pferden, die auf dem Wege waren, jene Mächte, die sich der Festung der Perle bemächtigt hatten, zu bekämpfen.

»Du hast diese Leute besser als ich verstanden, Oone«, sagte Elric, als sich die Straße nach oben zum Zentrum des Gebirges wand. Das Licht war kälter geworden, der Himmel jetzt helles, kaltes Grau. »Weißt du auch, was uns bei der Festung der Perle erwartet?«

Bedauernd schüttelte sie den Kopf. »Es ist, als ob man

einen Code versteht, ohne aber zu wissen, worauf sich die Wörter beziehen«, erklärte sie. »Auf alle Fälle ist die Macht imstande, einen so überragenden Helden wie Chamog Borm zu verbannen.«

»Ich weiß über ihn nur das wenige, das ich auf dem Sklavenmarkt in Quarzhasaat hörte.«

»Das Heilige Mädchen rief ihn sofort herbei, als es merkte, daß man es wiederum angriff. Zumindest glaube ich das. Es war sicher, daß er es nicht im Stich lassen würde. Doch - auf irgendeine unbekannte Weise verschlimmerte er alles. Da fühlte sich das Heilige Mädchen von ihm verraten und verbannte ihn an den Rand des Namenlosen Landes, vielleicht um andere zu begrüßen und zu unterstützen, die ihm zu Hilfe kommen wollten. Zweifellos ist der Grund, warum wir wie Helden ausgestattet wurden, daß wir ebensolche Helden sein mögen wie er.«

»Aber wir kennen diese Welt doch viel weniger. Wie können wir dort Erfolg haben, wo er versagte?«

»Vielleicht aufgrund unseres Unwissens«, meinte Oone. »Vielleicht auch nicht. Ich weiß die Antwort auch nicht, Elric.« Sie ritt nahe an den Albino heran, beugte sich herüber und küßte ihn auf die Wange. »Aber eines solltest du wissen: Niemals werde ich das Heilige Mädchen oder dich verraten, wenn ich es verhindern kann. Doch müßte ich einen verraten, dann würdest es wohl du sein.«

Verblüfft schaute Elric sie an. »Meinst du, daß es dazu kommen wird?«

Sie zuckte mit den Schultern und seufzte. »Ich weiß es nicht, Elric. Doch schau! Ich glaube, wir haben die Festung der Perle erreicht.«

Ein Palast wie eine außerordentlich kunstvolle Elfenbeinschnitzerei hob sich gegen den silbernen Himmel über den weißen Berggipfeln ab. Unzählige Türme, Kuppeln und seltsame Konstruktionen ragten auf, als habe jemand sie mitten im Flug gebannt. Brücken und Treppen, geschwungene Mauern mit Galerien, Balkonen und Dachgärten in allen nur denkbaren Pastellfarben, Myriaden verschiedener Pflanzen, Blumen, Bäume und Büsche. Auf all seinen Reisen hatte Elric nur einen einzigen Ort gesehen, der sich mit der Festung der Perle vergleichen konnte, und dies war seine eigene Stadt Imrryr. Doch war die Träumende Stadt exotisch, reich, warm und eine romantische Fantasie im Vergleich zu der kalten Pracht der Festung.

Beim Näherreiten bemerkte Elric, daß die Festung nicht rein weiß war, sondern auch blau, silbern, grau, rosig, und an manchen Stellen gar gelb oder grün schimmerte. Ihm kam es vor, als sei der gesamte Komplex aus einer einzigen riesigen Perle geschnitzt. Das Tor war kreisrund, von Gittern mit spitzen Stäben geschützt, die von allen Seiten kamen und sich in der Mitte trafen. Es war so gewaltig, daß sich Elric und Oone wie Zwerge vorkamen.

Elric fiel nichts anderes ein, als mit lauter Stimme zu rufen: »Öffnet im Namen des Heiligen Mädchens! Wir sind hier, um gegen diejenigen anzutreten, die ihre Seele gefangen halten.«

Seine Worte hallten durch die Türme der Festung und brachen sich an den Bergipfeln ringsum, ehe sie hoch oben am Dach einer Höhle verklangen. Im Schatten hinter dem Tor bewegte sich etwas Scharlachrotes. Köstlicher Parfümduft, gemischt mit jenem eigenartigen Geschmack des Meeres, den er bemerkt hatte, als sie das Namenlose Land betraten, schlug ihm entgegen.

Dann öffneten sich die Gitter so schnell, als würden sie sich in Luft auflösen. Vor ihnen stand ein Reiter, dessen höhnisches Lachen ihnen inzwischen nur allzusehr vertraut war.

»Das ist so, wie es sein sollte, glaube ich«, sagte der Perlkrieger.

»Verbünde dich nochmals mit uns, Perlkrieger!« Oone sprach so gebieterisch sie es vermochte. »Das ist es, was sie wünscht.«

»Nein. Sie soll nicht verraten werden. Ihr müßt aufgelöst werden! Jetzt! Jetzt! Jetzt!« Bei den letzten Worten warf er den Kopf in den Nacken und heulte wie ein tollwütiger Hund.

Elric zog das Schwert aus der Scheide. Es schimmerte ebenso silbern wie die Klinge des Perlkriegers. Oone folgte zögernd seinem Beispiel.

»Wir werden jetzt vorbeireiten, Perlkrieger.«

»Nichts da! Ich will eure Freiheit.«

»Sie soll sie haben!« erklärte Oone. «Es ist nicht deine Freiheit, es sei denn, sie selbst verleiht sie dir.«

«Sie sagt, daß sie mir gehört. Ich werde das sein. Ich werde das sein!«

Elric konnte dieser seltsamen Unterhaltung nicht folgen und beschloß daher, nicht noch mehr Zeit zu vergeuden. Er trieb das Silberpferd an, die Klinge glänzte in seiner Hand. Das Schwert war so ausgewogen und lag ihm so vertraut in der Hand, als sei es das natürliche Gegenstück zu seinem Runenschwert. War dies Schwert von der Ordnung geschmiedet, um seinen Zielen zu dienen, so wie Sturmbringer vom Chaos stammte?

Der Perlkrieger lachte schallend und riß seine schrecklichen Augen auf. Tod leuchtete in ihnen. Der Tod der Welt. Dann senkte er dieselbe mißgestaltete Lanze, die er schon einmal gegen sie geführt hatte. Elric sah, daß sie blutverkrustet war. Plötzlich war die Lanzenspitze direkt vor den Augen des Albinos, so daß dieser sich zur Seite werfen mußte. Gleichzeitig aber stieß er seinerseits zu. Doch diesmal war der Widerstand gegen den Schwertstoß stärker als alles, was er je zu spüren bekommen hatte. Seit ihrer letzten Begegnung hatte der Perlkrieger offenbar an Stärke gewonnen.

«Gewöhnliche Seele!« Voll tiefster Verachtung formten die Lippen des Perlkriegers diese Worte. Doch dann lachte er wieder, als Oone ihn angriff. Mit gezücktem Schwert, den Speer in der anderen Hand, die Zügel zwischen den Zähnen, ritt sie los. Schwert und Speer trafen den Perlkrieger gleichzeitig, so daß seine Brustplatte wie die Schale eines riesigen Krustentieres platzte.

Elric bewunderte diese Strategie, die er noch nie gesehen hatte. Oones Stärke und Koordination waren einfach unglaublich. Von diesem Waffengang würden die Krieger noch in Tausenden von Jahren mit Bewunderung sprechen und viele, die ihn nachzuahmen versuchten, würden dabei ihr Leben lassen.

Der Speer hatte seine Schuldigkeit getan und die Rüstung des Perlkriegers geknackt, das Schwert hatte den Rest erledigt. Doch noch war der Perlkrieger nicht tot.

Er stöhnte. Kicherte. Schwankte. Sein Schwert kam hoch, als wolle es die Brust vor dem Stoß schützen, der bereits ausgeführt war. Sein großes Pferd bäumte sich auf, die Nüstern voll Wut gebläht. Oone lenkte ihr eigenes Roß beiseite. Die Spitze ihres Schwertes steckte in der Brust des Perlkriegers. Sie griff nach einem zweiten Speer und ihrem Dolch.

Elric zielte mit seinem Speer ebenfalls auf den Spalt in der Rüstung und hoffte, Oones Beispiel folgen zu können. Doch seine Klinge prallte von dem harten Elfenbeinkörper ab. Dabei verlor er das Gleichgewicht lange genug, daß der Perlkrieger diesen Vorteil für sich nutzen konnte. Sein Schwerthieb traf Elrics Rüstung mit solcher Macht, daß die Funken wie Feuer sprühten und ihm beinahe das Trommelfell platzte. Der Albino fiel nach vorn, konnte sich noch an der Mähne festhalten und mit letzter Kraft den nächsten Schlag des Perlkriegers parieren. Doch dann heulte dieser laut auf, seine Augen wurden noch größer, aus dem weit aufgerissenen roten Mund schoß eine Fontäne stinkenden Atems, aus dem Spalt zwischen Brustplatte und Helm quoll Blut hervor. Er fiel auf Elric zu. Der Albino sah, daß ein Speerschaft genau an der Stelle in der Brust steckte, wo Oone die Rüstung dieses Wesens gespalten hatte.

»Das wird nicht so bleiben!« krächzte der Perlkrieger drohend. »Ich kann das nicht machen!«

Dann fiel er klappernd wie ein Sack voll alter Knochen vom Pferd auf das Steinpflaster des Hofes. Der wie ein großer Feigenbaum mit Früchten gestaltete Brunnen hinter ihm begann, Wasser zu speien. Schnell war das Becken gefüllt, und das Wasser floß über bis zum Körper des Perlkriegers. Sein Pferd scheute und drehte sich wiehernd mit Schaum vorm Maul im Kreis. Dann galoppierte es durch das Tor die Marmorstraße hinunter.

Elric drehte den Leichnam auf den Rücken, um sicherzugehen, daß kein Leben mehr darin war und um die gespaltene Rüstung zu inspizieren. Seine Bewunderung für Oones Treffsicherheit war grenzenlos. »Noch nie habe ich so etwas gesehen«, sagte er. »Und ich habe Seite an Seite mit vielen berühmten Kriegern gekämpft.«

»Ein Traumdieb muß viele Dinge beherrschen«, erklärte sie als Dank für seine Komplimente. »Ich habe diese Taktik von meiner Mutter gelernt, die eine viel größere Kriegerin war als ich.«

»Deine Mutter war eine Traumdiebin?«

»Nein«, antwortete Oone gedankenverloren und untersuchte ihr abgebrochenes Schwert. Dann nahm sie das des Perlkriegers auf. »Sie war eine Königin.« Abwägend hielt sie die schwere Waffe in der Hand. Die Klinge war etwas zu breit für ihre Scheide. Da löste sie die Lederhülle, warf sie weg und steckte das Schwert einfach in den Gürtel. Das Wasser aus dem Brunnen umspülte bereits ihre Knöchel und beunruhigte die Pferde.

Die beiden führten die Pferde durch einen herzförmigen Torbogen in den nächsten Hof. Auch hier sprudelten Fontänen, doch diese flossen nicht über. Sie schienen aus Elfenbein geschnitzt zu sein, wie so viele Teile der Festung. Hier streckten Reiher die Köpfe empor, bis sich ihre Schnäbel trafen. Ein wenig erinnerte Elric alles hier an Quarzhasaat, allerdings war es nicht so dekadent, ja senil, wie dort. War die Festung von Vorfahren des jetzigen Herrschers von Quarzhasaat erbaut worden oder von dem Rat der

Sechs und dem Einen? War ein großer König vor Jahrtausenden aus der Stadt geflohen und in das Traumreich gelangt? Wie war die Legende von der Perle nach Quarzhasaat gekommen?

Ein Innenhof folgte dem anderen, jeder ein Wunder von fast überirdischer Schönheit. Elric überlegte, ob sie dieser Weg nicht einfach mitten durch die Festung hindurch zur anderen Seite führen würde.

»Für ein solch großes Bauwerk ist es ein wenig unterbevölkert«, stellte er fest.

»Ich glaube, daß wir schon recht bald auf die Bewohner stoßen werden«, sagte Oone. Sie stiegen jetzt eine Wendeltreppe hinauf, die um eine große Kuppel herumführte. Trotz der kalten Atmosphäre hatte Elric das Gefühl, die Festung sei irgendwie organisch, als sei sie aus Fleisch geformt und dann versteinert.

Der Hufschlag der Pferde, die sie immer noch mitführten, wurde von schweren Teppichen verschluckt, als sie durch die Korridore und Hallen schritten, deren Wände mit kostbaren Wandteppichen behängt und mit Mosaiken verziert waren. Allerdings gab es nirgendwo Abbildungen von Menschen, nur geometrische Muster.

»Ich glaube, wir nähern uns dem Herz der Festung.« Oone flüsterte, als befürchte sie, belauscht zu werden. Elric hatte jedoch noch niemand gesehen. Vor ihnen erstreckte sich eine Flucht von Sälen, getragen von hohen Säulen, die seltsamerweise von Sonnenlicht erhellt wurden, das von außen hereinzudringen schien. Elric folgte Oones Blick und meinte, ein Stück blauen Tuches dahinhuschen zu sehen, um durch eine Tür zu verschwinden. »Wer war das?«

»Alles dasselbe«, murmelte Oone vor sich hin. »Alles dasselbe.« Sie hatte wieder das Schwert gezückt und bedeutete Elric, es ihr gleichzutun. Sie betraten einen neuen Innenhof. Dieser schien zum Himmel hin offen zu sein - zum selben grauen Himmel, den sie anfangs in den Bergen gesehen hatten. Galerie auf Galerie erhob sich auf allen Seiten, viele Stockwerke hoch. Elric glaubte, Gesichter zu sehen. Während er forschend hinaufschaute, ergoß sich plötzlich eine eklige, rote Flüssigkeit über sein Gesicht. Beinahe hätte er das scheußliche Zeug eingeatmet. Von allen Seiten kam es wie ein Gießbach. Elric hielt es für menschliches Blut. Schon standen sie knietief darin. Hoch oben hörte er Gemurmel und leises Gelächter.

»Aufhören!« rief er und watete zur Seite. »Wir wollen verhandeln. Wir wollen nur das Heilige Mädchen! Gebt uns ihre Seele zurück, und wir gehen auf der Stelle!«

Die Antwort war eine weitere Blutdusche. Elric wollte sein Pferd ins nächste Gemach ziehen, doch da war ein Gitter davor. Er versuchte, es hochzustemmen und aus den Angeln zu heben. Oone wischte sich das rote Zeug ab und trat an seine Seite. Mit ihren langen, zarten Fingern ertastete sie eine Art von Knopf. Langsam, beinahe widerstrebend hob sich das Gitter. Spitzbübisch lächelte sie ihn an. »Wie die meisten Männer verlegst du dich auf rohe Gewalt, wenn du in Panik gerätst, mein Lieber.«

Ihr Spott tat ihm weh. »Ich hatte keine Ahnung, daß es eine solche Vorrichtung gab, Mylady!«

»Denk in Zukunft an solche Möglichkeiten, dann sind deine Chancen, hier lebend rauszukommen, besser.«

»Warum wollen sie nicht mit uns verhandeln?«

»Wahrscheinlich glauben sie nicht, daß wir wirklich verhandeln wollen«, entgegnete Oone. »Ganz ehrlich, ich kann über ihre Logik nur Mutmaßungen anstellen. Jedes Abenteuer eines Traumdiebes ist verschieden von den anderen, Elric. Komm.« Sie führte ihn an einer Reihe von Teichen vorbei, aus deren warmem Wasser Dampf aufstieg. Niemand badete darin. Elric hatte den Eindruck, als trieben sich seltsame Wesen darin herum, vielleicht Fische. Er beugte sich vor, um genauer hinzusehen. Doch Oone zog ihn zurück. »Ich warnte dich. Deine Neugier kann deinen und meinen Untergang herbeiführen.«

In einem Teich brodelte und zischte es. Dann war wieder alles ruhig. Doch plötzlich bebte die ganze Festung. In den Marmorböden öffneten sich Spalten und das Wasser schäumte hoch auf. Die Pferde schnaubten vor Angst und verloren den sicheren Tritt. Auch Elric wäre beinahe in eine Spalte gefallen, die sich urplötzlich vor ihm auftat. Es war wie ein schweres Erdbeben. Doch als sie in den nächsten Innenhof gelangten, lag dort nur schöner Rasen vor ihnen. Alle Spuren des Erdbebens waren verschwunden.

Ein Mann kam ihnen entgegen. Von der Haltung ähnelte er Königin Zephir, allerdings war er älter und kleiner. Sein weißer Bart hing über einer Robe aus goldgewirktem Stoff. Er trug ein Tablett mit zwei Lederbeuteln. »Nehmt ihr die Autorität der Festung der Perle an?« fragte er. »Ich bin der Seneschall.«

»Wem dienst du?« fragte Elric barsch. Immer noch hielt er das Schwert in der Hand, und er gab sich keine Mühe zu verbergen, daß er es jederzeit benutzen würde.

Erstaunt blickte ihn der Seneschall an. »Der Perle natürlich. Dies ist die Festung der Perle.«

»Wer herrscht hier, Alter?« fragte Oone.

»Die Perle. Das habe ich doch gesagt.«

»Herrscht niemand über die Perle?« Elric war verwirrt.

»Jetzt nicht mehr, Herr. Wollt ihr also dies Gold nehmen und wieder gehen? Wir wollen nicht noch mehr Energien auf euch verschwenden. Sie werden schwächer, sind aber noch lange nicht erschöpft. Ich glaube, ihr werdet bald aufgelöst sein.«

»Wir haben alle eure Verteidiger besiegt«, sagte Oone. »Warum sollten wir Gold wollen?«

»Dann begehrt ihr nicht die Perle?«

Ehe Elric antworten konnte, brachte Oone ihn mit einer warnenden Handbewegung zum Schweigen.

»Wir kommen nur, um die Freilassung des Heiligen Mädchens zu sichern.«

Der Seneschall lächelte. »Das haben alle behauptet.

Aber in Wirklichkeit wollen alle nur die Perle. Ich glaube dir nicht, Lady.«

»Wie beweisen wir dir, daß wir die Wahrheit sagen?«

»Gar nicht! Wir kennen die Wahrheit bereits.«

»Wir haben kein Interesse zu feilschen, Seneschall. Wenn du der Perle dienst, wem dient dann die Perle?«

»Dem Kind, glaube ich.« Er runzelte die Stirn. Oones Frage hatte ihn verwirrt, dabei war sie Elric so einfach vorgekommen. Seine Bewunderung für die Fähigkeiten der Traumdiebin wuchs weiter.

»Und genau dabei können wir helfen«, erklärte Oone. »Die Seele des Kindes wird gefangen gehalten. Und solange diese gefangen ist, bist auch du ein Gefangener.«

Der alte Mann bot ihnen wieder die Beutel mit dem Gold. »Nehmt das, und verlaßt uns.«

»Ich glaube kaum, daß wir das tun werden«, erklärte Oone bestimmt und führte ihr Pferd an dem Alten vorbei. »Komm, Elric!«

Der Albino zauderte. »Sollten wir ihn nicht noch weiter ausfragen, Oone?«

»Er könnte nicht mehr sagen.«

Der Seneschall lief auf Oone zu. Er ließ das Tablett fallen und schwenkte die Beutel. »Sie ist nicht! Es wird wehtun! Es darf nicht sein! Schmerz wird kommen! Schmerz!«

Elric tat der Alte leid. »Oone, wir sollten auf ihn hören.«

Die Traumdiebin hielt nicht inne. »Komm! Du mußt!«

Elric hatte gelernt, ihrem Urteilsvermögen zu trauen. Also ging auch er an dem alten Mann vorbei, der sich mit den Beuteln schlug und Klageschreie ausstieß. Dabei flossen Tränen in seinen langen, weißen Bart. Dieses Verhalten erforderte eine besondere Art Mut.

Vor ihnen lag wieder ein hoher geschwungener Torbogen mit kunstvollem Gitterwerk, Mosaiken und Bändern aus Jade, blauem Email und Silber. Zwei große Tore aus dunklem Holz mit schweren Messingangeln und Türgriffen versperrten den Durchgang.

Zuerst war Oone ratlos. Dann tastete sie behutsam die Tore ab. Wie zuvor öffneten sich die Flügel. Sie hörten ein leises Geräusch, beinahe ein Wimmern. Weiter und weiter gingen die Torflügel auf, bis sie an den Angeln anstießen.

Elric war von dem, was er sah, überwältigt.

Ein grau-goldener Glanz füllte den Saal, der vor ihnen lag. Der Schein kam von einer mannshohen Säule, auf der eine Kugel lag. Im Zentrum der Kugel leuchtete eine Perle von enormer Größe, fast so groß wie Elrics Faust. Von allen Seiten führten Stufen zur Säule hinauf. Um diese Treppen standen Statuen. Doch dann erkannte Elric, daß es Männer, Frauen und Kinder waren, von denen die meisten nach Art der Nomaden oder der Einwohner von Quarzhasaat gekleidet waren.

Jetzt kam der alte Mann hereingehastet. »Verletzt dies nicht!«

»Wir verteidigen uns nur, Seneschall.« Oone blickte ihn dabei nicht an. »Das ist alles, was du wissen mußt.«

Langsamen Schrittes gingen Elric und Oone vor, die Silberschwerter in der Hand, ihre Silberpferde am Zügel. Das Licht der Perle ließ ihre silbernen Rüstungen und Helme strahlen.

»Dies darf nicht zerstört werden. Dies darf nicht besiegt werden. Dies darf nicht geplündert werden.«

Elric lief es kalt über den Rücken, als er die Stimme hörte. Auf der anderen Seite des Saales stand der Perlkrieger an der Wand. Seine Rüstung war gespalten und blutverkrustet, sein Gesicht schrecklich zugerichtet. Die Augen loderten feurig auf, dann wieder erloschen sie. Manchmal waren es Alnacs Augen.

Die nächsten Worte des Kriegers waren fast mitleiderregend. »Ich kann nicht gegen euch kämpfen. Nicht mehr.«

»Wir sind nicht hier, um irgend jemandem Leid zuzufügen«, sagte Oone. »Wir sind gekommen, dich zu befreien.«

Da ging eine Bewegung durch die starren Gestalten. Eine verschleierte Frau in blauem Gewand erschien. In

Königin Zephirs Augen standen Tränen. »Damit seid ihr gekommen?« Sie deutete auf die Schwerter, Pferde und Rüstungen. »Aber unsere Feinde sind nicht hier.«

»Sie werden bald hier sein«, erklärte Oone. »Bald, da bin ich sicher, Mylady.«

Immer noch verwirrt schaute sich Elric um, als stünden die Feinde bereits dort. Dann machte er einen Schritt auf die Perle im Herzen der Welt zu, lediglich um ihre Schönheit zu bewundern. Sofort verstellten ihm die Gestalten den Weg.

»Du willst stehlen!« rief der Alte. Er klang noch unglücklicher und hilfloser als vorher.

»Nein!« sagte Oone. »Das ist nicht der Zweck unseres Kommens. Das müßt ihr uns glauben.« Sie sprach eindringlich. »Raik Na Seem schickt uns, um sie zu finden.«

»Sie ist in Sicherheit. Sagt ihm, daß sie hier sicher ist.«

»Sie ist nicht sicher. Sie wird sich bald auflösen.« Oone wandte den Blick zur flüsternden Menge. »Sie ist getrennt, so wie wir getrennt sind. Die Perle ist der Grund.«

»Das ist ein Trick«, erklärte Königin Zephir.

»Ein Trick«, wiederholte der verwundete Perlkrieger und kicherte leise.

»Ein Trick«, erklärte auch der Seneschall und hielt die Beutel mit Gold hoch.

»Wir sind nicht gekommen, um etwas zu stehlen. Wir sind zur Verteidigung gekommen. Seht!« Oone machte mit dem Schwert eine Kreisbewegung, um ihnen zu zeigen, was sie offenbar noch nicht bemerkt hatten.

Durch die Wände des Saales drangen Männer mit allen nur vorstellbaren Waffen, deren Gesichter unter den Kapuzen tätowiert waren. Es waren die Zauberer-Abenteurer aus Quarzhasaat.

»Wir können nicht gegen sie kämpfen«, sagte Elric mit ruhiger Stimme zu Oone. »Es sind zu viele.« Dann bereitete er sich auf den Tod vor.

Kapitel 2

Die Zerstörung in der Festung

Oone war auf ihr silbernes Roß gesprungen und hob das Silberschwert. »Tu es mir nach, Elric!« rief sie und trieb den Hengst zum kurzen Galopp an, daß seine Hufe wie Donner im Saal widerhallten.

Elric war bereit, mutig zu sterben - wenn es sein mußte auch im Augenblick des Triumphes. Also schwang auch er sich in den Sattel, nahm den Speer in die Hand, mit der er die Zügel hielt, und sprengte mit gezücktem Schwert gegen die Eindringlinge vor.

Mit allen möglichen Waffen drangen sie auf ihn ein, mit Äxten, Streitkolben, Speeren und Schwertern. Da erkannte Elric, daß Oone keineswegs aus Verzweiflung gehandelt hatte. Diese Schemen bewegten sich stolpernd und träge, ihre Augen waren verschleiert und ihre Schläge kraftlos.

Der Albino folgte Oones Beispiel und schlug und stach beinahe mechanisch um sich. Das Gemetzel widerte ihn an. Köpfe rollten dahin wie verfaultes Obst. Gliedmaßen wurden vom Rumpf wie Blätter von einem Ast abgetrennt. Das zähflüssige Blut, bereits das Blut von Toten, klebte an den Waffen und Rüstungen. Ihre Schmerzensschreie klangen grauenvoll. Hätte Elric nicht geschworen, Oone zu folgen, wäre er davongeritten und hätte sie das Werk allein vollenden lassen. Die Kapuzenmänner, die durch die Wände kamen, bedeuteten keine Gefahr, da sie auf scharfen Stahl und brillante Intelligenz trafen.

Eng um die Säule mit der Perle geschart, sahen die Höflinge dem Geschehen verblüfft zu. Ganz offensichtlich hatten sie keine Ahnung, welch mäßiger Gefahr die beiden Krieger in den Silberrüstungen gegenüberstanden.

Endlich war alles vorbei. Enthauptete, gliederlose Körper lagen überall in der Halle zuhauf herum. Elric und Oone wendeten ihre Pferde von diesem Blutbad ab, unglücklich und angewidert von ihren Taten.

»Es ist vollbracht«, sagte Oone. »Die Zauberer-Abenteurer sind vernichtet.«

»Ihr seid wahrhaftig Helden!« Königin Zephir kam mit ausgebreiteten Armen die Stufen herab auf die beiden zu. Ihre Augen strahlten vor Bewunderung.

»Wir sind das, was wir sind«, erklärte Oone. »Wir sind sterbliche Krieger, und haben die Bedrohung für die Festung der Perle vernichtet.« Ihre Worte klangen wie ein Ritual. Elric vertraute ihr und begnügte sich, zu schweigen.

»Ihr seid die Kinder Chamog Borms, Bruder und Schwester des Knochenmondes, Kinder des Wassers und der Kühlen Brisen, Eltern der Bäume.« Der Seneschall hatte die Beutel fallen lassen. Er weinte vor Freude und Erleichterung. Elric fiel auf, wie sehr er Raik Na Seem ähnelte.

Oone war abgestiegen und ließ sich von Königin Zephir umarmen. Schlurfen und Kichern verkündete das Kommen des Perlkriegers.

»Für mich ist hier kein Platz mehr«, erklärte er. In Alnacs toten Augen stand nur mehr Resignation. »Jetzt kommt die Auflösung ...« Dann fiel er auf den Marmorboden. In seiner zerstörten Rüstung steckten nur noch Knochen, so daß die Überreste des Perlkriegers wie die nicht eßbaren Teile einer Riesenkrabbe aussahen, Reste vom Abendmahl eines Seeungeheuers.

Königin Zephir trat mit weit ausgestreckten Armen auf Elric zu. Sie kam ihm jetzt viel kleiner vor als bei ihrer ersten Begegnung. Ihr Kopf reichte ihm kaum ans Kinn. Ihre Umarmung war herzlich, auch sie weinte. Ihr Schleier glitt vom Gesicht. Da sah er, daß sie damit viele Jahre abgelegt hatte und jetzt eher ein kleines Mädchen war.

Hinter Königin Zephir lächelte Oone ihn liebevoll an und freute sich über seine offensichtliche Überraschung. Behutsam streichelte Elric das Gesicht des Mädchens, fuhr ihr durchs Haar und holte tief Luft.

Es war Varadia. Es war das Heilige Mädchen der Bauradim. Es war das Kind, dessen Seele zu befreien sie gelobt hatten.

Oone legte schützend einen Arm um die Schulter Varadias. »Jetzt weißt du, daß wir wirklich deine Freunde sind.«

Varadia nickte und schaute zu ihren Höflingen hinüber, die wieder in die frühere starre Haltung verfallen waren. »Der Perlkrieger war der beste von allen«, sagte sie. »Ich hätte keinen besseren rufen können. Chamog Borm hat mich im Stich gelassen. Die Zauberer-Abenteurer waren zu stark für ihn. Jetzt kann ich ihn aus der Verbannung zurückholen.«

»Wir vereinigten seine Stärke mit der unsrigen«, erklärte Oone. »Deine und unsere Stärke. Nur so konnten wir Erfolg haben.«

»Wir drei sind keine Schatten«, sagte Varadia lächelnd, als sei es eine Enthüllung. »Und deshalb hatten wir Erfolg.«

Oone nickte zustimmend. »Deshalb hatten wir Erfolg, Heiliges Mädchen. Doch jetzt müssen wir uns überlegen, wie wir dich zurück in das Bronzezelt bringen, zurück zu deinen Leuten. Du trägst all ihren Stolz und ihre Geschichte in dir.«

»Das wußte ich. Ich mußte dieses Wissen schützen. Ich dachte, ich hätte versagt.«

»Du hast nicht versagt«, versicherte ihr Oone.

»Und die Zauberer-Abenteurer werden nicht mehr angreifen?«

»Nie mehr!« beteuerte Oone. »Nicht hier und auch anderswo nicht. Dafür werden Elric und ich sorgen.«

Voller Bewunderung wurde Elric nun klar, daß es allein Oones Werk gewesen war, die Zauberer-Abenteurer ein letztes Mal herbeizurufen, um anhand der Niederlage dieser Schatten Varadia ihre Befreiung zu beweisen.

Warnend blickte Oone ıhn an, damit er nicht zu viel sage. Doch Elric war inzwischen klar geworden, daß alles, wogegen sie gekämpft hatten, vielleicht etwas vom Perlkrieger und von den Zauberer-Abenteurern ausgenommen, die Träume eines Kindes gewesen waren. Der legendäre Held Chamog Borm hatte Varadia nicht retten können, weil sie wußte, daß es ihn nicht wirklich gab. Auch der Perlkrieger war größenteils von ihr erdacht und konnte ihr daher nicht helfen. Doch er und Oone existierten wirklich. So wie das Kind selbst! In dem tiefen Traum, in dem Varadia sich als Königin verkleidet hatte, die vergeblich nach Macht strebte, hatte sie, wie sie selbst zugab, die Wahrheit gekannt. Obwohl sie diesem Traum nicht entfliehen konnte, war sie sich des Unterschiedes zwischen ihren Erfindungen und dem Echten - ihrer Person, Oone und Elric - bewußt gewesen. Trotzdem mußte Oone ihr vor Augen führen, daß sie das, was von der ursprünglichen Bedrohung übrig war, besiegen konnte. So befreite sie das Mädchen.

Aber auch jetzt befanden sich alle drei noch in diesem Traum. Die große Perle pulsierte so mächtig wie zuvor, die Festung mit all ihren Türmen und Irrgängen war noch immer ihr Gefängnis.

»Du hast alles verstanden«, sagte Elric zu Oone. »Du hast erkannt, daß sie sich der Kindersprache bedienten - einer Sprache, die nach Macht strebte, aber ohne Erfolg. Das Verständnis eines Kindes von Macht.«

Wieder warf Oone ihm einen warnenden Blick zu, nicht so viel zu reden. »Varadia weiß jetzt, daß man durch Rückzug keine Macht erwerben kann. Bei einem Rückzug kann man nur hoffen, daß die Feinde sich gegenseitig aufreiben, oder man kann sich verstecken, um wie bei einem Sturm ohnmächtig abzuwarten, daß er seine Macht verliert. Man kann nichts gewinnen, außer sich selbst. Letzten Endes muß man sich immer dem Bösen stellen, das einen sonst zerstört.« Oone sprach wie in Trance. Elric vermutete, daß sie Weisheiten aussprach, die sie während ihrer Ausbildung auswendig gelernt hatte.

»Ihr seid nicht gekommen, um die Perle zu stehlen, sondern um mich aus meinem Gefängnis zu holen«, sagte Varadia, als Oone ihre kleine Hand nahm und fest drückte. »Hat mein Vater euch mir zu Hilfe geschickt?«

»Er hat uns um Hilfe gebeten, und wir haben sie ihm gern gewährt«, erklärte Elric. Jetzt erst steckte er das Silberschwert zurück in die Silberscheide. Er kam sich in der Rüstung eines Märchenhelden etwas lächerlich vor.

Oone bemerkte sein Unbehagen. »Wir geben Chamog Brom alles zurück, Elric. Gestattest du ihm, in die Festung zurückzukehren, Varadia?«

Das Mädchen lächelte. »Natürlich!« Sie klatschte in die Hände, und schon kam Chamog Borm stolz durch den Torbogen geschritten. Er trug noch immer die Kleidung eines Verbannten, als er zu Füßen seiner Herrin niederkniete.

»Meine Königin«, sagte er tiefbewegt mit seiner wundervollen Stimme.

»Hiermit gebe ich dir deine Rüstung, deine Waffen und deine Zwillingspferde Tadia und Taron zurück, und ich stelle deine Ehre wieder vollkommen her, Chamog Borm.« Varadia sprach mit freudigem Stolz.

Bald hatten sich Elric und Oone ihrer Rüstungen entledigt und trugen wieder ihre normale Kleidung. Chamog Borm sah in der Silberrüstung mit der goldgetriebenen Brustplatte, den Beinschienen, dem glänzenden Helm, Schwert und Speer überaus prächtig aus. Die andere Rüstung und Waffen hatte er auf Tadias Rücken gebunden. Nochmals kniete er vor seiner Königin nieder. »Herrin, welche Heldentat soll ich für dich vollbringen?«

Nach kurzem Überlegen sagte Varadia: »Du bist frei, großer Chamog Borm, und kannst reiten, wohin du willst. Doch eines verlange ich von dir: Du mußt weiterhin das Böse bekämpfen, wo immer du es findest, und du darfst niemals wieder zulassen, daß die Zauberer-Abenteurer die Festung der Perle angreifen.«

»Das schwöre ich.«

Dann verneigte sich der legendäre Held vor Elric und Oone und ritt langsam stolzerhobenen Hauptes davon.

Varadia war zufrieden. »Ich habe ihn wieder zu dem gemacht, was er war, ehe ich ihn rief. Jetzt weiß ich, daß Legenden als solche keine Macht haben. Die Macht kommt von dem, was die Lebenden aus solchen Legenden machen. Die Legenden stellen lediglich ein Ideal dar.«

»Du bist ein weises Kind«, sagte Oone voller Bewunderung.

»Das sollte ich doch auch sein, oder etwa nicht? Ich bin das Heilige Mädchen der Bauradim.« Varadia sprach mit hörbarer Ironie und Humor. »Schließlich bin ich das Orakel des Bronzezeltes.« Doch dann senkte sie in einem Anflug von Traurigkeit die Augen. »Ich werde nur noch kurze Zeit ein Kind sein. Ich glaube, ich werde meinen Palast und all die Königreiche vermissen ...«

»Man muß immer etwas zurücklassen, wenn man etwas dazugewinnen will«, sagte Oone und legte tröstend die Hand auf die Schulter des Mädchens.

Varadia blickte zurück zur Perle. Elric folgte ihrem Blick und sah, daß das gesamte Gefolge verschwunden war, so wie die Menschenmenge auf der großen Treppe verschwunden war, als sie zum ersten Mal vom Perlkrieger angegriffen wurden, noch ehe sie Königin Zephir trafen. Ihm war klar, daß Varadia selbst sie in dieser Verkleidung zu ihrer eigenen Rettung geführt hatte, so gut sie konnte. Sie hatte nach ihnen gegriffen und ihnen den Weg gezeigt, auf dem sie mit all ihrem Mut und Verstand ihre Rettung bewerkstelligten.

Varadia schritt die Stufen zur Perle mit ausgestreckten Armen hinauf. »Dies ist die Ursache unseres Unglücks«, erklärte sie. »Was können wir damit machen?«

»Nun, vielleicht zerstören«, meinte Elric.

Doch Oone schüttelte den Kopf. »Solange die Perle ein verborgener Schatz bleibt, werden ständig Diebe nach ihr suchen. Das ist die Ursache für Varadias Gefangenschaft im Traumreich. Deshalb kamen die Zauberer-Abenteurer zu ihr und betäubten und entführten sie. Das Böse kommt nicht von der Perle, sondern von dem, was böse Menschen daraus gemacht haben.«

»Was sollen wir tun?« fragte Elric. »Willst du sie auf dem nächsten Traummarkt verhökern?«

»Vielleicht sollte ich das tun. Aber damit wäre noch lange nicht Varadias Sicherheit in der Zukunft gewährleistet. Versteht ihr?«

»Solange die Perle eine Legende ist, wird es welche geben, die sich auf die Suche nach der Legende machen. Meinst du das?«

»Genau, Prinz Elric. Deshalb sollten wir sie nicht zerstören, jedenfalls nicht hier.«

Elric war es egal. Er war so in den Traum vertieft und das Aufdecken der real existierenden Ebenen im Traumreich, daß er seine ursprüngliche Queste vergessen hatte, die Bedrohung seines und Anighs Leben in Quarzhasaat.

Oone mußte ihn daran erinnern. »Elric von Melniboné, in Quarzhasaat hast nicht nur du Feinde, sondern auch das Mädchen und das Volk der Bauradim. Du hast noch eine weitere Aufgabe vor dir, wenn wir ins Bronzezelt zurückgekehrt sind.«

»Dann mußt du mich beraten, Oone«, sagte Elric etwas hilflos. »Ich bin hier noch ein Anfänger.«

»Genaues kann ich dir auch nicht raten.« Sie wandte die Augen von ihm ab, vielleicht aus Scheu, vielleicht aus Schmerz. »Aber ich kann hier eine Entscheidung fällen. Wir müssen die Perle für uns beanspruchen.«

»Wenn ich recht verstehe, so existierte die Perle überhaupt nicht, ehe die Herrscher Quarzhasaats sie erdachten, ehe jemand die Legende entdeckte und die Zauberer-Abenteurer kamen.«

»Aber jetzt existiert sie«, erklärte Oone. »Varadia, würdest du mir die Perle geben?«

»Gern«, sagte das Heilige Mädchen und lief die Stufen empor. Dann nahm sie die Schutzglocke von der Säulenplatte und schleuderte sie auf den Marmorboden, so daß das milchige Glas in tausend Scherben zersprang und zwischen die Knochen und die Rüstung des Perlkriegers sprang. Dann nahm Varadia die Perle in die Hand wie ein Kind einen gewöhnlichen Ball hält, und warf sie spielerisch in die Höhe. Jetzt fürchtete sie sich nicht mehr davor. »Sie ist wirklich bildschön. Kein Wunder, daß sie die Perle haben wollten.«

»Sie schufen die Perle, und dann lockten sie dich damit in die Falle.« Oone fing die Perle auf, als Varadia sie ihr zuwarf. »Welche Schande, daß jene, die so etwas Schönes schufen, sie auf solch schurkische Weise in ihren Besitz bringen wollten ...« Plötzlich runzelte sie besorgt die Stirn.

In der Festung der Perle wurde das Licht schwächer.

Von allen Seiten hörte man schmerzliches Stöhnen, Ächzen, Wehklagen und gequälte Schreie, als ob sämtliche armen Seelen im gesamten Multiversum gleichzeitig ihre Stimmen erhöben.

Der Lärm drohte ihnen den Kopf zu zersprengen. Sie hielten sich die Ohren zu. Voller Entsetzen sahen sie, wie sich der Marmorboden hob und Wellen bildete, wie die Elfenbeinwände mit all den prächtigen Mosaiken und Schnitzereien vor ihren Augen zerbröckelten und sich auflösten wie ein Stoff aus einem Grab, der plötzlich dem Tageslicht ausgesetzt wird.

Und dann übertönte dieses Lachen den ganzen Lärm.

Es war ein fröhliches Lachen. Das Lachen eines Kindes.

Es war das Lachen einer befreiten Seele.

Es war Varadia.

»Endlich löst sich alles auf. Alles löst sich auf! Oh meine Freunde, ich bin nicht länger eine Sklavin!«

Mitten durch die Trümmer, die von der Decke und den Wänden herabfielen, durch all den Verfall und die Auflösung, durch den zerstörten Kadaver der Festung der Perle, kam Oone mit Varadia an der Hand auf ihn zu. Sie beeilte sich, aber sie war dabei vorsichtig.

»Noch nicht! Es ist noch zu früh! Wir könnten uns alle hierbei auflösen.«

Elric nahm Varadias andere Hand, und Oone führte sie durch die schreiende und krachende Dunkelheit aus der Kammer heraus, durch schwankende Korridore, über Innenhöfe, auf denen die Brunnen Staub ausspien und die Wände aus verwesendem Fleisch anfingen, sich in Luft aufzulösen, als sie an ihnen vorbeistürmten. Oone trieb sie an, so schnell wie möglich zu laufen, bis das letzte Tor vor ihnen auftauchte.

Endlich erreichten sie die Marmorstraße. Vor ihnen lag eine Brücke. Oone schleifte die beiden fast hinter sich her. Die drei liefen um ihr Leben, während sich die Festung der Perle mit dem Gebrüll eines sterbenden Tieres in Nichts auflöste.

Die Brücke schien kein Ende zu nehmen. Elric konnte die andere Seite nicht sehen. Doch endlich erlaubte Oone ihnen, das Tempo zu verlangsamen, denn sie hatten ein Tor erreicht.

Dieser Torbogen war aus rotem Sandstein gehauen und

mit geometrischen Kacheln verziert, auf denen Gazellen, Leoparden und wilde Kamele abgebildet waren. Nach den vielen mit Schmuck überladenen Bögen der Festung wirkte es beinahe prosaisch. Und dennoch spürte Elric beim Hindurchschreiten Furcht.

»Ich habe Angst, Oone«, sagte er.

»Ich glaube, du hast vor der Sterblichkeit Angst, Elric.« Sie drängte ihn vorwärts. »Du hast sehr viel Mut, Elric. Ich flehe dich an - bringe jetzt davon auf, soviel du kannst.«

Der Albino unterdrückte seine Furcht und hielt die Hand des Kindes fest und beruhigend.

»Wir gehen doch nach Hause, oder?« fragte das Heilige Mädchen. »Was ist es, was du dort nicht finden möchtest, Prinz Elric?«

Er lächelte auf sie herab und war ihr für die Frage dankbar. »Nichts Besonderes, Lady Varadia. Vielleicht nichts außer mir selbst.«

Die drei traten gemeinsam durch das Tor.

Kapitel 3

Feierlichkeiten in der Oase der Silberblume

Als Elric neben dem immer noch schlafenden Kind erwachte, war er erstaunt, daß er sich so erquickt fühlte. Der Traumstab, der ihnen geholfen hatte, im Traumreich Gestalt anzunehmen, lag immer noch über ihren verschlungenen Händen. Er blickte hinüber zu Oone, die sich ebenfalls zu regen begann.

»Dann war euch also kein Erfolg beschieden.«

Es war Raik Na Seems Stimme, voller Resignation und Trauer.

»Was?« Oone warf einen Blick auf Varadia. Ihre Haut gewann wieder gesunde Farbe. Sie öffnete die Augen und blickte in das bekümmerte Gesicht ihres Vaters. Sie lächelte. Es war das offene Lächeln, das Elric und Oone schon kannten.

Der Älteste der Bauradim begann zu weinen. Er weinte, wie der Seneschall am Hof der Perle geweint hatte - aus Erleichterung und Freude. Dann schloß er seine Tochter in die Arme. Seine Freude war so übermächtig, daß er nicht sprechen konnte, sondern den Freunden nur die Hand entgegenstreckte, jenem Mann und jener Frau, die sich in das Traumreich gewagt hatten, um die Seele seines Kindes zu befreien und von dem Ort zurückzuholen, wohin sie vor den Schergen Lord Ghos geflohen war.

Elric und Oone berührten seine Hand und verließen das Bronzezelt. Hand in Hand gingen sie in die Wüste hinaus. Dann blieben sie stehen und sahen einander in die Augen.

»Nun haben wir einen gemeinsamen Traum«, sagte Elric. Seine Stimme war zart, voll Zuneigung. »Für mich wird das immer eine sehr schöne Erinnerung sein, Lady Oone.«

Sie nahm sein Gesicht in beide Hände. »Du bist weise, Prinz Elric, und mutig; aber dir fehlt eine gewisse Erfahrung. Ich hoffe, daß du sie eines Tages erringen wirst.«

»Deshalb wandere ich durch diese Welt und lasse meinen Vetter Yyrkoon als Regenten auf dem Rubinthron. Ich bin mir mehr als einer fehlenden Erfahrung bewußt.«

»Auch ich bin froh, daß wir gemeinsam geträumt haben«, sagte sie.

»Ich glaube, du hast deine einzige Liebe verloren«, meinte Elric. »Ich bin froh, wenn ich dir helfen konnte, diesen schmerzlichen Verlust etwas leichter zu ertragen.«

Einen Augenblick lang sah sie ihn verblüfft an, dann glättete sich ihre Stirn wieder. »Du sprichst von Alnac Kreb? Ja, ich mochte ihn; aber er war für mich eher ein Bruder als ein Liebhaber.«

Elric wurde verlegen. »Bitte vergib mir meine voreiligen Schlüsse, Oone.«

Sie blickte zum Himmel empor. Noch war der Blutmond nicht verschwunden, sondern warf seine roten Strahlen hinab auf den Sand und das schimmernde Bronzezelt, in dem Raik Na Seem seine wiedergefundene Tochter willkommen hieß. »Ich liebe nicht leichtfertig in der Art, wie du vielleicht meinst«, sagte sie ernst. Dann seufzte sie. »Hast du immer noch vor, nach Melniboné und zu deiner Verlobten zurückzukehren?«

»Ich muß«, antwortete er. »Ich liebe sie, und die Pflicht ruft mich nach Imrryr.«

»Eine süße Pflicht!« Ihre Worte klangen sarkastisch. Sie trat einige Schritte weg von ihm, senkte den Kopf und legte die Hand an den Gürtel. Dann stieß sie mit dem Fuß in den blutroten Sand, daß es staubte.

Elric hatte sich zu lange gegen alle Schmerzen des Herzens gewappnet. Er stand nur da und wartete, bis sie zurückkam. Sie lächelte jetzt. »Nun denn, Prinz Elric, warum gesellst du dich nicht eine Zeitlang zu den Traumdieben und verdienst auf diese Weise dein Brot?«

Elric schüttelte den Kopf. »Selbst wenn ich es wollte, Oone, könnte ich nicht. Es ist zu viel verlangt. Doch bin ich sehr dankbar für alles, was mich dies Abenteuer gelehrt hat, sowohl über mich wie auch über die Traumwelten, auch wenn ich nur wenig davon wirklich verstehe. Ich bin immer noch nicht sicher, wohin wir gereist sind oder was uns dort alles begegnete. Ich weiß nicht, wieviel im Traumreich Lady Varadias Schöpfung war und wieviel deine. Es war, als hätte ich einen Wettkampf von Erfindern miterlebt. Habe auch ich meinen Teil dazu beigetragen? Ich weiß es nicht.«

»Aber Elric, ohne dich hätte ich versagt. Da bin ich sicher. Du hast so viele andere Welten gesehen! Und du hast so viel mehr als ich gelesen. Es ist nicht gut, die Wesen und Orte in den Traumreichen genau zu analysieren; aber glaube mir, du hast deinen Teil beigetragen. Mehr vielleicht, als du je wissen wirst.«

»Kann der Stoff dieser Träume je in Realität verwandelt werden?«

»Es gab einen Abenteurer aus den Jüngeren Königreichen. Er hieß Aubec«, sagte sie. »Er wußte, welch mächtiger Schöpfer der Realität der menschliche Verstand sein kann. Manche sagen, daß er und seinesgleichen halfen, die Welt der Jungen Königreiche zu schaffen.«

Elric nickte. »Ich habe diese Legende gehört. Aber ich glaube, sie ist so stichhaltig wie die über Chamog Borm.«

»Du mußt dir denken, was du dir wünscht.« Sie wandte sich ab und schaute zum Bronzezelt. Der alte Mann trat mit seiner Tochter heraus. Im Inneren des Zeltes wurden Trommeln geschlagen. Dann erscholl ein herrlicher Gesang, ein Dutzend Melodien waren ineinander verwoben. Langsam stimmten alle Menschen, die im Bronzezelt beim Heiligen Mädchen Wache gehalten hatten, ein und scharten sich um Raik Na Seem und Varadia. Größte Freude klang aus ihren Liedern, als ihre Stimmen die Wüste mit Leben erfüllten, das von den fernen Bergen widerhallte.

Oone hakte sich bei Elric mit einer Geste von Kameradschaftlichkeit und Versöhnung ein. »Komm«, sagte sie. »Laß uns an den Feierlichkeiten teilnehmen.«

Kaum hatten die Menschen die beiden erblickt, da hoben sie Elric und Oone auf die Schultern. Lachend und angesteckt von der allgemeinen Freude wurden sie durch die Wüste zur Oase der Silberblume getragen.

Die Feierlichkeiten begannen sofort, als wären die Bauradim und die anderen Wüstenstämme schon auf diesen Augenblick vorbereitet gewesen. Jede nur erdenkliche köstliche Speise wurde zubereitet, so daß die Luft voll der herrlichsten Wohlgerüche war und daß einem das Wasser im Mund zusammenlief. Es war, als hätten alle Gewürzhäuser der Welt ihre Pforten geöffnet. Überall loderten die Feuer zum Kochen, dazu Lampen, Kerzen und Freudenfeuer. Von der Kashbeh Moulor Ka Riiz ritten die Aloum'rit Wächter in ihren prächtigen alten Rüstungen, mit den rotgoldenen Helmen und Brustharnischen, den Waffen aus Bronze, Messing und Stahl, zur Oase herab. Sie trugen große gegabelte Bärte und Turbane um die Helmspitzen. Ihre Umhänge waren aus feinstem Silberbrokat gearbeitet und die Stiefel so reich bestickt wie die Hemden. Es waren stolze, fröhliche Männer, die an der Seite ihrer Frauen, die mit Rüstungen, Bogen und schlanken Speeren ausgestattet waren, einherritten. Man hatte eine Plattform errichtet für einen hohen geschnitzten Sessel. Dort saß Varadia und lächelte. Alle konnten sehen, daß das Heilige Mädchen der Bauradim ihrem Volk zurückgegeben war und damit auch seine Geschichte, sein Stolz und seine Zukunft.

Raik Na Seem weinte immer noch. Jedesmal, wenn Elric oder Oone in seine Nähe kamen, zog er sie zu sich, dankte ihnen und erklärte, wieviel es ihm bedeute, solche Freunde zu haben, solche Helden und Retter.

»Eure Namen werden bei den Bauradim für alle Zeit unvergessen bleiben. Jede Bitte, solange sie ehrenvoll ist - und wir wissen, daß ihr nur eine solche äußern würdet -, soll euch erfüllt werden. Solltet ihr in Gefahr sein - auch wenn es tausend Meilen weit weg ist -, braucht ihr nur den Bauradim eine Botschaft zu senden. Sie werden euch zu Hilfe eilen. Ihr habt die Seele eines gutherzigen Kindes aus dunkler Gefangenschaft befreit.«

»Das ist unsere Belohnung«, sagte Oone lächelnd.

»Unser Reichtum ist der eure«, beteuerte der alte Mann.

»Wir brauchen keinen Reichtum«, erwiderte Oone. »Wir haben bessere Dinge gefunden, glaube ich zumindest.«

Elric stimmte ihr zu. »Außerdem gibt es da einen Mann in Quarzhasaat, der mit die Hälfte des Reiches versprochen hat, wenn ich ihm einen kleinen Gefallen erweise.«

Oone verstand Elrics Anspielung und lachte.

Raik Na Seem war etwas verstört. »Heißt das, du willst nach Quarzhasaat gehen? Hast du dort noch ein Geschäft abzuwickeln?«

»Aye«, erklärte Elric. »Dort wartet ein Junge sehnsüchtig auf meine Rückkehr.«

»Aber du hast doch so viel Zeit, um mit uns zu feiern und mit mir und Varadia ausgiebig zu sprechen? Bisher hast du mit dem Kind kaum ein Wort gewechselt.«

»Ich glaube, wir kennen sie recht gut«, erwiderte Elric. »Genug, um von ihr eine sehr hohe Meinung zu haben. Sie ist in der Tat der größte Schatz der Bauradim.«

»Ihr konntet mit ihr in diesem düsteren Schattenreich, wo sie gefangen war, sprechen?«

Elric wollte gerade zu einer Erklärung ansetzen, da schnitt ihm Oone schnell das Wort ab.

»Etwas, Fürst. Ihr Mut und ihre Intelligenz haben uns sehr beeindruckt.«

Raik Na Seem runzelte die Stirn. Ihm kam gerade ein anderer Gedanke. »Mein Sohn«, sagte er zu Elric, »konntest du das alles in diesem Reich ohne zu große Schmerzen ertragen?«

»Aye, ganz ohne Schmerzen«, antwortete Elric. Dann wurde ihm klar, was er eben gesagt hatte. Nun verstand er, was dieses Abenteuer ihm gebracht hatte. »Aye. Es bringt gewisse Vorteile mit sich, einem Traumdieb zu helfen. Vorteile, die ich bisher noch nicht zu schätzen wußte.«

Mit Wonne stürzte Elric sich danach ins Vergnügen und feierte mit den Bauradim und den anderen Nomadenstämmen. Vor allem die Stunden mit Oone bedeuteten ihm viel. Er fühlte sich hier wie zu Hause, so herzlich hatten die Menschen ihn willkommen geheißen. Er wünschte sich, den Rest seines Lebens mit ihnen verbringen zu können, um ihre Lebensweise, ihre Philosophien und Vergnügungen besser kennenzulernen.

Als er später unter einer großen Dattelpalme lag und eine der Silberblumen zwischen den Fingern rollte, schaute er zu Oone auf, die neben ihm saß, und sagte: »Von allen Versuchungen, denen ich ausgesetzt war im Traumreich, ist diese hier die größte, Oone. Dies hier ist die einfache Realität und ich zögere, sie zu verlassen - und dich.«

»Wir haben keine gemeinsame Zukunft, glaube ich.« Sie seufzte schwer. »Jedenfalls nicht in diesem Leben oder in dieser Welt. Du wirst zunächst zur Legende werden, dann wird niemand mehr da sein, der sich an dich erinnert.«

»Werden alle meine Freunde sterben? Werde ich ganz allein sein?«

»Ich glaube schon. Solange du dem Chaos dienst.«

»Ich diene meinem Volk und mir.«

»Wenn du davon überzeugt bist, Elric, mußt du mehr tun, um es zu verwirklichen. Du hast eine kleine Realität geschaffen, vielleicht kannst du sie auch vergrößern; aber das Chaos kann kein Freund sein, ohne dich zu verraten. Letztendlich sind wir nur auf uns selbst gestellt. Keine Ursache, keine Kraft, keine Herausforderung wird je diese Wahrheit ersetzen ...«

»Ich reise doch umher, um mich selbst zu finden, Oone«, erinnerte er sie. Er blickte hinaus auf die Wüste und die stillen Gewässer der Oase. Er atmete die kühle, aromatische Wüstenluft in tiefen Zügen ein.

»Und du wirst bald wegreiten?« fragte sie.

»Morgen«, antwortete er. »Ich muß. Aber ich bin neugierig, welche Realität ich geschaffen habe.«

»Oh, ich denke, der eine oder andere Traum ist wahr geworden«, sagte sie geheimnisvoll und küßte ihn auf die Wange. »Und ein weiterer wird sich schon bald erfüllen.«

Er verfolgte das Thema nicht weiter, da Oone die große Perle aus ihrem Beutel geholt hatte und ihm darbot.

»Sie existiert! Es war keine Schhimäre, wie wir geglaubt hatten! Du hast sie noch immer!«

»Sie ist für dich«, sagte Oone. »Mach damit, was du willst. Deshalb bist du schließlich zur Oase der Silberblume gekommen. Sie hat uns zusammengeführt. Ich will sie nicht auf dem Traummarkt verkaufen. Ich möchte, daß du sie hast. Meiner Meinung nach gehört sie von Rechts wegen dir, Elric. Das Heilige Mädchen gab sie mir, und ich gebe sie jetzt dir. Wegen dieser Perle mußte Alnac Kreb sterben und viele habgierige Schurken.«

»Hast du nicht gesagt, daß die Perle gar nicht existierte, ehe die Zauberer-Meuchelmörder nach ihr zu suchen begannen?«

»Das ist richtig. Aber jetzt existiert sie. Hier ist sie. Die Perle im Herzen der Welt. Die Große Perle der Legende. Hast du keine Verwendung für sie?«

»Eines mußt du mir noch erklären ...«, fing er an, doch sie unterbrach ihn.

»Bitte frage mich nicht, wie Träume Gestalt annehmen, Elric! Das ist eine Frage, um die sich Philosophen aller Zeiten und Orte bemühen. Ich frage dich nochmals: Hast du keine Verwendung für die Perle?«

Er zögerte. Dann nahm er die Kostbarkeit und rollte sie zwischen den Handflächen hin und her. Er bewunderte ihren matten Glanz und ihre Schönheit. »Aye«, sagte er. »Ich habe dafür Verwendung.«

Als er die Perle in seinen Beutel steckte, sagte Oone: »Ich glaube, diese Perle ist ein böser Gegenstand.«

Er stimmte ihr zu. »Das glaube ich auch. Aber manchmal kann man mit Bösem Böses bekämpfen.«

»Diesen Grundsatz akzeptiere ich nicht«, erklärte sie und wirkte verstört.

»Ich weiß, das hast du mir schon klargemacht.« Dann beugte er sich zu ihr und küßte sie zart auf den Mund. »Das Schicksal ist grausam, Oone. Wieviel leichter wäre es, wenn es uns nur einen einzigen geraden Pfad bieten würde. Stattdessen zwingt es uns, Entscheidungen zu treffen und nie zu wissen, ob diese Entscheidungen auch richtig waren.«

»Wir sind sterblich«, erwiderte sie achselzuckend. »Das ist unser ganz besonderes Los.«

Zärtlich strich sie ihm über die Stirn. »Du machst dir so viele Sorgen, mein Lieber. Ich werde dir ein paar kleinere Träume stehlen, die dich belasten.«

»Kannst du Schmerzen stehlen, Oone, und sie in etwas verwandeln, das du auf deinem Markt verkaufen kannst?«.

»Oh ja, häufig«, sagte sie.

Dann nahm sie seinen Kopf in den Schoß und massierte die Schläfen. Dabei schaute sie ihn liebevoll an.

Schläfrig murmelte er: »Ich kann Cymoril nicht betrügen. Ich kann nicht ...«

»Ich verlange von dir nur, daß du jetzt schläfst«, sagte sie. »Eines Tages wirst du viel bereuen müssen. Dann erst wirst du wirklich wissen, was Reue ist. Bis dahin kann ich ein wenig von dem, was unwichtig ist, von dir nehmen.«

»Unwichtig?« fragte er schläfrig.

»Unwichtig für dich, Elric. Nicht für mich ...«

Dann begann die Traumdiebin ein Schlaflied zu singen, das von einem kranken Kind und einem trauernden Vater handelte. Sie sang vom jenem Glück, das man in kleinen Dingen findet.

Und Elric schlief. Die Traumdiebin nahm mit einigen einfachen magischen Handlungen halbvergessene Erinnerungen von ihm, die seinen Schlaf in der Vergangenheit gestört hatten und die ihn vielleicht in der Zukunft stören würden.

Als Elric am nächsten Morgen erwachte, waren sein Herz und Gewissen leicht und unbeschwert. An das Traumreich erinnerte er sich nur noch schwach. Für Oone hegte er weiterhin eine gewisse Zuneigung, war jedoch fest entschlossen, so schnell wie möglich nach Quarzhasaat zu reiten und Lord Gho zu bringen, was dieser am meisten auf der Welt begehrte.

Mit ehrlichem Bedauern verabschiedete er sich von den Bauradim. Auch diese waren über sein Weggehen betrübt und baten ihn, zurückzukehren und mit ihnen auf die Jagd zu gehen, wie es einst sein Freund Rackhir getan hatte.

»Ich werde versuchen, eines Tages wiederzukommen«, versicherte er ihnen. »Doch zuerst muß ich mehr als einen Schwur einlösen.«

Nervös schleppte ein Junge sein großes, schwarzes Runenschwert herbei. Als Elric Sturmbringer umschnallte, schien die Klinge voller Genugtuung zu stöhnen, daß sie wieder vereint waren.

Varadia klatschte in die Hände, küßte ihn und gab ihm

den Segen ihres Volkes mit auf den Weg. Raik Na Seem erklärte ihm, daß er von nun an Varadias Bruder und sein Sohn sei. Dann trat Oone, die Traumdiebin, vor. Sie hatte beschlossen, noch eine Zeitlang als Gast bei den Bauradim zu bleiben.

»Leb wohl, Elric! Ich hoffe, wir begegnen uns wieder. Und unter besseren Umständen.«

Er lächelte. »Unter besseren Umständen?«

»Für mich jedenfalls.« Auch sie lächelte und tippte spöttisch an den Griff seines Runenschwertes. »Ich wünsche dir Glück bei dem Versuch, Herr dieses Dinges zu werden.«

»Ich finde, daß ich bereits sein Herr bin«, entgegnete er.

Sie zuckte mit den Schultern. »Ich begleite dich noch ein Stück auf der Roten Straße.«

»Deine Gesellschaft ist mir immer willkommen, teure Lady.«

Seite an Seite ritten Elric und Oone dahin, wie sie es auch im Traumreich getan hatten. Obgleich Elric sich an seine früheren Gefühle nicht genau erinnern konnte, spürte er ein wenig die alte Vertrautheit, als sei seine Seele bei ihr zur Ruhe gekommen. Daher trennte er sich mit Trauer im Herzen von ihr, als er schließlich allein nach Quarzhasaat weiterritt.

»Leb wohl, liebe Freundin. Ich werde nie vergessen, wie du den Perlkrieger in der Festung der Perle besiegtest. Diese Erinnerung wird nie verblassen.«

»Ich fühle mich geschmeichelt«, sagte Oone. Dann fuhr sie mit Trauer in der Stimme fort: »Leb wohl, Elric. Ich hoffe, daß du alles findest, was du brauchst, und Frieden kennen wirst, wenn du nach Melniboné zurückkehrst.«

»Das ist meine feste Absicht, Mylady.« Dann winkte er ihr zu, um den schweren Abschied abzukürzen, und gab seinem Pferd die Sporen.

Mit Augen, die sich gegen die Tränen wehrten, sah Oone ihm nach, als er die lange Rote Straße nach Quarzhasaat hinaufritt.

Kapitel 4

Die Erledigung gewisser Angelegenheiten in Quarzhasaat

Als Elric von Melniboné in Quarzhasaat einritt, hing er schlaff im Sattel und konnte kaum die Zügel halten. Die Leute, die ihn umringten, fragten, ob er krank sei. Einige fürchteten, er könnte die Pest in ihre schöne Stadt bringen und wollten ihn am liebsten davonjagen.

Der Albino hob seinen fremdartigen Kopf gerade lange genug, um den Namen Lord Gho Fhaazis zu stammeln und zu erklären, daß er unbedingt ein bestimmtes Elixier brauche, welches dieser edle Herr besitze. »Ich muß das Elixier haben, sonst bin ich tot, ehe ich meinen Auftrag abgeschlossen habe ...«

Die alten Türme und Minarette Quarzhasaats schimmerten prächtig in den Strahlen der untergehenden roten Sonne, und es lag jene Art Frieden über der Stadt, der immer dann aufkommt, wenn die Geschäfte des Tages erledigt sind und die abendlichen Vergnügungen noch nicht begonnen haben.

Ein reicher Wasserkaufmann, der darauf erpicht war, einem aussichtsreichen Kandidaten für den Rat der Stadt einen Gefallen zu erweisen, führte Elrics Pferd eigenhändig durch die eleganten Straßen zum großen, goldgrünen Palast Lord Gho Fhaazis.

Der Kaufmann wurde durch das Versprechen des Haushofmeisters belohnt, er werde seinem Herrn den Namen mitteilen. Dann wankte Elric stöhnend und ächzend, sich gierig die Lippen leckend, in die prachtvollen Gärten, die den Palast umgaben.

Lord Gho kam selbst, um den Albino zu begrüßen. Er lachte aus vollem Hals, als er Elric in so schlechter Verfassung erblickte.

»Sei gegrüßt, Elric aus Nadsokor! Ich grüße dich, weißgesichtiger Clown-Dieb! Na, heute sitzt du aber nicht auf einem so hohen Roß wie beim letztenmal! Du bist mit dem Elixier, das ich dir mit auf den Weg gab, verschwenderisch umgegangen und flehst mich jetzt um Nachschub an! Jetzt bist du in noch schlechterer Verfassung als bei unserer ersten Begegnung.«

»Der Junge ...«, flüsterte Elric. Diener mußten ihn tragen. Leblos baumelten seine Arme herab. »Lebt er?«

»Er erfreut sich besserer Gesundheit als du, Dieb!« Lord Gho Fhaazis blaßgrüne Augen funkelten vor Bosheit. »Und absoluter Sicherheit. Das hattest du doch so verlangt, ehe du weggingst. Und ich bin ein Mann, der sein Wort hält!« Der Politiker strich sich durch den gekräuselten, öligen Bart und kicherte. »Und du, verehrter Dieb, hältst auch du dein Wort?«

»Bis zum letzten Buchstaben«, flüsterte der Albino. Seine roten Augen rollten nach hinten. Eine Sekunde lang sah es aus, als würde er sterben. Dann blickte er Lord Gho mit schmerzverzerrtem Gesicht an. »Gibst du mir jetzt das

Gegenmittel, wie du versprochen hast? Und das Wasser? Die Reichtümer und den Jungen?«

»Aber gewiß doch! Allerdings bist du in einer schlechten Position, um zu handeln, Dieb. Was ist mit der Perle? Hast du sie gefunden? Oder meldest du mir dein Versagen?«

»Ich fand sie ... habe sie versteckt«, stieß Elric heraus. »Das Elixier hat ...«

»Ja, ja. Ich weiß, was das Elixier bewirkt. Du mußt eine einmalig starke Gesundheit haben, wenn du immer noch sprechen kannst.« Er gab den Dienern Anweisung, Elric ins Innere des kühlen Palastes zu bringen und ihn auf Kissen aus scharlachrotem und blauem Samt mit vielen Troddeln niederzulegen. Dann gab er ihm Wasser zu trinken und etwas zu essen.

»Die Begierde wird immer schlimmer, stimmt's?« Lord Gho genoß Elrics Qualen sichtlich. »Das Elixier nährt sich von dir, obwohl es so aussieht, als würdest du dich von ihm nähren. Du bist überaus gewitzt, Dieb. Du behauptest, du hast die Perle versteckt. Traust du mir nicht? Ich bin ein Edelmann in der größten Stadt der Welt!«

Elric streckte sich so staubig wie er war auf den Kissen aus. »Das Gegenmittel, Mylord ...«

»Du weißt, daß ich dir das nicht gebe, ehe die Perle nicht in meiner Hand ist ...« Betont leutselig blickte Lord Gho auf sein Opfer herab. »Um die Wahrheit zu sagen, Dieb, ich hatte nicht erwartet, daß ich dich in einem Stück wiedersehen würde. Möchtest du vielleicht noch einen Schluck von meinem Elixier?«

»Bring es, wenn du willst.«

Elric gab sich gleichgültig, doch Lord Gho wußte, wie verzweifelt er sein mußte. Er gab seinen Sklaven die entsprechenden Anweisungen.

Dann sagte Elric: »Aber bring zuerst den Jungen. Bring den Jungen, damit ich sehen kann, daß ihm kein Leid geschehen ist und damit ich von seinen Lippen höre, was sich in der Zwischenzeit ereignet hat ...«

»Eine bescheidene Bitte. Nun gut!« Lord Gho Fhaazi befahl einem Sklaven: »Bring den Jungen!«

Dann ließ sich der edle Lord auf einen großen Sessel unter einem Baldachin aus Brokat fallen. »Ich hatte wirklich nicht erwartet, daß du die Reise lebend überstehst, Dieb, und schon gar nicht, daß du die Perle findest. Unsere Zauberer-Abenteurer sind die tapfersten, erfahrensten Krieger, in jeglicher Art von Zauberkunst geschult. Doch alle, die ich aussandte, scheiterten so wie ihre Brüder! Oh welch ein Glückstag für mich! Ich werde dich wiederbeleben, das verspreche ich, damit du mir genau berichten kannst, wie sich alles zugetragen hat. Was ist mit den Bauradim? Hast du viele von ihnen getötet? Du mußt mir alles erzählen, damit ich die ganze Geschichte weitergeben kann, wenn ich die Perle anbiete, um meinen Sitz im Rat zu erhalten. Das wird ihren Wert noch steigern. Wenn ich gewählt bin, wird man mich auffordern, diese Geschichte immer wieder zu erzählen, da bin ich sicher. Der Rat wird blaß vor Neid werden ...« Genüßlich leckte er sich die rot bemalten Lippen. »Mußtest du das Kind töten? Was hast du als erstes gesehen, als du die Oase der Silberblume betratest?«

»Wenn ich mich recht erinnere - ein Begräbnis.« Elric zeigte etwas mehr Lebenskraft. »Aye, das stimmt.«

Zwei Wachen brachten den sich windenden Jungen herein, der nicht allzu erfreut war, als er Elric auf den Kissen liegen sah. »Oh Herr! Ihr seid ja noch elender als vorher!« Er hörte auf, sich zu wehren und gab sich Mühe, seine Enttäuschung zu verbergen. Es waren aber keine Spuren von Folterung an ihm zu sehen. Man hatte ihm anscheinend kein Leid angetan.

»Geht es dir gut, Anigh?«

»Aye. Mein Hauptproblem war die Langeweile. Ab und zu kam dieser edle Lord und erzählte mir, was er mit mir machen würde, wenn du die Perle nicht bringst; aber ich habe solche Dinge an den Wänden von Irrenanstalten gelesen. Das war für mich nichts Neues.«

Lord Gho sagte drohend: »Hüte deine Zunge, Kerl ...«

»Du bist doch mit der Perle zurückgekehrt, Herr?« Anigh blickte sich suchend um. »Nicht wahr, Herr? Sonst wärst du doch jetzt nicht hier?« Er schien etwas erleichtertert. »Können wir jetzt gehen?«

»Noch nicht!« knurrte Lord Gho.

»Das Gegenmittel«, sagte Elric. »Hast du es hier?«

»Du bist zu ungeduldig, Dieb. So gewitzt wie du bin ich schon lange.« Lord Gho kicherte und hob warnend den Finger. »Ich muß erst den Beweis haben, daß du die Perle besitzt. Vielleicht gibst du mir dein Schwert als Sicherheit? Du bist sowieso zu schwach, um es zu führen. Es kann dir nichts mehr nützen.« Gierig streckte er die Hand nach der Hüfte des Albinos aus. Elric zuckte kraftlos zurück.

»Aber, aber, Dieb! Hab doch keine Angst vor mir! Wir sind doch Partner. Wo ist die Perle? Der Rat versammelt sich heute abend im Großen Versammlungshaus. Wenn ich ihm die Perle bringen kann ...Oh wie mächtig ich heute abend sein werde!«

»Der Wurm ist so stolz, König auf dem Misthaufen zu sein«, sagte Elric.

»Verärgere ihn nicht, Herr!« rief Anigh ängstlich. »Er muß dir ja noch sagen, wo er das Gegenmittel versteckt.«

»Ich muß die Perle haben!« Lord Gho wurde vor Ungeduld wütend. »Wo hast du sie versteckt, Dieb? In der Wüste? In der Stadt?«

Langsam setzte Elric sich auf. »Die Perle war ein Traum«, erklärte er. »Es bedurfte deiner Mörder, um ihn wahr werden zu lassen.«

Lord Gho Fhaazi runzelte die Stirn, kratzte sich und wurde immer nervöser. Mißtrauisch musterte er Elric. »Wenn ich dir mehr Elixier geben soll, Dieb, solltest du mich besser nicht beleidigen oder irgendwelche Spielchen mit mir treiben. Es bedarf nur einer Sekunde, und der Junge stirbt - und du mit ihm! Ich wäre danach in keiner schlechteren Lage als jetzt.«

»Aber mit einem Sitz im Rat würde sie sich ungemein verbessern, finde ich.« Elric schien von Minute zu Minute an Stärke zu gewinnen. Jetzt stand er schon vor den Kissen und winkte dem Jungen, zu ihm zu kommen. Fragend blickten die Wachen zu ihrem Herrn, doch dieser zuckte mit den Achseln. Anigh lief schnell zum Albino. »Ich glaube, du bist sehr habgierig, Mylord. Du möchtest gern alles in deiner Welt besitzen, in Quarzhasaat, diesem armseligen Monument des zerstörten Stolzes deiner Rasse!«

Lord Gho funkelte ihn wütend an. »Dieb, du solltest höflicher sein, wenn du von mir das Gegenmittel haben willst, wodurch du von der Droge frei wirst, die ich dir gab ...«

»Ja, natürlich«, sagte Elric und holte aus seinem Wams einen Lederbeutel. »Das Elixier, das mich zu deinem Sklaven machen sollte!« Er lächelte und öffnete den Beutel.

Auf seiner flachen Hand lag jetzt das Juwel, für das Lord Gho seinen halben Besitz geboten hatte, für das er über hundert Männer in den Tod geschickt hatte, für das er ein Kind entführen ließ und bereit war, es zu ermorden.

Jetzt zitterte der noble Herr. Seine ummalten Augen wurden groß. Er schnappte nach Luft und beugte sich vor. Beinahe wäre er in Ohnmacht gefallen.

»Es ist wahr«, stammelte er. »Du hast die Perle im Herzen der Welt gefunden ...«

»Nur ein Geschenk von einem Freund«, sagte Elric. Mit der Perle auf der ausgestreckten Hand trat er einen Schritt vor. Den anderen Arm hatte er schützend um die Schultern Anighs gelegt. »Auf der Suche nach der Perle überwand ich das Verlangen meines Körpers nach deinem Elixier. Daher benötige ich auch dein Gegenmittel nicht, Lord Gho.«

Lord Gho hörte ihn kaum. Seine Augen hingen wie gebannt an der Perle. »Sie ist ungeheuer groß ... größer als ich gehört hatte ... sie ist wirklich da ... ich kann sie sehen. Die Farbe .... ah ...« Er streckte die Hand danach aus.

Schnell wich Elric zurück. Lord Gho verzog das Gesicht und schaute den Albino aus Augen an, die vor Habgier rot unterlaufen waren. »Ist sie tot? War die Perle - wie man sagt - in ihrem Körper?«

Anigh lief es kalt über den Rücken.

Elrics Stimme war leise, triefte aber vor Verachtung. »Niemand starb von meiner Hand, der nicht bereits tot war. So wie du tot bist, Mylord. Es war dein Begräbnis, dem ich in der Oase der Silberblume beiwohnte. Ich bin nun derjenige, der die Prophezeihung der Bauradim erfüllt. Ich bin hier, um Rache zu nehmen für das Leid, das du ihnen und ihrem Heiligen Kind zugefügt hast.«

»Was? Die anderen schickten doch auch alle Soldaten! Der gesamte Rat und die Hälfte der Kandidaten ließen von den Sekten der Zauberer-Abenteurer nach der Perle suchen! Alle. Die meisten dieser Krieger hatten keinen Erfolg oder kamen bei der Suche um. Die restlichen wurden für ihr Versagen exekutiert. Und du willst niemanden getötet haben? Na gut, dann klebt eben an deinen Händen kein Blut! Umso besser! Ich gebe dir, was ich versprach, Dieb ...«

Zitternd vor Gier streckte Lord Gho nochmals die fette Hand nach der Perle aus.

Elric lächelte und ließ zum Erstaunen Anighs den Lord die Perle aufnehmen.

Keuchend vor Lust streichelte Lord Gho sein Schmuckstück. »Oh, wie schön! Oh, wie herrlich ...«

Ebenso ruhig wie zuvor sagte Elric: »Und meine Belohnung, Lord Gho?«

»Was?« Gedankenverloren blickte der Lord auf. »Ach ja, natürlich! Euer beider Leben. Du brauchst das Gegenmittel nicht mehr, sagst du? Hervorragend. Dann könnt ihr gehen.«

»Wenn ich mich recht entsinne, botest du mir ein großes Vermögen und einen angesehenen Platz unter den Lords von Quarzhasaat.«

Lord Gho winkte verächtlich ab. »Unsinn! Das Gegenmittel wäre genug gewesen. Du bist nicht der Typ, dem an solchen Sachen etwas liegt. Man muß schon aus einer guten Familie kommen, um eine solche Stellung weise und diskret ausüben zu können. Nein, nein! Ich lasse dich und den Jungen gehen ...«

»Dann hältst du dich also nicht an unser Abkommen, Mylord?«

»Wir haben über viele Sachen geredet, aber unser Abkommen betraf nur die Freiheit des Jungen und das Gegenmittel zum Elixier, sonst nichts.«

»Du erinnerst dich nicht an deine Versprechen?«

»Versprechen? Mit Sicherheit nicht! Du irrst dich!« Lord Ghos Augen hingen immer noch an der Perle. Er streichelte sie wie ein geliebtes Kind. »Nun geht endlich, solange ich noch mit dir zufrieden bin.«

»Ich habe viele Schwüre zu erfüllen«, erwiderte Elric. »Und ich breche mein Wort nicht.«

Lord Gho schaute auf. Sein Blick war hart. »Nun gut! Jetzt reicht es mir! Heute abend noch werde ich ein Mitglied im Rat der Sechs und des Einen sein. Indem du mich bedrohst, bedrohst du auch den Rat. Somit bist du ein Feind Quarzhasaats. Du bist ein Verräter des Reiches und mußt daher entsprechend beseitigt werden. Wache!«

»Oh was bist du doch für ein Narr!« sagte Elric. Dann schrie Anigh auf, denn im Gegensatz zu Lord Gho hatte er nicht die Macht des Schwarzen Schwertes vergessen.

»Tu, was er will, Lord Gho!« rief Anigh, der um sein eigenes Leben ebensoviel Angst hatte, wie um das von Lord Gho. »Ich flehe dich an, großer Lord! Tu, was er will!«

»So kann man mit einem Mitglied des Rats nicht sprechen!« Lord Gho war über die Entwicklung des Gesprächs verblüfft. »Wache! Schafft die beiden auf der Stelle aus meinem Palast! Hängt sie auf oder schneidet ihnen die Kehle durch - das ist mir gleich.«

Die Wachen wußten nichts über das Runenschwert. Sie sahen nur einen eher zierlichen Mann, der Lepra haben konnte, und einen schutzlosen Jungen. Sie grinsten, als habe ihr Herr einen Scherz gemacht, und schlenderten beinahe gleichgültig mit gezückten Schwertern auf Elric und Anigh zu.

Elric schob den Jungen hinter sich. Seine Hand lag auf Sturmbringers Griff. »Ihr handelt nicht sehr klug«, sagte er zu den Wachen. »Mir liegt nichts daran, euch zu töten.«

Hinter den Soldaten schlüpfte eine Dienerin hinaus auf den Korridor. Elric sah es. »Ich rate euch, ihrem Beispiel zu folgen«, sagte er. »Sie kann sich wohl vorstellen, was geschehen wird, wenn ihr uns weiterhin bedroht ...«

Jetzt lachten die Wachen lauthals. »Das ist ein Verrückter«, sagt einer. »Lord Gho hat recht, wenn er den los sein will.«

Sie stürzten sich auf Elric. Doch da heulte das Runenschwert durch die kühle Luft des Gemaches - heulte wie ein hungriger Wolf, den man aus dem Käfig gelassen hatte, in dem er sich nur danach sehnte, zu töten und zu fressen.

Elric spürte, wie ein Kraftstrom ihn durchlief, als die Klinge den ersten Soldaten vom Kopf bis zum Brustbein spaltete. Sein Kamerad wollte fliehen, stolperte aber und wurde von Sturmbringer aufgespießt. Mit aufgerissenen Augen fühlte er, wie seine Seele vom Runenschwert aufgesogen wurde.

Lord Gho war auf seinem Sessel in sich zusammengesunken. Er wagte es nicht, sich zu bewegen. Seine Finger hielten krampfhaft die Perle. Den anderen Arm hob er mit der offenen Hand nach oben, so, als wolle er damit Elrics Schlag abwehren.

Doch der Albino war jetzt durch die geliehene Energie so gekräftigt, daß er das schwarze Schwert zurück in die Scheide steckte. Mit fünf schnellen Schritten stand er direkt über Lord Ghos angstverzerrtem Gesicht.

»Nimm die Perle zurück, aber laß mich leben!« flüsterte der Quarzhasaater. »Laß mich dafür leben, Dieb.«

Elric nahm das angebotene Juwel, bewegte sich aber nicht von der Stelle. Er holte aus dem Beutel eine Flasche mit dem Elixier, das Lord Gho ihm gegeben hatte. »Etwas zu trinken gefällig, damit du sie leichter herunterspülen kannst?«

Lord Gho zitterte. Unter der kalkigen Schminke war seine Haut noch eine Spur blasser geworden. »Ich verstehe dich nicht, Dieb.«

»Ich will, daß du die Perle ißt, Mylord. Wenn du noch lebst, nachdem du sie verschluckt hast - gut! Dann ist klar, daß die Prophezeihung deines baldigen Ablebens verfrüht war.«

»Schlucken? Aber sie ist doch viel zu groß. Ich bekäme sie kaum in den Mund!« Lord Gho kicherte zaghaft, in der Hoffnung, der Albino habe einen Scherz gemacht.

»Nein, Mylord. Ich bin sicher, das geht. Ich bin auch sicher, daß du sie verschlucken kannst. Wie wäre die Perle denn sonst in den Körper eines Kindes gelangt?«

»Das war - sie sagten das war - nur ein Traum.«

»Aye. Mal sehen, ob du einen Traum fressen kannst. Vielleicht kannst du auf diese Art deinem Schicksal entgehen und ins Traumreich entweichen. Du mußt es versuchen, Mylord, oder mein Runenschwert wird deine Seele trinken. Was ist dir lieber?«

»Oh Elric. Verschone mich! Das ist nicht fair. Wir haben ein Abkommen geschlossen.«

»Mach den Mund auf, Lord Gho! Wer weiß, vielleicht schrumpft die Perle oder dein Schlund erweitert sich wie der einer Schlange? Eine Schlange könnte diese Perle leicht verschlingen, Mylord. Und du bist doch mit Sicherheit mehr als eine Schlange.«

Anigh hatte zum Fenster hinausgesehen, da er sich weigerte, bei einem Racheakt zuzusehen, der ihn anwiderte, obgleich er ihn gerecht fand. Jetzt rief er: »Die Dienerin, Lord Elric. Sie hat die Stadt alarmiert.«

Eine Sekunde lang glomm Hoffnung in Lord Ghos Augen auf. Doch sie verging, als Elric die Phiole abstellte und das Runenschwert aus der Scheide zog. »Deine Seele wird mir im Kampf mit den Soldaten helfen, Lord Gho.«

Langsam, weinend und wimmernd, öffnete der große Lord von Quarzhasaat den Mund.

»Hier ist die Perle, Mylord. Hinein damit. Gib dir Mühe, Mylord. Nur so hast du eine Chance zu überleben.«

Lord Ghos Hand zitterte. Doch dann schob er das wunderschöne Juwel zwischen die Lippen. Elric nahm den Stöpsel aus der Phiole und goß etwas Flüssigkeit auf die verzerrten Lippen. »Schlucken, Lord Gho! Schluck die Perle herunter, für die du ein unschuldiges Kind ermorden lassen wolltest! Dann werde ich dir sagen, wer ich bin.«

Kurz darauf wurden die Türflügel aufgesprengt. Elric erkannte das tätowierte Gesicht von Manag Iss, dem Anführer der Gelben Sekte, dem Verwandten von Lady Iss. Manag Iss blickte von Elric hinüber zu den entstellten Gesichtszügen Lord Ghos. Der Adlige hatte es nicht geschafft, die Perle hinunterzuschlucken.

Manag Iss schauderte. »Elric. Ich hörte, daß du zurück bist. Sie sagten, du seiest dem Tode nahe. Doch war das offensichtlich ein Trick, um Lord Gho zu täuschen.«

»Aye«, gab Elric zu. »Ich mußte diesen Jungen befreien.«

Manag Iss deutete mit dem Schwert. »Du hast die Perle gefunden?«

»Ich fand sie.«

»Lady Iss schickt mich, um dir dafür alles, was du dir wünscht, anzubieten.«

Elric lächelte. »Sage ihr, daß ich in einer halben Stunde im Versammlungshaus sein werde. Die Perle werde ich mitbringen.«

»Aber die anderen werden auch dort sein. Sie möchte den Handel unter vier Augen abschließen.«

»Wäre es nicht klug, eine solche Kostbarkeit öffentlich zu versteigern?« fragte Elric.

Manag Iss steckte sein Schwert ein und lächelte zaghaft. »Du bist ein Schlitzohr! Ich glaube nicht, daß die anderen das wissen. Und auch nicht, wer du bist. Ich werde ihnen deinen interessanten Vorschlag überbringen.«

»Nun, sage ihnen einfach das, was ich gerade Lord Gho mitteilte: daß ich der angestammte Herrscher von Melniboné bin«, sagte Elric leichthin. »Das ist schließlich die Wahrheit. Mein Reich hat sehr viel erfolgreicher überlebt als eures, finde ich.«

»Das könnte sie erzürnen. Ich will doch dein Freund sein, Melnibonéer.«

»Danke, Manag Iss, aber ich brauche keine Freunde aus Quarzhasaat. Bitte, tu das, worum ich dich bat.«

Manag Iss warf einen Blick auf die toten Wachen und auf den toten Lord Gho, der eine seltsame Färbung angenommen hatte, dann auf den nervösen Jungen und salutierte schließlich vor Elric.

»Im Versammlungshaus in einer halben Stunde. Jawohl, Herrscher von Melniboné.« Dann machte er auf dem Absatz kehrt und marschierte hinaus.

Elric gab Anigh noch einige Anweisungen bezüglich ihrer Abreise und den Erzeugnissen von Kwan, dann ging er hinaus in den Hof. Die Sonne war bereits untergegangen. Überall in Quarzhasaat brannten Fackeln, als erwarte die Stadt einen Angriff.

Die Diener und Sklaven hatten Lord Ghos Palast verlassen. Elric ging zu den Stallungen, fand sein Pferd und seinen Sattel. Sorgfältig zäumte und sattelte er den Bauradim-Hengst und band ein schweres Bündel über den Sattelknopf. Dann stieg er auf und ritt durch die Straßen zum Versammlungshaus. Anigh hatte ihm den Weg erklärt.

Über der Stadt lag eine unnatürliche Stille. Es war eindeutig, daß man eine Ausgangssperre befohlen hatte. Nicht einmal Stadtwachen waren zu sehen.

Elric ritt im kurzen Galopp die weite Allee des Militärischen Erfolges hinab, über den Boulevard des Goldenen Sieges und noch ein halbes Dutzend ebenso grandios benannter Straßen, bis er ein langgestrecktes, niedriges Bauwerk erblickte. Trotz seiner Schlichtheit konnte es nur der Sitz der Macht Quarzhasaats sein.

Der Albino hielt an. An seiner Seite summte das Runenschwert, als lechze es nach mehr Blut.

»Du mußt Geduld haben«, sagte Elric. »Womöglich bedarf es keines Kampfes.«

Ihm kam es vor, als huschten Schatten unter den Bäumen und Büschen um das Versammlungshaus. Doch ihm war es egal, was sie gegen ihn im Schilde führten oder ob sie ihm nachspionierten. Er hatte eine Mission zu erfüllen.

Als er zur Eingangstür kam, war er nicht überrascht, daß sie offenstand. Er stieg ab, warf das Bündel über die Schulter und stapfte mit schweren Schritten in einen großen, kahlen Raum, in dem sieben Stühle mit hohen Lehnen um einen weißgewaschenen Eichentisch standen. Sechs Personen standen im Halbkreis am anderen Ende des Raumes. Ähnlich wie einige Sekten der Zauberer-Abenteurer waren sie verschleiert. Die siebte Gestalt trug einen hohen, kegelförmigen Hut, der das Gesicht vollständig bedeckte. Elric war nicht erstaunt, als er eine Frauenstimme hörte.

»Ich bin der Andere«, sagte sie. »Ich gehe wohl recht in der Annahme, daß du uns einen Schatz bringst, der zur größeren Ehre Quarzhasaats dienen soll?«

»Wenn du annimmst, daß dieser Schatz eurer größeren Ehre dient, war meine Reise nicht umsonst«, sagte Elric und ließ das Bündel zu Boden fallen. »Hat Manag Iss euch ausgerichtet, was ich ihm auftrug?«

Eines der Ratmitglieder sagte, beinahe als spräche er einen Fluch aus: »Daß du der Nachkomme des versunkenen Melniboné bist. Aye.«

»Melniboné ist nicht versunken! Es schneidet sich auch nicht so von den Realitäten der Welt ab wie ihr«, erwiderte Elric verächtlich. »Ihr habt unsere Macht vor langer Zeit herausgefordert und habt euch durch eure eigene Dummheit selbst besiegt. Mit eurer Habgier habt ihr mich zurück nach Quarzhasaat gebracht, obwohl ich gern unbemerkt weggeritten wäre.«

»Klagst du uns etwa an?« rief eine verschleierte Frau wutentbrannt. »Du, der du uns so viel Ärger bereitet hast? Du, dessen Blut zu der degenerierten, nichtmenschlichen Rasse gehört, welche daran Vergnügen findet, mit wilden Tieren Unzucht zu treiben, und so etwas wie dich hervorbringt!« Sie zeigte auf Elric.

Elric verlor nicht die Fassung. »Hat Manag Iss euch vor mir gewarnt?« fragte er ruhig.

»Er sagte, du hättest die Perle und auch ein Zauberschwert. Aber er sagte auch, daß du allein seiest.«

»Ich habe sie mitgebracht und auch das, worin sie steckt«, sagte Elric. Dann bückte er sich und entrollte die Samtdecke des Bündels. Da lag die Leiche Lord Gho Fhaazis mit verzerrtem Gesicht. Der dicke Klumpen in seiner Kehle wirkte wie ein übergroßer Adamsapfel. »Hier ist derjenige, der mich beauftragt hatte, die Perle zu finden.«

»Wir hörten bereits, daß du ihn ermordet hast«, sagte die Andere mißbilligend. »Aber bei einem Melnibonéer wundert das nicht.«

Elric tat, als habe er die Beleidigung nicht gehört. »Die Perle steckt in Lord Gho Fhaazis Schlund. Soll ich sie für euch herausschneiden, edle Herrschaften?«

Er sah, daß zumindest eine Gestalt schaudernd zusammenzuckte und lächelte. »Ihr beauftragt Meuchelmörder zu töten, zu foltern, zu entführen und alle nur erdenklichen anderen Verbrechen in eurem Namen zu begehen; aber vor ein bißchen Blutvergießen schaudert ihr zurück! Ich ließ Lord Gho die Wahl. Er entschied sich dafür.« Der Albino deutete auf den Leichnam. »Er redete, aß und trank so unmäßig viel, daß ich es für möglich hielt, daß er auch die Perle hinunterschlingen könne. Doch würgte sie ihn etwas. Na, ich fürchte, das war das Ende für ihn.«

»Du bist ein grausamer Schurke!« Einer der Männer trat vor, um seinen Beinahe-Amtsbruder zu betrachten. »Aye, es ist Gho. Seine Gesichtsfarbe hat sich verbessert, wenn ihr mich fragt.«

Der Scherz fand bei der Vorsitzenden des Rates keine Gegenliebe.

»Dann sollen wir also um die Leiche steigern?«

»Aye! Es sei denn, ihr wollt die Perle herausschneiden.«

»Manag Iss«, sagte eine der verschleierten Frauen und hob den Kopf. »Tritt vor!«

Der Zauberer-Abenteurer trat aus einer Tür hinten in der Halle. Beinahe um Entschuldigung bittend schaute er Elric an. Seine Hand ging zum Messer.

»Wir werden es nicht zulassen, daß ein Melnibonéer noch mehr Quarzhasaatisches Blut vergießt«, erklärte die Andere.

Der Führer der Gelben Sekte holte tief Luft und ging zum Leichnam. Mit schnellen Bewegungen führte er den Befehl aus. Blut floß über seinen Arm, als er die Perle vom Herzen der Welt hochhielt.

Der Rat war beeindruckt. Etliche holten tief Luft und flüsterten miteinander. Elric vermutete, sie hatten ihn für einen Lügner gehalten, da für sie Lügen und Intrigen die hervorstechendsten Charaktermerkmale waren.

»Halt sie hoch, Manag Iss!« sagte der Albino. »Das ist nun, was ihr alle so heiß ersehnt habt, wofür ihr bereit wart, mit dem Rest Ehre, der euch noch geblieben ist, zu bezahlen.«

»Sei vorsichtig!« rief die Andere. »Noch haben wir Geduld mit dir. Nenn deinen Preis und dann geh!«

Elric lachte lauthals. Es war kein angenehmes Lachen. Es war melnibonéisches Gelächter. In diesem Augenblick war er durch und durch ein Bewohner der Dracheninsel. »Nun gut«, erklärte er. »Ich will diese Stadt haben. Nicht ihre Einwohner, nicht ihre Schätze, nicht ihre Tiere, nicht einmal ihr Wasser. Ich lasse euch mit allem, was ihr tragen könnt, ziehen. Ich will nur die Stadt. Schließlich gehört sie mir aufgrund meines Erbrechts.«

»Was willst du? Das ist Unsinn! Wie könnten wir dem zustimmen?«

»Ihr müßt zustimmen oder mit mir kämpfen.«

»Kämpfen? Du bist ganz allein.«

»Es ist doch vollkommen klar«, sagte einer der Ratsherren, »daß er den Verstand verloren hat. Wir müssen ihn wie einen tollwütigen Hund beseitigen. Manag Iss, rufe deine Brüder und ihre Männer.«

»Davon rate ich ab, Kusine«, sagte Manag Iss zu Lady Iss. »Ich halte es für klüger, zu verhandeln.«

»Was? Bist du ein Feigling geworden? Hat dieser Schurke etwa eine Armee neben sich?«

Manag Iss rieb sich die Nase. »Mylady ...«

»Rufe deine Brüder, Manag Iss!«

Der Hauptmann der Gelben Sekte runzelte die Stirn. »Prinz Elric, wenn ich recht verstehe, forderst du uns mit Gewalt zu einem Kampf heraus. Aber wir haben dich doch nicht bedroht. Der Rat kam zusammen, um ehrlich die Perle zu ersteigern ...«

»Manag Iss, du wiederholst nur ihre Lügen«, unterbrach ihn Elric. »Und das ist nicht sehr ehrenwert. Wenn sie nichts Böses im Schilde führten, warum standen du und deine Brüder bereit? Ich sah beinahe zweihundert Männer im Gelände.«

»Das war nur eine Vorsichtsmaßnahme«, erklärte die Andere. Sie wandte sich an ihre Kollegen. »Ich habe gleich gesagt, daß es idiotisch ist, so viele so früh herbeizurufen.«

Elric sagte ruhig: »Alles, was ihr vornehmen Herrschaften getan habt, war idiotisch. Ihr wart grausam. Ihr wart habgierig. Ihr wart ohne Rücksicht auf Leben oder Willen anderer. Ihr wart blind, gedankenlos, kleinkariert und einfallslos. Ich halte es daher für besser, daß eine Regierung, die, wie ihr, nur auf den eigenen Profit aus ist, zumindest abgelöst gehört. Wenn ihr alle die Stadt verlassen habt, werde ich einen Statthalter wählen, der Quarzhasaat besser dient. Vielleicht lasse ich euch später einmal wieder zurück in die Stadt ...«

»Erschlagt ihn!« rief die Andere. »Verschwendet keine

weitere Minute! Wenn das erledigt ist, können wir entscheiden, wer die Perle bekommt.«

Elric seufzte beinahe mitleidig und sagte: »Madam, es wäre wirklich besser, wenn du mit mir verhandelst, solange ich noch nicht die Geduld verloren habe. Sobald ich die Klinge gezogen habe, bin ich kein rationales und mitleidsvolles Wesen ...«

»Erschlagt ihn!« rief sie wieder. »Los, worauf wartet ihr noch!«

Manag Iss hatte das Gesicht eines Mannes, der zu Schlimmerem als dem Tod verurteilt war. »Herrin ...«

Sie schritt auf ihn zu. Ihr kegelförmiger Hut schwankte. Sie riß ihm das Schwert aus der Scheide und hob es, um dem Albino den Kopf abzuschlagen.

Elrics Arm schoß wie eine angreifende Schlange blitzschnell vor und packte ihr Handgelenk. »O nein, Madam! Ich gebe dir noch eine faire Chance.«

Sturmbringer an seiner Seite murmelte und rasselte.

Sie ließ das Schwert fallen und wandte sich ab. Dabei rieb sie sich das schmerzende Handgelenk.

Nun nahm Manag Iss sein Schwert auf; er tat so, als stecke er es zurück in die Scheide, führte dann aber aus der Drehung heraus einen Schlag gegen Elric Lende. Auf sein angstverzerrtes Gesicht trat ein Ausdruck der Resignation, als der Albino beiseitesprang und gleichzeitig das Schwarze Schwert zückte, das sein seltsames, dämonisches Lied anstimmte und einen schrecklichen, schwarzen Schein ausstrahlte.

Manag Iss riß den Mund auf, als der Stahl ihn durchbohrte. Die Hand, die immer noch die Perle hielt, reckte sich Elric entgegen, als wolle sie das Juwel zurückgeben. Dann fiel die Perle zu Boden und rollte dahin. Drei Ratsmitglieder stürzten vor, hielten aber inne, als sie Manag Iss' brechende Augen sahen, und gingen wieder zurück.

»Los! Los!« schrie die Andere. Daraufhin brachen aus allen Ecken des Versammlungshauses Mitglieder der verschiedenen Sekten der Zauberer-Abenteurer mit gezückten Waffen hervor.

Der Albino hatte das erwartet. Sein Gesicht verzog sich zu einem schauderhaften Schlachtgrinsen. Seine roten Augen loderten, sein Gesicht war ein Totenkopf und sein Schwert die verkörperte Rache seines eigenen Volkes, sowie die der Bauradim und all derer, die jahrtausendelang unter der Tyrannei Quarzhasaats gelitten hatten.

Elric opferte die Seelen, die er nahm, seinem Schutzpatron, dem Fürsten der Hölle, dem mächtigen Herzog Arioch, der von den vielen Leben, die Elric und sein Schwarzes Schwert ihm schon geopfert hatten, sich bester Gesundheit erfreute.

»Arioch! Arioch! Blut und Seelen für meinen Herrn Arioch!«

Dann begann das richtige Gemetzel.

Es war ein Blutbad, mit dem verglichen alle anderen derartigen Kämpfe harmlose Plänkeleien waren. Es war ein Blutbad, das in den Annalen der Wüstenbewohner niemals vergessen sein würde. Sie erfuhren davon durch die Flüchtlinge, die in dieser Nacht Quarzhasaat panikartig verließen, sich lieber der wasserlosen Wüste auslieferten als dem weißgesichtigen, lachenden Dämon auf dem Bauradi-Hengst, der die Straßen auf- und abgaloppierte und sie lehrte, welch hoher Preis auf Selbstzufriedenheit und gedankenlose Grausamkeit stand.

»Arioch! Arioch! Blut und Seelen!«

Sie sprachen von einer weißgesichtigen Ausgeburt der Hölle, von einem Dämon, dessen Schwert übernatürlichen Glanz ausstrahlte, dessen glutrote Augen vor schrecklicher Wut loderten, der von einer übernatürlichen Macht besessen war, die er ebensowenig wie seine Opfer bezwingen konnte. Er tötete ohne Erbarmen, ohne Unterschied, ohne Grausamkeit. Er tötete wie ein tollwütiger Wolf. Und er lachte beim Töten.

Dieses Lachen würde Quarzhasaat nie mehr verlassen.

Es würde bleiben und mit dem Wind aus der Seufzerwüste hereintreiben. Es würde auf immer in der Musik der Brunnen bleiben, im Gehämmer der Metallarbeiter und der Goldschmiede. Ebenso würde der Geruch des Blutes bleiben, zusammen mit der Erinnerung an das Gemetzel, den Verlust so vieler Leben, wodurch die Stadt ihres Rates und ihrer Armee beraubt wurde.

Nie wieder würde Quarzhasaat die Legende seiner Macht verbreiten. Nie wieder würde es die Nomaden der Wüste schlechter als Tiere behandeln. Nie wieder würde es sich in selbstzerstörerischem Stolz brüsten, der den Untergang aller großen Reiche einleitet.

Als das Blutbad beendet war, ließ Elric von Melniboné sich in den Sattel sinken und steckte den zufriedenen Sturmbringer zurück in die Scheide. Immer noch pulsierte in ihm die dämonische Kraft. Er nahm die große Perle und hielt sie hoch der aufgehenden Sonne entgegen.

»Jetzt haben sie einen fairen Preis bezahlt, finde ich.«

Dann warf er das Ding in die Gosse, wo ein kleiner Hund das geronnene Blut aufleckte.

Hoch oben schrien sich die Geier im Umkreis von tausend Meilen die Nachricht von dem köstlichen Festmahl zu. Wie eine dunkle Wolke stießen sie auf die prächtigen Türme und Gärten von Quarzhasaat hinab.

Elrics Gesicht zeigte keinen Stolz über seine Tat, als er sein Pferd antrieb und nach Westen ritt, zu der Stelle, wo Anigh mit einem Vorrat an Kwani-Kräutern, Wasser, Pferden und Proviant warten sollte. Zusammen mit dem Jungen wollte er die Seufzerwüste durchqueren und sich wieder der vertrauten Politik und der Zauberkunst der Jungen Königreiche widmen.

Er warf keinen Blick zurück auf die Stadt, die er im Namen seiner Vorfahren schließlich doch noch erobert hatte.

Kapitel 5

Ein Epilog bei verblassendem Blutmond

Die Feierlichkeiten in der Oase der Silberblume dauerten noch an, als die Meldungen über die Rache Elrics an denen, die dem Heiligen Mädchen der Bauradim Leid zugefügt hatten, eintrafen. Die Schreckensnachrichten stammten von den Flüchtlingen aus Quarzhasaat, die in die Wüste geflohen waren. Einen solchen Vorfall hatte es in der langen Geschichte der Stadt noch nie gegeben.

Oone, die Traumdiebin, war länger als nötig in der Oase geblieben und zögerte immer noch, Abschied zu nehmen und ihrem eigentlichen Gewerbe nachzugehen. Als sie von Elrics schrecklicher Rache hörte, nahm sie die Nachricht ohne Freude auf. Sie war darüber tief betrübt, denn insgeheim hatte sie gehofft, daß die Dinge eine andere Wendung nehmen würden.

»Er dient dem Chaos, wie ich der Ordnung diene«, sagte sie sich. »Wer kann schon sagen, wer von uns beiden mehr versklavt ist?« Dann seufzte sie und stürzte sich mit unnatürlichem Eifer ins Festgetümmel.

Die Bauradim und die anderen Nomaden bemerkten ihren Schmerz nicht. Ihre Freude hatte sich noch vergrößert. Sie waren endlich den Tyrannen los, das einzige, was sie in der Wüste je gefürchtet hatten.

»Der Kaktus reißt uns das Fleisch auf, damit wir sehen, wo es Wasser gibt.«, sagte Raik Na Seem. »Unsere Sorgen waren groß; aber dank dir, Oone, und Elric von Melniboné haben sich unsere Sorgen in Triumph verwandelt. Schon bald werden einige von uns nach Quarzhasaat reiten und die Bedingungen festlegen, nach denen wir zukünftig Handel treiben wollen. Ich glaube, eine gewisse Ausgewogenheit bei den Geschäften wird allen willkommen sein.« Er lachte. »Aber wir werden warten, bis die Toten ehrbar verzehrt sind.«

Varadia nahm Oones Hand. Gemeinsam gingen sie an den großen Teichen der Oase dahin. Der Blutmond verblaßte langsam, die Blätter der Silberblumen strahlten noch heller. Bald würde der Blutmond untergegangen sein, und die Blüten würden ihre Blätter verlieren. Dann war die Zeit für die Wüstenbewohner gekommen, wieder ihre eigenen Wege zu gehen.

»Du hast den Mann mit dem weißen Gesicht geliebt, stimmt's?« fragte Varadia ihre Freundin.

»Kind, ich kannte ihn kaum.«

»Ich kannte euch beide recht gut. Das liegt noch nicht lange zurück.« Varadia lächelte. »Und ich werde sehr schnell größer. Das hast du selbst gesagt.«

Oone war gezwungen, ihr recht zu geben. »Aber es gab keine Hoffnung, Varadia. Unsere Geschicke sind zu unterschiedlich. Und ich habe wenig Verständnis für die Entscheidungen, die er trifft.«

»Dieser Mann ist ein Getriebener. Ihm bleibt nur wenig

Entscheidungsfreiheit.« Sie strich sich eine honigfarbene Haarsträhne aus dem Gesicht.

»Vielleicht«, sagte Oone. »Doch können einige von uns sich dem Schicksal, das die Lords der Ordnung und die Lords des Chaos uns bestimmten, widersetzen und trotzdem überleben und etwas schaffen, das den Göttern verboten ist.«

»Was wir schaffen, bleibt ein Mysterium«, sagte Varadia voll Mitgefühl. »Für mich ist es immer noch schwer zu verstehen, wie ich diese Perle schuf und damit genau den Gegenstand machte, der die Feinde anlockte, denen ich entfliehen wollte. Auf einmal war alles wirklich!«

»Ich habe das schon öfter erlebt«, sagte Oone. »Nach solchen Kreationen sucht ein Traumdieb, davon lebt er.« Sie lachte. »Diese Perle würde mir für lange Zeit ein gutes Einkommen sichern, wenn ich sie auf dem Markt feilböte.«

»Wie macht man aus Träumen Wirklichkeit, Oone?«

Oone schwieg und blickte auf das Wasser, wo sich die blaßrosa Scheibe des Mondes spiegelte. »Wenn eine Auster sich durch ein von außen eingedrungenes Sandkorn bedroht fühlt, versucht sie, es zu isolieren und formt eine Schale darum, die schließlich zu einer Perle wird. So geschieht es manchmal. Bei anderen Gelegenheiten ist der menschliche Wille so stark, der Wunsch nach etwas so mächtig, daß dadurch etwas Wirklichkeit wird, das bis dahin als unmöglich galt. Es ist nicht ungewöhnlich, Varadia, daß ein Traum wahr wird. Dieses Wissen ist einer der Gründe, warum ich immer noch Achtung vor der Menschheit habe, trotz all der Grausamkeiten und Ungerechtigkeiten, die ich auf meinen Reisen erlebt habe.«

»Ich glaube, ich verstehe«, sagte das Heilige Mädchen.

»Im Laufe der Zeit wirst du alles genau verstehen«, versicherte Oone ihr. »Denn du bist eine der wenigen, die fähig sind, solches zu schaffen.«

Einige Tage später machte Oone sich auf, um die Oase der Silberblume zu verlassen und nach Elwher und dem von keiner Karte erfaßen Osten zu reiten. Varadia sprach ein letztes Mal mit ihr.

»Ich weiß, daß du noch ein Geheimnis hegst. Willst du es nicht mit mir teilen?« fragte sie die Traumdiebin.

Oone war erstaunt. Ihre Achtung vor der einfühlsamen Intelligenz des Mädchens wuchs noch mehr. »Willst du noch mehr über das Wesen der Träume und der Realität erfahren?«

»Ich glaube, du trägst ein Kind in dir, Oone«, sagte Varadia geradeheraus. »Hab ich nicht recht?«

Oone faltete die Arme und lehnte sich gegen ihr Pferd. Dann schüttelte sie lachend den Kopf. »Nein wirklich! In dir, junge Frau, ist tatsächlich die gesamte Weisheit deines Volkes angesammelt.«

»Das Kind desjenigen, den du liebtest, der aber für dich verloren ist?«

»Aye«, antwortete Oone. »Eine Tochter, glaube ich. Vielleicht sogar Bruder und Schwester, wenn das Omen richtig ausgelegt wurde. In Träumen kann man mehr als Perlen empfangen, Varadia.«

»Wird der Vater seine Nachkommen je kennenlernen?« fragte das Heilige Mädchen behutsam.

Oone wollte sprechen, konnte aber nicht. Sie blickte rasch hinüber, wo Quarzhasaat in der Ferne lag. Erst nach einiger Zeit war sie in der Lage, sich zu einer Antwort zu zwingen.

»Niemals!« erklärte sie.